Geisterbild

Visionen der Vergangenheit

von Katrin Höhfeld

Aus dem Regenloch des Städtedreiecks im Bergischen Land, genauer gesagt der Klingenstadt Solingen – bekannt für scharfe Messer – ist Katrin Höhfeld als eine Bilderbuch-Streberin herangewachsen. Das Ziel, Germanistik auf Lehramt zu studieren, hat sie glücklicherweise nicht erreicht und sich dagegen einen Beruf in einer Rechtsanwaltskanzlei ausgesucht, um möglichst nah an den ständigen Problemen der Menschen und dem alltäglichen Bösen zu sein. Eigentlich wäre das schon Thriller oder Horror genug, aber auch in ihrer Freizeit liest sie diese Bücher seit ihrer Jugend. Diese Faszination reichte bis hin zum selbst Schreiben.

Geisterbild

Visionen der Vergangenheit

von Katrin Höhfeld

Impressum
1. Auflage
Copyright © 2025 Katrin Höhfeld
Umschlaggestaltung, Illustration: Katrin Höhfeld, Canva
Korrektorat: Monique Siegel
Verlag: BoD · Books on Demand GmbH, Überseering 33,
22297 Hamburg, bod@bod.de
Druck: Libri Plureos GmbH, Friedensallee 273,
22763 Hamburg
Printed in Germany
ISBN: 978-3-8192-2737-0

Katrin Höhfeld
Pfalzstraße 1
42651 Solingen
E-Mail-Adresse: Katrin.Hoehfeld@web.de
Instagram: katrin.hoehfeld_autorin

Bibliografische Information Der Deutschen Nationalbibliothek
Die Deutsche Nationalbibliothek verzeichnet diese Publikation in der Deutschen Nationalbibliografie. Detaillierte bibliografische Daten sind im Internet über http://dnb.d-nb.de abrufbar.

Danke Mama, Papa und Katja für meine
wundervolle Kindheit.
Ich liebe euch!

Ist es wichtig, an welchem Ort wir sind, oder mit
wem wir dort sind?

Prolog

Die lauten Geräusche des morgendlichen Verkehrs drangen in ihren Kopf. Ein furchtbarer Lärm. Eine Mischung aus stressigem Treiben und Motorengeheul prallte wie eine Welle auf sie ein. Sie widerstand dem Reflex, sich die Ohren zuzuhalten. Doch das ging nicht. Sie durfte keine Aufmerksamkeit erregen.

Ihr Herz klopfte bis an ihre Kehle, während sie, Kopf gesenkt, einen Schritt vor den anderen setzte und schließlich in ein Meer aus Vergangenheit und unbekannte Zukunft hineintauchte.

Sie ließ sich treiben. Sie schwamm einfach mit. Irgendwo würde sie schon wieder auftauchen.

2016

Heute

Kaila

»Einen Kaffee bitte.« Kaila Schwarz hasste die kräftige Plörre. Schon bei dem Geruch schüttelte es sie. Sie versuchte, mit ihrer Bestellung ihr bisheriges Leben über den Haufen zu schmeißen.

Die mütterlich aussehende Bedienung lächelte sie eher ehrlich als mit einem Verkaufsgehabe an. »Darf es sonst noch etwas sein?«

Kaila stierte die enorme Kuchen- und Brötchenauswahl hinter der Glasscheibe in der Auslage an. Sie umklammerte die Riemen ihres Rucksacks fester und schluckte die aufkommende Spucke hinunter, ehe sie Kopf schüttelnd ablehnte.

Sie bezahlte mit der Verwunderung darüber, wie viel ein normaler Kaffee mit aufgeschäumter Milch kostete. In Gedanken daran, ob er anders schmeckte, als der, den sie probiert hatte, nahm sie die Tasse entgegen. Sie freute sich über den selbstgebackenen Keks, der ihr auf den Rand der Untertasse gelegt worden war. Diese Herzlichkeit fand sich in der Räumlichkeit wieder. Die Bäckerei glich einem gemütlichen Café und versprühte Wärme und Geborgenheit. Die Tische waren nicht akkurat angeordnet und gaben das Gefühl eines Esszimmers bei der eigenen Großmutter wieder. Die Stühle waren mit dicken Polstern überzogen und luden zum länger Verweilen ein.

Kaila fand einen Platz an einem kleinen Tisch in der hintersten Ecke. Sie stellte die Tasse darauf ab. Jemand hatte den *Remscheider General-Anzeiger* dort liegen gelassen. Sie befreite sich von ihrem Rucksack und setzte sich. Sie sah sich um und hatte mit einem Mal das Gefühl, beobachtet zu werden, obwohl keiner der anwesenden Gäste sie beachtete. Die meisten waren in Gespräche, nur wenige in Bücher oder Zeitschriften vertieft. Viele vertrieben sich die Zeit mit ihren Smartphones. Ebenso die Frau, die mit dem Rücken zu ihr saß. Unachtsam biss sie in ihr belegtes Brötchen und verteilte Krümel auf dem Tisch und den Boden.

Kaila wandte sich von diesem Anblick ab und beobachtete das flüssige Treiben der Kundschaft, als würden sie nie etwas anderes machen. Alles wirkte unbeschwert.

Sie nahm einen Schluck Kaffee und verzog das Gesicht. Um sich aufzuwärmen, trank sie mehr. Dann fiel ihr Blick auf eine ältere Frau, die sich mit ihrem Trolley und Einkauf abmühte. Als ihr zwei Orangen aus einem Beutel zu Boden fielen, sprang Kaila auf und sammelte sie ein. »Lassen Sie mich Ihnen helfen«, sagte sie, als sie der Dame das Obst hinhielt.

Die Frau sah zu ihr hinauf. Ihre Brille wirkte zu klein für ihr Gesicht und war ihr nach unten gerutscht. »Danke, das ist sehr nett von Ihnen.«

»Ich halte das solange.« Kaila nahm ihr die Tüte mit dem Gebäck ab und wartete, bis die Dame den Rest wieder zusammengepackt hatte. Sie streckte ihr die Gebäcktüte entgegen, damit sie auch diese verstauen konnte.

»Danke.« Sie schenkte ihrer Helferin ein ehrliches Lächeln.

»Schönen Tag für Sie.« Kaila ging wieder an ihren Platz. Die Bäckerei leerte sich schnell, als die Stoßzeit vorüber war. Zurück blieben nur wenige mit ihrem Frühstück.

Bei einem weiteren Schluck Kaffee nahm sie den *Remscheider General-Anzeiger* in die Hand und blätterte darin herum. Plötzlich fiel ihr Blick auf eine Annonce eines zu vermietenden Hauses.

»Heute muss mein Glückstag sein«, dachte sie sich, obwohl ihre innere Stimme schrie: »Das geht nicht. Tu das nicht.« Sie ignorierte es. Was hatte sie denn zu verlieren?

Die untersetzte Krümeltante einen Tisch weiter stand auf. Obwohl sie zur Theke schlurfte, ließ sie ihren dreckigen Teller zurück und bestellte sich etwas Neues.

Kaila trank den letzten Schluck Kaffee aus, stand auf, schulterte ihren Rucksack und nahm ihre Tasse samt Untertasse. Beim Vorbeigehen griff sie sich unbemerkt das Smartphone der Frau, die es achtlos auf dem Tisch liegen gelassen hatte, und steckte es in ihre Gesäßtasche. Bevor sie nach draußen ging, stellte sie ihr dreckiges Geschirr zurück auf die Theke. »Vielen Dank.« Sie lächelte erst die Bedienung, dann die untersetzte Dame an. »Auf Wiedersehen.«

***

Es war nicht schwer für Kaila gewesen, sich den PIN zum Entsperren des Smartphones der Krümeltante zu merken. Mal abgesehen davon, dass es aus Kailas Position ein Leichtes gewesen war, ihn zu sehen, war er auch noch dämlich einfach.

Kaila stieg aus dem Bus und stand am Fuße der Straße von *Birgden III*. Sie eilte den Berg hinauf. Erklomm ihn, war wohl die richtige Ausdrucksweise. Das erste Stück kam einem Anstieg beim Wandern auf den *Mount Everest* gleich. Links drückte das Firmengelände die Idylle auf der Skala der schönen Siedlungen nach unten. *HEYCO* firmierte schon so lange hier, wie sie denken konnte, und hatte irgendetwas mit Metall- und Kunststoffverarbeitung zu tun. Genaueres wusste sie auch nach all den Jahren nicht. Rechts war eine große Feldwiese. Bei dem Hang war sie immer wieder verwundert darüber, dass die Pferde nicht hinunterrutschten und überhaupt darauf laufen konnten.

Am Ende des *HEYCO-Geländes* und des gegenüberliegenden Abhangs wurde der Aufstieg erträglicher und Kaila lief an den Einfamilienhäusern vorbei. An der Gabelung ging sie geradeaus und ließ den *Birgdener Berg* zu ihrer Linken hinter sich. Die Straßen auf dieser Höhe wurden offenbar ebenso vergessen, wie das Legen einer vernünftigen Telefon- und Internetleitung. Zumindest kam es ihr vor, als sei die Zeit hier oben stehen geblieben. Es kam einem Leben auf einem Bauernhof gleich. Kurz vor einer scharfen Rechtskurve ragte links auf der Ecke ein Villa ähnliches Haus zwischen den Bäumen in die Höhe und wirkte wie ein übergroßes Baumhaus. Die Kurve, die im Neunzig-Grad-Winkel um das Schieferhaus auf der Ecke schoss, dürfte für viele Unfälle verantwortlich sein.

Vorbei an den gepflegten Vorgärten erreichte Kaila die Hausnummer 36. Das letzte Haus auf der rechten Seite. Auf dem Parkplatz vor der Garage stand ein bulliges schwarzes Auto. Die Marke wusste sie nicht. Mit Derartigem kannte sie sich nicht aus.

Neben der Haustür im Vorgarten auf der Terrasse stand ein junggebliebener, älterer Mann, der von Weitem eine gewisse Ausstrahlung und Selbstsicherheit versprühte. Er war groß, schlank und sah aus, wie ein Geschäftsmann.

Kaila trat durch das kleine Gartentor. Es war nicht zu übersehen, dass der prachtvolle Vorgarten gehegt und gepflegt wurde. Sie schritt über den schmalen Steinweg zur Terrasse. Rechts und links kandidierten die Blumen und Sträucher zur Wahl der schönsten Pflanze.

Beim Näherkommen schätzte sie den Vermieter auf fünfzig. Wahrscheinlich hätte sie nicht erkannt, ob seine teuer wirkende Armbanduhr tatsächlich viel Geld gekostet hatte oder aus dem Sommerurlaub im Ausland stammte. Seine Kleidung dagegen waren allesamt Markenartikel. Von den teuren Lederschuhen, über die Hose, bis hin zur Wellensteyn-Jacke. Meistens waren Leute mit Geld geizig oder fühlten sich elitär. Oftmals waren sie hochnäsig. Herr Junger schien von einem anderen Schlag zu sein. Er wirkte nett und bodenständig.

»Frau Schwarz?«, fragte er mit kräftiger Stimme.

»Ja, das bin ich.« Sie nahm seine ausgestreckte Hand zum Gruß. »Danke, dass Sie so kurzfristig Zeit für mich hatten, Herr Junger.« Sie hatte mit einem derart schnellen Treffen nicht gerechnet. Es kam ihr allerdings mehr wie gelegen.

»Sie waren die Erste, die sich auf meine Anzeige gemeldet hat. Mit weiteren Anfragen ist bestimmt Montag zu rechnen.« Er schloss die Haustür auf und winkte sie herein. »Das Haus wurde renoviert. Leider muss ich gestehen, dass ich es noch nicht geschafft habe, den Unrat auf dem Speicher zu beseitigen. Die Vormieter haben ihn nicht gebraucht und auch ein paar Sachen meiner Frau und meiner Kinder stehen noch dort. Das Haus ist teil-möbliert. Auf Wunsch können Sie diese einfach übernehmen oder ich stelle sie zunächst auf den Speicher.«

»Nein, ich würde gerne alles übernehmen. Ich fange neu an. Ich habe noch keine Möbel gekauft. Das kommt mir also sehr gelegen.« Um ihrer Freude nicht zu großen Ausdruck zu verleihen, sah sie sich in dem geräumigen Eingangsbereich um. An der Wand voraus stand eine prunkvolle Kommode. »Die Sachen auf dem Speicher können Sie dort lassen, so lange sie wollen. Ich benötige ihn nicht.«

»Gut. Die Sachen kommen noch weg«, sagte er, als habe er sie nicht gehört.

Sie folgte ihm nach links in die Küche. »Die Einbauküche muss bitte drin bleiben. Sie ist neu gekauft.« Er ging zu einer Schublade und öffnete sie. »Mann«, stieß er aus. »Die haben doch echt sogar die Töpfe hier gelassen.«

Kaila trat näher heran. »Kein Problem. Ehrlich. Das trifft sich alles sogar sehr gut.« Sie konnte ihr Glück nicht fassen. Mit einem derartigen Verlauf des Tages hatte sie niemals gerechnet. Am liebsten hätte sie aufgeschrien, aber sie hielt sich zurück. »Ich sagte ja, dass ich neu anfangen muss. Also kann ich alles ganz gut gebrauchen.«

»Wenn Sie etwas nicht haben wollen, bringen Sie es auf den Dachboden zu den anderen Dingen.« Er nuschelte etwas, das sie nicht verstehen konnte.

Kaila bemerkte, dass es ihm peinlich war.

»Kommen Sie.« Herr Junger winkte sie durch den Flur in das gegenüberliegende Wohnzimmer.

»Gibt es den Schuppen hinter dem Haus noch?«, fragte Kaila geistesabwesend.

»Äh, ja. Waren Sie schon einmal hier?«

Kaila schüttelte den Kopf und biss sich auf die Unterlippe. »Das war geraten.« Sie lächelte ihn an und strich sich die Haare aus dem Gesicht.

»Der Garten vor und hinter dem Haus wurde zuvor von einem Gärtner auf Vordermann gebracht.«

»Das sieht man.« Kaila durchschritt das Wohnzimmer und sah aus dem Fenster. Der dichte Wald hinter dem Haus glich einem solchen aus einem ihrer alten Kinderbücher. Sie verdrängte den Gedanken. »Sieht wirklich toll aus. Der Gärtner hat ganze Arbeit geleistet.«

Der Vermieter zeigte ihr den Rest des Hauses. Er ratterte Zahlen herunter, die sie sich nicht merkte.

Quadratmeter, Höhe der Miete und vieles mehr. Auch die übrigen Zimmer waren teilweise mit Möbel ausgestattet.

»Was sagen Sie?«, fragte Herr Junger, als sie sich wieder im Eingangsbereich befanden. »Wie gefällt es Ihnen?« Er ließ ihr keine Gelegenheit, zu antworten. »Ich habe mir überlegt, dass wegen des Unrats auf dem Speicher und in den Schränken die erste Miete deswegen entfällt. Auch die Nebenkosten müssen nicht gezahlt werden. Allerdings müsste ich die Kaution in zwei Raten haben.«

Kaila lächelte ihn mit einer Mischung aus Unbehagen und Vorfreude an. »Ich nehme es.« Ein wohliger Schauer legte sich über ihre Brust, als sie daran dachte, dass sie bald hier wohnen würde.

»Toll.« Falls er überrascht über ihre schnelle Entscheidung war, ließ er es sich nicht anmerken.

»Ich habe die Verträge im Auto.« Er suchte in seiner Hosentasche nach dem Autoschlüssel. »Moment ich hole sie.«

Kurz darauf kam er wieder. »Setzen wir uns doch in die Küche.«

Kaila nahm auf einem der Stühle Platz. Es war ihr nicht unangenehm, auf Möbeln zu sitzen, die jemand anderem gehörten. Das war sie gewohnt. Diesen Widerwillen hatte sie längst abgelegt.

Herr Junger füllte die Verträge aus. »Ich wiederhole, dass die erste Miete und Nebenkosten erlassen werden. Die erste Hälfte der Kaution ist im ersten Monat fällig. Die zweite dann mit der ersten Miete.« Er kritzelte in dem vorgefertigten Vertrag herum und zeigte ihr die hinzugefügte Vereinbarung. »Sind Sie die einzige Mieterin oder ziehen Sie mit jemanden zusammen hier ein, wenn ich fragen darf?«

»Alleine.«

»Zu wann?«

»Sofort.« Es traf sich noch besser, weil gerade Monatsende war.

»Verzeihen Sie meine Offenheit.« Herr Junger legte den Stift weg und faltete die Hände. »Sie sagten, dass Sie neu anfangen. Haben Sie eine Arbeit?«

Kaila lächelte verlegen. »Sie wollen wissen, ob ich mir das Haus überhaupt leisten kann.« Sie nahm ihm die Frage nicht übel. Hätte sie ein Haus, würde sie genauso handeln. Seine Bedenken waren nachvollziehbar und natürlich konnte sie sich das Haus nicht leisten. Wie auch? Die erste Hälfte der Kaution würde sie gerade noch zahlen können. Dann war es das auch schon. »Mein Ex-Freund und ich haben zusammen gewohnt. Er hat sich von mir getrennt und mich kurzer Hand rausgeworfen. Ich habe etwas angespart und ich bin Sachbearbeiterin bei der Stadt Remscheid«, log sie ihn an. Zumindest der Teil, dass sie etwas angespart hatte, war nicht gelogen.

»Tut mir leid. Sie glauben gar nicht, wie schwer es ist, vernünftige Mieter zu finden.«

»Das glaube ich gern.« Und Kaila wusste es wohl gerade am besten. Sie war froh, dass er auf aktuelle Einkommensbescheinigungen verzichtete. Fast schon tat es ihr leid, dem sympathischen Vermieter ins Gesicht zu lügen. Nur was hatte sie schon für eine Wahl? Es war

womöglich die einzige Chance, die sie jemals bekommen
würde.

Herr Junger fuhr weg. Kaila hatte ihn auf dem Parkplatz verabschiedet und sich für die sofortige Überlassung des Schlüssels bedankt. Ihre Vorfreude vermischte sich mit einem Gefühl, das sie nicht beschreiben konnte. Es fühlte sich schwer an. War es das schlechte Gewissen, das an ihr nagte?

Sie schloss die Haustüre auf. Es roch nach frischer Farbe und nassem Papier. Zuerst ging sie in den oberen Stock und suchte sich ein Zimmer aus. Sie nahm das linke, das Richtung Wald zeigte. Das Bett unter dem Fenster, die Kommode links an der Wand und der zweitürige Schrank im Landhausstil passte zu dem alten Haus mit Schiefervertäfelung. Durch die Renovierung fehlte jedoch der abgenutzte Flair, den es im Inneren beherbergen sollte. Sie öffnete den Kleiderschrank und entdeckte zwei Wolldecken. Die Kommode war leer.

Sie ging in das gegenüberliegende Zimmer. Hier fanden sich die gleichen Möbel. Im Schrank erblickte sie nur ein Zierkissen, was sie auf ihr neues Bett warf.

Im Badezimmer fand sie einen leeren Spiegelschrank vor. Zwei Handtücher hingen über der Duschkabinentür. Der Allzweckreiniger in der Dusche ließ darauf schließen, dass beides zum Putzen verwendet wurde. Kaila wusch diese mit dem Reiniger und heißem Wasser aus und hing sie an die Duschkabinentür zurück.

Dann ging sie nach unten in die Küche, um sich einen Überblick darüber zu verschaffen, was alles in den Schränken zurückgelassen wurde. Sie beschloss, ein paar

Dinge einzukaufen, auch wenn es sie davor grauste, den Einkauf den Berg hinaufschleppen zu müssen.

Kaila schlenderte in das Wohnzimmer. Auf dem Sofa machte sie eine Sitzprobe. Sie trommelte mit den Händen auf ihre Oberschenkel und überlegte, was sie als Nächstes unternehmen sollte. Ein Blick aus dem Fenster zog sie ins Freie. Das Smartphone der Krümeltante legte sie auf die Kommode im Flur und verließ das Haus.

An der Hausseite folgte sie der Treppe hinunter in den Garten. Sie ging am Schuppen vorbei. Der Weg führte nach hinten an den Regentonnen entlang. Am Waldrand blieb sie stehen. Die Sonne stand hoch und flutete den Wald mit viel Licht, sodass er ihr nicht mehr wie der Gruselwald aus ihren Kinderbüchern vorkam. Trotzdem hatte sie das Gefühl, durch ihn nicht durchblicken zu können. Ihre Sicht driftete ins Unendliche ab. Ihre Gedanken flogen umher und versuchten, sie zu verwirren. Sie musste sich konzentrieren. Sich auf das Wesentliche fokussieren.

Kaila wusste nicht, wie viele Sekunden sie in den Wald gestarrt hatte. Vielleicht waren auch Minuten vergangen.

»Ist alles in Ordnung?«, hörte sie eine Männerstimme fragen.

Ihr Blick klarte sich augenblicklich auf. Sie sah sich um. Ein alter Mann kam auf sie zu. Die Farbe seiner Kleidung war die eines Jägers, aber weder sie noch der Mann sahen wirklich danach aus.

»Alles in Ordnung, Mädchen?«, wiederholte er und blieb plötzlich stehen, als sich ihre Blicke trafen.

Sie nickte und starrte ihn mit offenem Mund an.

Es dauerte, bis er weitersprach. »Was machst du hier?«
Er schaute sich um, als erwartete er noch jemanden.

»Ich wohne hier«, brachte sie schließlich heraus. »Seit
heute.« Sie rang sich ein Lächeln ab.

»Alleine?« Er hob das Kinn. »In so einem riesigen
Haus.«

»Nein.« Sie blickte zum Haus hinauf. »Nicht alleine.
Mit meiner Schwester.«

Er folgte ihrem Blick, ehe er ihr seine Hand
entgegenstreckte. »Selter, mein Name.« Er hatte etwas
Soldatenhaftes an sich.

Zögerlich nahm sie seine Hand. »Mein Name ist Kaila.«

»Kaila? So, so.« Er schüttelte lange ihre Hand und sah
sie energisch an. »Und deine Schwester? Wie heißt sie?«

Kaila kniff die Augen zusammen. »Sie heißt Niah.«

»Kaila und Niah.« Er nickte knapp. »Und was treibt Sie
in so eine ruhige Gegend?«

»Das Leben, schätze ich.« Sie grinste ihn
überschwänglich an. »Sie entschuldigen mich, Herr
Selter. Ich habe noch Einiges zu tun.«

»Aber natürlich.« Er faltete die Hände hinter den
Rücken. »Ich wohne direkt gegenüber, aber das wissen Sie
bereits, nicht wahr?«

Sie senkte den Kopf und ließ ihn stehen.

***

Kaila wuselte in der Küche herum. Sie hatte sämtliches Geschirr aus den Schränken geholt und neu einsortiert. Sie verstaute den letzten Topf und schloss die Schranktür. Sie trat einen Schritt zurück und pustete sich eine blonde Locke aus dem Gesicht. Ihr Dutt hielt mehr schlecht als recht. Mit dem Handrücken wischte sie sich die feuchte Stirn trocken. »Na, was sagst du zu dem Haus?«, fragte sie, als ihre Schwester im Türrahmen erschien.

»Gar nicht mal so schlecht.« Niah nickte anerkennend. Ihr brauner Pferdeschwanz sah ein wenig mitgenommen aus.

»Was meinst du?« Kaila sah ihre Schwester fragend an. »Die Küche?«

»Das Haus.«

»Da haben wir echt Glück gehabt.« Kaila säuberte an dem Spülbecken den Lappen und hing ihn über den Wasserhahn zum Trocknen. Zufrieden sah sie sich das Ergebnis an. Zuerst hatte sie die Bäder gereinigt. Die Küche war die letzte Etappe gewesen.

Kaila drehte sich zu ihrer Schwester um, doch sie stand nicht mehr im Türrahmen. Sie ging in den Eingangsbereich. Durch die große Fensterfront neben der Eingangstüre konnte sie in den Vorgarten sehen. Es war bereits dunkel, die Solarlichter leuchteten. »Niah?«, rief sie die Treppe hinauf. Es kam keine Antwort. Sie drehte sich um und sah ihr eigenes Spiegelbild in der Fensterscheibe und erschrak.

Sie glaubte, jemanden im Vorgarten zu sehen. Durch die Spiegelung des beleuchteten Flurs war es schwer, Genaueres zu erkennen. Sie trat näher an die Scheibe und kniff die Augen zusammen.

Sie spähte hinaus, konzentrierte sich.

Eine Gestalt huschte vor ihr vorbei.

Erschrocken folgte sie den Bewegungen des Schattens. Konnte aber nicht genau erkennen, wer es war.

»Was treibst du dort?« Niah tauchte hinter ihr auf.

Kaila zuckte heftig zusammen.

»Musst du mich so erschrecken?«, fauchte sie ihre Schwester an.

»Wir sind noch nicht einmal richtig eingezogen und schon spionierst du unsere Nachbarn aus?« Niah verschränkte die Arme.

»Nein! Ich...«, Kaila stockte bei der Erklärung und sah schleunigst noch einmal nach draußen.

Doch da war niemand mehr zu sehen.

»Ich dachte, da hätte jemand im Vorgarten gestanden.«

***

Die kräftige Maisonne erhellte das Wohnzimmer. Kaila ging grübelnd auf und ab. Ein Blick zu dem alten Fernseher genügte, um eine ihrer Optionen zu verwerfen. Sie wusste nicht einmal, ob er funktionierte. Sie konnte nicht still sitzen bleiben. Ihre Beine mussten sich bewegen.

Dann kam ihr plötzlich eine Idee. »Niah«, rief Kaila im Eingangsbereich die Treppe hinauf und zog sich ihre Schuhe an. Sie steckte den Schlüssel ein und zog die Haustür auf.

Niah kam die Treppe hinuntergeeilt. »Was ist?«

»Ich fahre in die Stadt. Möchtest du mitkommen?«

»Nee«, entgegnete sie und verschränkte die Arme, ehe ihr lustloser Gesichtsausdruck zu einem gequälten Lächeln überging. »Ich möchte mich lieber noch ein wenig einleben.«

Kaila ging auf sie zu und legte ihre Hände auf ihre Schultern. »Es ist nicht für immer so, versprochen.«

Ihre Schwester zuckte die Achseln.

Kaila wandte sich ab und trat hinaus. »Ich werde nicht lange weg bleiben.« Sie zog die Tür hinter sich zu.

Der Tisch und die Stühle auf der Terrasse standen hier schon einige Zeit. Der Vermieter hatte ihr bei der Besichtigung gesagt, dass die Gartenmöbel zwar kaum benutzt, aber eben auch nicht gepflegt worden waren. Dagegen sahen der Vorgarten und die Blumen prächtig und bunt aus.

»Hallo« grüßte eine Frauenstimme. Die Person, zu der sie gehörte, war an das kleine Tor des Vorgartens herangetreten und winkte Kaila zu.

Überrascht sah sie die Frau an, ehe sie merkte, dass der Gruß ihr galt. Unschlüssig schaute sie hin und her. Dann ging sie auf die Frau zu. Beim Vorbeigehen vergewisserte sie sich, dass Niah nicht mehr im Eingangsbereich stand. »Hallo«, entgegnete Kaila, als sie das Gartentor erreichte. Vorsichtig sah sie sich um.

Die Frau wirkte mit ihrem langen, pastellfarbenen Kleid trist zwischen den bunten Blumen des Vorgartens. Ihre schulterlangen braunen Haare verliehen ihr dagegen ein freundliches Gesicht. »Ich bin Mona, deine Nachbarin«, stellte sie sich vor und reichte Kaila einen Korb mit Brot und Gewürzen. »Willkommen in der Nachbarschaft!«

»Oh«, stieß Kaila verwundert aus. Mit einer derartigen Begrüßung hatte sie nicht gerechnet und war hierauf keineswegs vorbereitet. »Vielen Dank«, sagte sie der Freundlichkeit halber. »Das ist sehr aufmerksam.«

Das Brot duftete herrlich und sie fragte sich, ob sie es selbst gebacken hatte. Es war in einem Geschirrtuch eingewickelt, das mit Blumen bestickt war.

»Ach, das ist doch nur eine Kleinigkeit. Ich musste mir doch mal genau anschauen, wer hier einzieht. Man möchte seine Nachbarn doch genauer kennenlernen. Man will schließlich wissen, wer neben einem wohnt.« Mona zwinkerte ihr freundlich lachend zu.

»Möchte man seine Nachbarn immer kennen?«, dachte Kaila, sprach es jedoch nicht aus.

»Konnte ja keiner ahnen, dass hier so eine hübsche, schlanke Frau in diese Alte-Leute-Siedlung zieht.« Mona zeigte fingerkreisend auf Kaila und zwinkerte ihr erneut zu.

Kaila hob die Augenbrauen. Ihrem Gesicht musste ein verwirrter Blick entwichen sein, denn die Frau fügte schnell hinzu: »Naja, sechs Kilogramm weniger und ich wäre auch glücklich, wenn da nicht immer der innere Schweinehund wäre, oder?!« Sie lachte wieder.

Kaila spürte, wie die Leichtigkeit der Frau sie ansteckte und ihr Argwohn entweichen wollte, doch sie hielt ihn zurück. »Wieso Alte-Leute-Siedlung?«, fragte sie neugierig und hoffte, damit von sich ablenken zu können.

»Naja, hier oben gibt es nicht viele Häuser, aber du und ich sind die Jüngsten. Alles ältere Leute. Nicht, dass das ein Problem ist.« Mona ging näher an Kaila heran und flüsterte »Unter uns: Der Dinosaurier von ihnen lebt genau gegenüber von dir«.

Kaila widerstand dem Drang, der Nähe der fremden Frau auszuweichen. »Herr Selter?«

»Du kennst ihn bereits« Sie wirkte verblüfft.

»So in der Art.« Kaila rollte mit den Augen.

»Ach«, Mona winkte ab, »der wohnt schon ewig und drei Tage hier. Alle anderen sind irgendwann zugezogen oder es sind die Kinder der früheren Eigentümer. Aber soweit ich weiß, lebt der alte Mann schon immer hier.« Sie lachte wieder. »Apropos! Ziehst du hier alleine ein?«

»Ähm, nein.« Der plötzliche Themenwechsel verunsicherte Kaila zusätzlich. Sie lächelte Mona verlegen an. »Mit meiner Schwester, Niah«.

»Schön, vielleicht lerne ich sie demnächst auch mal kennen. Ich wohne übrigens da unten.« Mona zeigte auf ein Haus, schräg weiter die Straße hinunter. »Wenn was ist, einfach klingeln.«

Kaila nickte im Zwiespalt, aus Dankbarkeit und Misstrauen.

Mona verabschiedete sich und ging zum Parkplatz, auf dem ihr Auto stand.

Während Kaila die Unterhaltung Review passieren ließ, huschte ein kleines Lächeln über ihre Lippen. Sie wünschte sich, dass die Mühelosigkeit ihrer Nachbarin auf sie übergehen würde, die ihre Herzlichkeit offen durch das Leben trug.

Kaila hob den Blick und erhaschte ein Gesicht am Fenster des gegenüberliegenden Hauses. Der alte Mann. Beobachtete er sie etwa?

***

»Und wie war es?«, fragte Niah, als Kaila aus der Stadt zurückgekehrt war. »Du warst ganz schön lange unterwegs, es ist schon spät.«

Die Abendsonne dämmerte bereits.

Kaila stellte den Einkauf auf dem Küchentisch ab. »Einfach großartig!« Obwohl ihr der Berg erneut zu schaffen gemacht hatte, trieben sie die Glückshormone weiter. Ihre Euphorie prallte an Niahs zurückhaltender Schale ab. »Ich mag das Gedränge und die lauten Geräusche nicht, wie du weißt, aber es war toll. Schau her!« Sie griff in die Einkaufstüten und holte nacheinander ihre Errungenschaften heraus. Ein paar Kerzengläser, einen Kranz aus Birkenästen, eine Holzfigur.

»Schön, du hast Dekokram gekauft« sagte Niah nicht sonderlich begeistert.

»Ja, schön, nicht wahr?« Kaila strahlte ihre Schwester an. Sie konnte sehen, dass sie misstrauisch war.

»Solltest du das Geld nicht lieber sparen?«

»Willst du es denn gar nicht wohnlich und richtig schön haben?«, stellte Kaila die Gegenfrage und versuchte damit, das starke Argument ihrer Schwester nieder zu schmettern.

»Ich weiß nicht.« Niah zog die Schultern hoch. »Mir egal.«

Kaila schüttelte verständnislos den Kopf. »Ich weiß, dass das nicht wichtig ist. Aber lass mir doch ein bisschen Freude.« Sie wollte nicht näher darauf eingehen, um sich ihre gute Laune nicht verderben zu lassen. So viel Spaß hatte sie ewig nicht mehr gehabt.

»Ich gehe in mein Zimmer.« Niah wandte sich gähnend zum Gehen, drehte sich aber noch einmal kurz zu Kaila um. »Ich sollte dich noch daran erinnern, die Sachen auf den Speicher zu bringen, die du nicht haben willst, damit Herr Junger sie irgendwann entsorgen kann.«

»Ach, stimmt. Danke.«

Niah verschwand aus der Küche, die Treppe zu ihrem Zimmer hoch.

Kaila gönnte sich zunächst eine lange und warme Dusche. Anschließend trug sie die gekauften Dekorationsartikel in das Wohnzimmer. Was sie Niah nicht verraten hatte. Sie hatte sich zur Feier des Tages eine Flasche Sekt gegönnt. Sie öffnete den Schraubverschluss und goss das Getränk in ein Glas, das sie im Küchenschrank gefunden hatte. Es war kein Sektglas, musste aber reichen. Sie nahm einen Schluck und verzog das Gesicht, als die prickelnde Flüssigkeit drohte, ihre Schleimhäute wegzuätzen. Es dauerte einige Sekunden, bis sie das schaumige Grauen hinuntergeschluckt hatte. Die Wirkung war ähnlich, wie durch einen Kaffee. Unverständlich, warum Leute so etwas überhaupt mochten. Aber womit feierte man sonst, wenn nicht mit Sekt? Das sah man überall. Sie nahm noch einen Schluck in dem Versuch, ihre Geschmacksnerven daran zu gewöhnen, und überlegte, wo der Einkauf platziert werden konnte. Auch wenn sie nicht übermäßig viel gekauft hatte, war sie sich sicher, dass die einzelnen Räume mit Teelichtgläsern hier, der Holzfigur und einer kleinen Pflanze dort schon gemütlicher aussehen würden. Ihr Blick fiel auf die paar Teile, die sie noch auf den Speicher bringen wollte.

Kaila seufzte. »Erst die Arbeit, dann das Vergnügen«, sagte sie sich, nahm noch einen Schluck Sekt und machte sich daran, die Sachen auf den Speicher zu bringen.

Sie ging in den ersten Stock, vorbei an Niahs Zimmer, das unmittelbar gegenüber von ihrem lag. Es war leise Musik aus dem Zimmer zu hören. Ihre Schwester zog sich gerne mal zurück und lauschte der Musik. Kaila störte sie nicht dabei. Es konnte sein, dass sie bereits eingeschlafen war. Die Sachen stellte sie vor der Speichertreppe ab, schaltete das Licht ein und stieß abermals einen Seufzer aus. Die dürftige Lampe, oben in dem kleinen Flur, reichte mit ihrer Leuchtkraft kaum bis zum Fuße der Treppe hinunter.

»Warum müssen Speicher immer so dunkel sein?«, murmelte Kaila vor sich hin.

Sie hob die Sachen vom Fußboden und stieg die Treppe hinauf. Oben im Flur sah sie zwei Türen, die gegenüber lagen. Sie ging durch die erste Tür und drückte auf den Lichtschalter. Auch hier leuchtete eine kleine Glühbirne auf, die das Zimmer kaum mit Licht ausfüllte. Sie schritt durch den Raum und stellte die Sachen an die freie Wand zu ihrer Linken und blickte sich kurz um. Sie sah alte Malutensilien in einer Ecke. Aus diversen kleinen Kartons funkelte verstaubter Weihnachtsschmuck. Nichts davon gehörte ihr. Herr Junger hatte bei der Besichtigung erwähnt, dass seine eigenen Sachen und Unrat der

Voreigentümer oder Vormieter den Speicher füllten. Doch so viel war es auch wieder nicht.

Der Mond schien durch eines der beiden schrägen Dachfenster.

Kaila erblickte einen Stapel Kartons in der Ecke hinten rechts. Sie sahen, im Gegensatz zu den Übrigen, sehr alt aus und weckten ihre Neugier. Sie mussten lange hier oben sein. Wissbegierig drängte ein undefinierbares Verlangen sie darauf zu. Kurz hielt sie inne, öffnete dann einen der alten Kartons, in welchem sich Barbies und Spielzeug-Pferde befanden.

Ein trauriges Lächeln entwich ihren Lippen.

Sie hörte in der Ferne den Ruf einer Eule. Das Haus lag direkt am Waldrand. Tiergeräusche waren hier wohl keine Seltenheit.

Ihr Drang nach dem Unbekannten wuchs, ohne zu wissen, woher es rührte. Sie öffnete einen weiteren Karton und sah hinein. Dort lagen Bücher, Zeitschriften und Zeitungen sowie irgendwelche Zettel. Sie hob das oberste Buch an und stoppte in ihrer Bewegung.

Ein leises Weinen ertönte.

Ruckartig hob sie den Kopf und folgte dem Geräusch. Es kam nicht aus dem Flur. Auch nicht von unten.

Es kam von oben.

Sie hob den Kopf und ihre Augen sahen auf das schräge Dachfenster, das ihr Spiegelbild zurückwarf.

Augenblicklich ließ sie das Buch fallen, das hart zu Boden knallte, als sie bemerkte, dass sie nicht ihr eigenes Spiegelbild vor sich hatte.

Eine fahle Gestalt erschien in der Scheibe.

Ein Schrei entwich Kaila und sie taumelte nach hinten. Es dauerte einige Sekunden, bis sie in die Realität zurückfand, sich aufrichtete und zur Treppe schnellte, die sie stolpernd hinunter rannte. Ihr Kopf hatte aufgehört zu denken. Sie lief so lange weiter, bis sie sich unten im Eingangsbereich wiederfand.

Kailas Herz hämmerte gegen ihre Brust. Was war das gewesen? Sie überlegte, ob es Einbildung war, und dachte daran, Niah zu rufen. Sie wusste nicht einmal, ob ihre Schwester ihren Schrei auf dem Speicher wegen der Musik überhaupt gehört hatte.

Ein Geräusch hinter ihr ließ sie herumschnellen. Ihre Nackenhaare stellten sich auf, als sie bemerkte, dass die Haustüre einen Spalt offen stand.

»Niah?« Kaila entschied sich nun doch, ihre Schwester zu rufen, bekam aber nur ein heiseres Flüstern zustande.

Sie rief noch einmal. Dieses Mal deutlicher.

Kälte durchfuhr ihren Körper. Ihr Verstand schrie nach Flucht, doch sie ging zittrig auf den offenen Türspalt zu.

Irgendetwas war hier nicht real und sie spürte, wie sie gegen den inneren Trieb ankämpfte.

Doch dann war es zu spät zum Weglaufen.

Kleine Augen starrten sie durch den Spalt an und sie erschauderte bis ins Mark.

Blitzartig sprang Kaila zurück.

»Kaila?« Niah kam die Treppe hinunter.

Kaila wirbelte herum und ihre Schwester tauchte am unteren Ende der Treppe auf. Ein kurzer Blitz der Erleichterung durchfloss sie, bevor sie sich schnell wieder umdrehte.

Niemand war mehr zu sehen. Kaila fasste sich verwirrt an den Kopf. Endlich funktionierte ihr Gehirn wieder. Sie hechtete nach vorne und schmiss die Tür zu.

»Alles okay bei dir?« Niah kam mit zusammengezogenen Augenbrauen auf sie zu. »Du siehst ja aus, als hättest du einen Geist gesehen.«

1981

Frühling

Ella

Ella fasste sich an ihren Bauch und streichelte ihn liebevoll. Sie erwartete ihr zweites Kind. Die Erstgeborene lag derweilen in einem schlichten Reisebettchen, welches ihr Mann, Andreas, hier oben aufgestellt hatte, damit sie auf ihre Tochter aufpassen und gleichzeitig ihrem Hobby nachgehen konnte. Die kleine Malina sollte schlafen, dachte aber offensichtlich noch nicht daran und sah sich fröhlich um und brabbelte irgendetwas - noch Unverständliches - vor sich hin. Malina war nun fast ein Jahr alt. Ella freute sich darüber, dass ihr zweites Kind ebenfalls ein Mädchen werden wird. Zwei Mädchen waren sogar ihr Wunsch gewesen, wohingegen es ihrem Mann egal war, welches Geschlecht die Kinder haben, »Hauptsache gesund!«. Auch wollte Ella nicht, dass die Kinder Jahre auseinander sind. Eben höchstens ein Jahr, damit sie sich auch untereinander gut verstehen würden. Das zweite Mädchen sollte „Laurin" heißen und in ungefähr einem Monat zur Welt kommen.

Ella fand den Gedanken schön, eines Tages Kleider für die beiden Mädchen nähen zu können. Oder Kostüme für Karneval. Röcke, irgendwas, woran sich die beiden erfreuen. Sie hatte sich in einem der zwei oberen Zimmer des zweistöckigen Hauses ein kleines Nähzimmer eingerichtet. Das zweite Obergeschoss war ein ausgebauter Speicher und die Decken waren nicht sehr hoch. Für ein Nähzimmer oder Ähnliches reichte es allemal.

»Hörst du das?«, fragte sie ihren Mann.

Seit sie Andreas kennengelernt hatte und von dem Stadtleben am Rande der Ortschaft mit ihm zusammen in eine hübsche Siedlung auf einem Berg gezogen war, merkte sie erst einmal, wie schön und unbeschwert das Leben sein konnte. Das Haus lag am Ende der Straße, direkt am Wald und endete in einer Sackgasse. Dies war alles nicht zu vergleichen mit der kleinen Stadtwohnung, in der sie vorher alleine gelebt hatte.

»Ich höre nichts.« Er spitzte die Ohren, hob dann aber die Schultern.

»Genau das meine ich«, Ella lächelte friedlich, während sie an alte Zeiten dachte, »ich nämlich auch nicht.«

In der Stadt war es laut, der Straßenlärm war immer zu hören gewesen. Man konnte nicht richtig schlafen, wenn nachts das Fenster geöffnet war und Lastwagen über die Straße polterten. Oftmals hörte man draußen spät abends irgendwelche Personen vorbeiziehen, von denen manchmal auch der ein oder andere einen über den Durst getrunken hatte, und dann versuchte, den Weg nach Hause zu finden. Gelegentlich war dies untermalt mit lautstarken Pöbeleien anderen Leuten gegenüber. Durch die vielen Kneipen in der Nähe, gekreuzt mit Sozialbauten, machten Passanten des Öfteren Probleme.

Zum Glück war das alles nun Geschichte.

»Ach so«, Andreas lachte auf. »Das meinst du.« Er verdrehte grinsend die Augen. »Dann lass ich dich mal alleine mit deiner Ruhe. Ich gehe jetzt runter.« Er gab ihr einen flüchtigen Kuss und verschwand durch die Tür.

»Viel Spaß mit deinem Garten«, rief sie ihm neckisch hinterher.

Der Garten hinter ihrem jetzigen Haus war riesig, auch, weil ihr Mann noch einen Teil des angrenzenden Waldes gekauft hatte, um seinen Anbau von Obst und Gemüse zu erweitern. Während Andreas die Gartenarbeit als sein großes Hobby betrachtete, nähte sie sehr gerne.

Ella maß die Stoffe aus, schnitt sie zu und konnte endlich mit der Näharbeit beginnen. Sie ließ sich vor der Nähmaschine auf einen Holzstuhl nieder und rückte den Stoff zurecht. Das Licht der späten Nachmittagssonne, das durch das schräge Dachfenster fiel, war ausreichend, um den Raum genügend zu erhellen. Es war fast Abend, aber im Frühling ging die Sonne nicht mehr schnell unter, wie in den Monaten zuvor. Die Tage wurden immer länger und Ella freute sich auf den warmen Sommer. Auch wenn ihr die Wintermonate gefielen, in denen man sich drinnen mit einer Decke einkuscheln konnte, während es draußen kalt und verschneit war, so mochte sie im Sommer die langen Tage voller Energie und Leben. So wie der Herbst und Winter die Gemütlichkeit in das Haus brachte, so drängte der Frühling und Sommer einen voller Tatendrang hinaus.

Ella trat auf das Pedal und die Nähmaschine begann zu arbeiten.

Mit diesem Geräusch war dann irgendwann ihre Tochter eingeschlafen. Beim Surren der Nähmaschine passierte das immer ganz schnell.

Eine ganze Zeit lang nähte Ella. Sie stand nur auf, um das Licht anzuschalten, als die Sonne nicht mehr in das Zimmer schien.

Neben dem Geräusch der laufenden Maschine hörte Ella draußen den Ruf einer Eule. Trotz der schönen Gegend waren ihr die Waldgeräusche immer noch unheimlich, weil sie Straßenlärm und die lauten Pöbeleien der unzufriedenen und gestressten Menschen gewöhnt war. In der Stadt hörte man selten Tiergeräusche, schon gar keine aus dem Wald. Aber hier in der Siedlung waren diese Geräusche so nah und doch irgendwie so weit entfernt.

»Gespenstisch!«, fand Ella.

Sie war der Meinung, es gäbe eine Art Zwischenwelt. Sie glaubte daran, auch wenn andere es wahrscheinlich merkwürdig fanden. Sie hatte sich sogar ein Buch gekauft: „Auf den Spuren von Feen, Elfen, und Geistern“. In diesem Buch wurden bestimmte Erscheinungen und der Glaube an diese Wesen mit Mythen und Sagen früherer Urstämme und Völker abgeglichen und verknüpft. Sie glaubte auch an Engel. Die Tiere, die in der Nacht Geräusche von sich gaben, waren solche, die die Anwesenheit dieser mystischen Wesen spüren. Sie meinte, dass sie dies einmal in einer Zeitschrift von einem Medium gelesen hatte, die damit pries, „eng mit der Natur verbunden zu sein“. Dass eine Person stark mit der Natur verbunden sein soll, fand Ella ein wenig übertrieben.

Ella unterbrach das Nähen und pausierte kurz, als ihr Baby einen Tritt gegen ihre Bauchdecke abgab und streichelte es an der Stelle, nähte dann weiter.

Sie brauchte nicht mehr viel Zeit für ihr Kleid, welches sie sich für den Sommer nähte. Ella wollte es gerne im

Garten tragen. Es sollte schlicht und einfach sein. Sie wollte hierfür nicht extra Geld ausgeben und sich nicht die Mühe machen, in die Stadt zu fahren und in mehreren Geschäften irgendwelche Kleider anprobieren, die dann auch noch überteuert waren.

Als Ella das Geräusch eines weinenden Mädchens vernahm, hob sie ihren Fuß vom Pedal der Nähmaschine und stoppe sie dadurch.

Sie drehte sich abrupt um und schaute nach ihrer Tochter.

Malina lag in ihrem Bett.

Ella sah nichts weiter. Die Kleine bewegte sich auch nicht groß, ihr Atem ging ruhig und flach. Sie schlief feste.

Habe ich mir das Weinen nur eingebildet?

Ella war schon etwas müde und rieb sich kurz die Augen, die ihr von der Konzentration bereits leicht brannten.

Sie wollte sich gerade wieder ihrer Nähmaschine zuwenden, um die letzten Nähte zu schließen, als das Weinen eines Mädchens deutlicher zu hören war.

Es war definitiv nicht die Stimme ihrer Tochter.

Das Mädchen schien älter zu sein als ein Baby, es war kein Kleinkind mehr.

Ella hielt den Atem an und lauschte erneut. Sie fühlte sich nicht wohl dabei, schaute sich dennoch in dem Zimmer um.

Was konnte es gewesen sein? Ihre Augen brannten. Die Müdigkeit hatte derweilen stark an ihren Kräften gerüttelt. Es war vielleicht doch ihre Tochter gewesen und sie erkannte es nur nicht oder es kam von draußen.

Als sie die Eule wieder hörte, sah sie aus eines der zwei schrägen Dachfenster und merkte jetzt erst, wie spät es bereits geworden war. Sie ging zu ihrer immer noch schlafenden Tochter. Ella hob sie aus dem Bett und lächelte, als sie die Wärme ihrer kleinen Tochter spürte.

Malina machte ein leises Geräusch, als sie beim Schlafen gestört wurde, schlief dann auf dem Arm weiter. Ella schaltete das Licht in dem Nähzimmer aus und trug die Kleine in ihr Kinderbett eine Etage tiefer im Kinderzimmer. Sie stellte das Babyphone ein, ging leise aus dem Zimmer und lehnte die Tür dabei an.

Ella wollte an dem Abend noch mit ihrem Mann etwas zusammen im Garten sitzen. Sie hielt aber inne und stand vor der angelehnten Kinderzimmertüre, als sie die Treppe zum Speicher hinaufsah.

Ein mulmiges Gefühl überkam Ella plötzlich und sie wusste nicht warum. Sie atmete einmal tief ein, hielt die Luft an und blies sie wieder aus. Eine Empfindung, wie Kinder sie an Orten hatten, die ihnen nicht geheuer waren, legte sich über ihren Körper. Etwas Seltsames, das man anderen nicht hätte beschreiben können, durchfuhr sie. Wie eine Art Vorahnung.

Oft gab es eine logische Verbindung für Reize, die eine bestimmte Situation auslösen. Nicht selten sind diese zurückzuführen auf Kindheitsereignisse oder bloße Erinnerungen.

1989

Herbst

Malina

Beine baumelnd beobachtete Malina ihre Schwester beim Fertigstellen ihres Bildes. Es war ein Baum mit herabfallenden Blättern und genauso bunt, wie die Natur es zu dieser Jahreszeit hergab.

»Wie lange brauchst du noch?«, fragte Malina ungeduldig.

»Nicht mehr lange«, antwortete Laurin ohne ihren Blick vom Blatt abzuheben. Sie strich sich eine braune Strähne hinters Ohr und nahm sich einen anderen Stift.

»Wie lange ist nicht mehr lange?«

»Bin gleich fertig.«

Malina zog eine Schnute und sah sich gelangweilt im Zimmer um. Weder die Barbies noch die Kuscheltiere weckten ihr Interesse. Auch das Bücherregal gab nichts her, was ihre Langeweile vertreiben konnte.

»Wenn du fertig bist, dann spielen wir was zusammen«, forderte Malina.

»Okay.« Laurin ließ sich nicht von ihrer Schwester aus der Ruhe bringen. »Mach doch in der Zeit etwas anderes. Oder male auch ein Bild.«

»Das ist langweilig«, motzte Malina unausgeglichen.

»Was willst du denn gleich spielen?« Laurin schaute ihrer Schwester endlich ins Gesicht.

»Keine Ahnung.« Unschlüssig zuckte Malina mit den Schultern.

Laurin widmete sich ohne einen Kommentar wieder ihrem Bild.

»Ich weiß, was wir spielen!«, verkündete Malina auf einmal lautstark und hüpfte vom Stuhl. »Wir spielen ein Brettspiel.« Malina wartete gar nicht erst, bis ihre Schwester zustimmte, verließ das Kinderzimmer und ging nach unten. »Mama?«

Malina fand ihre Mutter in der Küche. Ella drehte sich um, als ihre Tochter hereinkam und zog gespannt die Brauen hoch.

»Wo sind die Brettspiele?«

»Die sind oben, Schatz.« Ella nahm sich ein Geschirrtuch und begann, die gespülten Töpfe und Pfannen abzutrocknen. »Oben auf dem Speicher, in dem Schrank im Flur.«

»Kannst du sie mir holen?«, bat Malina freudestrahlend.

»Welches möchtest du denn?«

»Das weiß ich noch nicht«, Malina legte den Zeigefinger an ihr Kinn. »Also alle.«

»Nein, Malina. Entweder du entscheidest dich vorab für ein bestimmtes Spiel oder du gehst bitte selbst nach oben und suchst dir eines aus.«

»Na gut«, genervt zog Malina die Worte in die Länge und machte auf dem Absatz kehrt.

Sie lief die Stufen hinauf. Vorbei an den Kinderzimmern und blieb vor der Speichertreppe stehen. Angespannt schaute sie in die Dunkelheit hoch. Ihr Herz begann schneller zu klopfen. Sie stieg vorsichtig auf die erste Stufe, machte sich lang, um mit den Fingerspitzen den Lichtschalter zu betätigen. Die kleine Glühbirne erhellte den spärlichen Flur am oberen Ende. Malina hielt sich am Geländer rechts fest, um die knarzenden Holzstufen hinaufzuklettern. Als sie noch kleiner war, kam ihr die Treppe steiler vor. Deswegen durften sie und Laurin damals alleine nicht hochgehen. Im Gegensatz zu der Treppe, die ins Erdgeschoss führte, war die Speichertreppe mit schmalen Stufen versehen, dass ein Erwachsener den Fuß nicht frontal in der gesamten Länge darauf platzieren konnte. Beim Runtergehen musste man seitwärts gehen, damit man sicheren Halt hatte. Ansonsten würde man mit der Verse hinten hängen bleiben. Das wusste Malina mittlerweile.

Oben angelangt schwenkte sie einmal herum, lief an dem Nähzimmer ihrer Mutter vorbei und öffnete den kleinen Schrank am Ende, der einen Haufen Puzzle und Brettspiele preisgab. Malina legte den Kopf schief, um auch die hochkant gelagerten Spiele lesen zu können, viele erkannte sie aber bereits an der Farbe. Sie ließ *Spiel des Lebens* und *Memory* links liegen und entschied sich für *Monopoly*. Malina zog es achtsam heraus, legte es auf den Boden und schob die anderen Spiele wieder zurecht, um die Schranktür zu schließen.

Gerade wollte sie das Spiel aufheben, als sie ein leises Wimmern vernahm. Augenblicklich schnellte sie hoch und drehte den Kopf nach links und rechts.

»Mama?«, fragte sie unsicher. »Laurin?«

Sie wollte so schnell wie möglich weg von hier. Sie bückte sich, griff nach dem Spiel und stieg hastig, aber trotzdem bedacht, die Treppe wieder herunter. Beim letzten Stück betätigte Malina den Lichtschalter und sprang die restlichen Stufen herunter, gerade, als es hinter ihr dunkel wurde. Der Inhalt des Spiels klapperte. Vor der Kinderzimmertüre legte sie das Spiel ab und lief weiter ins Erdgeschoss.

»Mama?«, rief Malina, obwohl sie noch nicht unten war.

Langsam drehte sich Ella zu ihrer Tochter um, immer noch dabei, das gespülte Geschirr abzutrocknen und wegzuräumen. »Mama«, setzte Malina an, musste aber nach Atem ringen. »Oben auf dem Speicher hab' ich was gehört.«

Ella legte den Kopf schief und sah ihre Tochter mit zusammengezogen Brauen an. Derweil trottete Laurin hinter Malina in die Küche, stolz hielt sie dabei ihr Bild vor sich, um es ihrer Mutter zu präsentieren.

»Mama«, erzählte Malina unbeirrt weiter, »oben auf dem Speicher hat ein Mädchen geweint.«

Ella hielt sofort in ihrer Bewegung inne. Ihre Augen schienen sich ins Weite zu verlieren. »Das Mädchen«, erinnerte sie sich geistesabwesend, »das habe ich auch schon mal weinen gehört.«

Ella

Erst jetzt hatte sie ihren Fehler erkannt. Wegen der Blicke ihrer beiden Mädchen, die sie mit großen Augen ansahen, wurde Ella die Folge ihrer Unbeherrschtheit direkt vorgeführt. Laurin senkte ihr Bild und schaute unruhig zwischen Mutter und Schwester hin und her.

»Ach so meinte ich das gar nicht«, versuchte Ella ihre beiden Töchter zu beruhigen und setzte ein heiteres Lächeln auf.

»Du hast das auch schon gehört, Mama?«, hakte Malina nach.

Auch wenn Laurin gar nicht wusste, worum es genau ging, zeigte sie mit herunterhängenden Mundwinkeln, dass ihr das Thema nicht gefiel.

»Es kann immer mal sein, dass man glaubt, etwas gehört zu haben«, versuchte Ella ihrer Ältesten zu erklären, um das Ganze abzuschwächen.

»Aber ich bin mir sicher, Mama, dass ich etwas gehört habe.«

»Man ist sich dann meist auch sicher, aber oft ist es ein Streich der Phantasie.« Ella lächelte sanft. »Bei dem Keller dachtet ihr auch immer, da könnte ein Monster versteckt sein.« Sie hob den Zeigefinger dabei.

»Ein Keller ist auch gruselig«, untermauerte Malina und Laurin nickte zustimmend. »Besonders dieser. Der macht immer so komische Geräusche.«

»Aber, dass es keine Monster gibt, wisst ihr trotzdem. Es ist nur die Vorstellung, die einem Angst macht.« Ella konnte am Nicken erkennen, dass die Kinder verstanden, was sie meinte. »Was hast du denn für ein Bild gemalt?«, lenkte sie die unangenehme Situation in eine andere Richtung.

Laurin hob ihr Bild an, begutachtete es noch einmal kurz, ehe sie es lächelnd ihrer Mutter hinhielt.

Ella kniete sich vor Laurin und strich ihr über den Arm. »Wie schön, ein Herbstbaum mit vielen Blättern«, erkannte sie. »Das sieht aber toll aus. Schön bunt. Passend zur Jahreszeit.«

Laurin strahlte über das Lob ihrer Mutter, was ihre Wangen stark hervorhob.

»Komm Laurin.« Malina zog ihrer Schwester am Ärmel. »Lass uns *Monopoly* spielen.«

Prüfend schweifte ihr Blick durch die Küche. Ella wollte sicher sein, auch alles erledigt zu haben, was sie sich vorgenommen hatte.

Sie schaltete das Küchenlicht aus, ging durch den Flur und schaute dabei durch das große Eingangsfenster hinaus in die Dunkelheit. Der Vorgarten strahlte am Tag voller Herbstpracht und wich am Abend der endlos wirkenden Düsternis, sodass nichts mehr davon zu sehen war.

Im Wohnzimmer nahm Ella sich ihren Roman aus dem Regal und machte es sich auf dem Sofa gemütlich, indem sie sich ein Kissen in den Rücken legte und die Füße nach oben schwang. Gerade öffnete sie das Buch, als ein schriller Schrei die Stille zerriss.

Malina!

Ella ließ das Buch fallen und rannte aus dem Wohnzimmer.

Was war passiert?

Es klang nicht nach einem Streit zwischen den Mädchen. Eine Mutter erkannte, wann es sich um Gefahr handelte und wann nicht. Sofort trieb ihr der Schweiß aus. Ihr war heiß und kalt zugleich. Schnell eilte sie die Treppe hinauf zu dem Kinderzimmer und stieß die Tür auf.

»Mama?«

Ella musste augenblicklich eine Entscheidung treffen und ihr Körper reagierte automatisch. Für die verzweifelte Malina, der pures Entsetzen im Gesicht stand, hatte sie als Mutter keine Zeit. Sie wusste nicht, was passiert war, aber sie konnte noch so klar denken und erkennen, dass es Malina gut ging. Anders als Laurin, die zuckend und zitternd am Boden lag.

Malina

Die Wartezeit schien sich ins Endlose auszudehnen. Malina saß im Wartezimmer auf einem unbequemen Stuhl. Fest umklammerte sie das zottelige Stofftier in ihren Händen, das sie schnell noch vor der Abfahrt ins Krankenhaus vom Boden aufgegriffen hatte. Sie beobachtete die anderen Menschen, die, wie sie selbst, auf einen geliebten Menschen warteten. Manche waren fröhlich, andere weinten. Hektisch lief ihre Mama auf und ab, spähte hier und da durch ein Fenster in der Tür. Ihr Papa saß neben ihr, seine Nähe fühlte sich gut an und Malina spürte seine Wärme. Dass sie bei all dem Chaos an das Lieblingsstofftier ihrer Schwester gedacht hatte, gab ihr das Gefühl, nicht ganz nutzlos gewesen zu sein. Sie streichelte das Stofftier, als könne sie damit ihre Schwester erreichen und sie spüren lassen, dass sie hier warteten.

Malina verlor sich in ihren Gedanken. Sie hatte doch nur mit Laurin *Monopoly* gespielt, sonst nichts. Krampfhaft versuchte sie, sich zu erinnern, was geschehen war. Ihr Gedächtnis war wie vernebelt. Sie drückte das Schmusetier fester an ihre Brust.

Ein Stupser ihres Vaters gab ihr ein Zeichen, mitzukommen. Ein großer Mann in einem weißen Kittel sprach bereits mit ihrer Mutter, die erleichtert ausatmete.

»Es war offensichtlich ein epileptischer Anfall«, hörte Malina den Mann sagen, der seine Hände um ein Klemmbrett gelegt hatte. Sie wusste nicht, was das bedeutete. Seine Stimme war rau, aber ruhig und bedacht. »Wir wissen noch nicht, wodurch dieser ausgelöst wurde. Einige Ergebnisse stehen noch aus. Ein paar Tests sind noch durchzuführen.«

»Können wir zu ihr«, fragte Andreas und legte einen Arm um seine Frau. Mit der freien Hand berührte er leicht Malinas Hinterkopf.

»Natürlich.« Der Arzt deutete ihnen an, ihm zu folgen.

Ihre Schritte machten quietschende Geräusche auf dem Linoleumboden. Vor einem der vielen Zimmer auf dem Gang stoppte der Arzt. Malina tastete nach der Hand ihres Vaters, der ihre sodann umschloss. Ella trat sofort ein und musste sich sichtlich zurückhalten, nicht zu weinen. Ihr Schluchzen erstickte in dem Drang, nicht die Fassung zu verlieren. Malina konnte es ihrer Mutter nachempfinden. Ihre kleine Schwester lag ruhig in dem riesigen Krankenhausbett. Die Arme ruhten auf der Bettdecke. Das Pflaster, worunter die Infusionsnadel verborgen lag, sah zu groß für den zierlichen Arm aus. Ella trat an das Bett und tätschelte Laurin das blasse Gesicht.

»Mami.« Noch müde, von dem Spektakel und der Medizin, drückte sich ein Lächeln bei Laurin durch und hob ihre Wangen an.

»Da hast du uns aber einen großen Schreck eingejagt, Kleines«, überspielte Andreas seine eigene Besorgnis.

Laurin entschuldigte sich mit ihren Augen, war aber zu müde, um etwas dazu zu sagen.

Malina ließ die Hand ihres Vaters los und trat neben ihre Mutter an das Bett heran. »Ich hab´ dir Wuffi mitgebracht.« Sie löste sich von dem Stofftier, das sie die ganze Zeit über schützend bei sich im Arm behalten hatte, und legte es ihrer Schwester auf die Schulter.

Durch das breite Grinsen von Laurin bauschten sich ihre Wangen auf. Ihre Lider wurden schwer. Sie wollte etwas sagen, aber sie schlief sofort wieder ein. Malina stützte sich auf das Bett und beobachtete, wie ruhig ihr Atem ging. Ihr Brustkorb hob und senkte sich stetig und ruhig.

Ab jetzt werde ich dich für immer beschützen. Versprochen.

Ella

Endlich hatte sie das Gefühl, Herr über die Wäscheberge zu werden, denn allmählich war ein Ende zu sehen. Ella räumte die Arbeitskleidung ihres Mannes in die Schränke.

»Ich fahre noch schnell einen Kasten Bier holen«, teilte Andreas mit.

»Jetzt noch?« Ella sah auf den Wecker auf dem Nachtisch. »Die Geschäfte machen doch bald zu.«

»Ja, deswegen ja. Der Kasten Bier ist nur noch heute im Angebot. Er wird ja bis zum Wochenende nicht schlecht.«

Ella lachte auf. »Bei dir würde es auch dann nicht schlecht werden, wenn die Jungs am Wochenende nicht zum Sport gucken kämen.«

Andreas ging nicht darauf ein und winkte ab. »Ich nehme die Mädchen mit«, verkündete er, als er das Schlafzimmer verließ.

Eigentlich fand es Ella nicht gut, wenn die Kinder, kurz vor dem zu Bett gehen, noch unterwegs waren, aber sie sagte dieses Mal nichts. So würde sie es auf jeden Fall schaffen, die Wäsche fertig zusammenzulegen und wegzuräumen. Ella bückte sich zum Wäschekorb und schmunzelte vor sich hin. Obenauf lag ein Pullover, den sie damals Malina genäht hatte. Sie faltete ihn auseinander und betrachtete das hübsche Eulenmotiv. Sie erinnerte sich daran, als sei es gestern gewesen, dass Malina in diesem Pullover vor ihr auf dem Wickeltisch lag und freudig strampelte. Jetzt diente er nur noch als Kleidungsstück für die Puppen.

Wo ist nur die Zeit hin?

Ella legte den Pullover wieder zusammen und packte ihn oben auf die Wäsche zurück. Sie hob den Korb hoch und wollte gerade das Schlafzimmer verlassen, als etwas ihre Aufmerksamkeit erregte.

Was war das?

Sie glaubte zunächst, sich verhört zu haben, dann aber nahm sie erneut ein leises Wimmern wahr.

Ihre Nackenhaare stellten sich auf und sie umklammerte den Wäschekorb fester.

»Malina? Laurin?«

Keine Antwort. Die Kinder waren nicht im Haus. Wer also, sollte das gewesen sein?

Vorsichtig spähte Ella in den Flur hinaus. Gegenüber lag das Kinderzimmer. Sie trat vor und stellte den Wäschekorb auf dem Boden vor der Tür ab. Behutsam drückte sie die Klinke hinunter und machte die Tür auf.

Ella hielt die Luft an. Erst als sie merkte, dass das Zimmer bis auf das übliche Chaos nichts Seltsames enthielt, blies sie sie wieder aus.

Meine Phantasie geht wohl mit mir durch.

Sie holte den Wäschekorb, stellte ihn in die Mitte des Kinderzimmers auf den Maltisch und begann, die Schränke der Mädchen mit der frischen Wäsche zu befüllen.

Gerade, als sie sich zu dem Schubkasten beugte, hörte sie ein leises Weinen und schnellte augenblicklich hoch. Sie wusste, dass es nicht aus dem Kinderzimmer kam, sondern aus dem Flur. Langsam ging sie zur Tür und spähte noch einmal in den Flur hinaus, konnte aber nichts Ungewöhnliches erkennen.

Es kommt vom Speicher.

Ella glaubte, verrückt zu werden. Was hatte das zu bedeuten? Oder spielte ihre Phantasie ihr wirklich gerade Streiche.

Langsam setzte sie einen Fuß vor dem anderen und ging bedacht auf die Treppe zum Speicher zu. Ihr Atem wurde schneller.

»Mama.«

Ella fuhr erschrocken herum. Ihr Puls schoss in die Höhe. Sie glaubte, ihr Herz würde aus ihr heraus springen. »Laurin?«, stieß sie aus und versuchte, ihre Atmung zu beruhigen. »Du hast mich vielleicht erschreckt.« Ella fasste sich an die Brust. »Ich dachte du wärst mit Papa mitgefahren.«

»Keine Lust.« Laurin zog die Schultern hoch. »Ich wollte bei dir bleiben, Mama.«

***

Bestimmt lag es daran, dass Ella an das Übernatürliche glaubte, was sie nun antrieb. Sie war schon immer fasziniert von Feen und Mythen. Nicht umsonst hatte sie sich damals Bücher hierüber gekauft. Doch das mit dem weinenden Mädchen war etwas anderes.

Ella saß am Küchentisch, die Bücher vor sich ausgebreitet, und erinnerte sich an das, was ihre Oma einmal erzählt hatte.

»Geistererscheinungen«, las Andreas und beugte sich über seine Frau. *»Geistererscheinungen und ihre Vorzeichen. Was willst du denn damit?«*

Ella zuckte zusammen und wurde damit für ein paar Sekunden aus ihren Gedanken geholt. »Ich muss etwas recherchieren«, rechtfertigte sich Ella und beugte sich wieder über die Bücher.

»Was denn recherchieren?«

Sie lehnte sich zurück und sah ihren Mann an. »Damals, nach dem Tod ihres Vaters, hatte meine Oma erzählt, dass sich die Kinder um Erbschaften gestritten hatten. Eigentlich sollten sie einvernehmlich vererbte Gegenstände unter sich aufteilen. Dafür haben sie sich in der Wohnung des Vaters im Wohnzimmer getroffen. Es kam zum Streit. Auf einmal bewegte sich die Gardine, ohne, dass es einen Windzug gab.«

Die erhöhten Augenbrauen ihres Mannes zeigten Ella, dass er ihre Geschichte nicht für glaubwürdig hielt.

»Jedenfalls«, fuhr sie fort, »ging es in diesem Moment um eine Glasschale, die nicht nur teuer, sondern auch emotional von großem Wert war. Sie stritten sich und konnten sich nicht einigen, wer sie bekam. Bevor der Streit drohte, zu eskalieren, zersprang die Glasschale in tausend Teile.«

»Ach was!« Andreas erhielt einen bösen Blick von seiner Frau. »Vielleicht hatte sie vorher schon einen Sprung gehabt«, mutmaßte er ungläubig.

Ella überhörte seinen Einwand. »Meine Oma und ihre Geschwister waren sich sicher, dass der Geist ihres Vaters dafür gesorgt hatte, dass keiner die Schale bekam. Sie hatten sich danach nicht um weitere Gegenstände gestritten, sondern familiär aufgeteilt.«

»Das ist doch Quatsch!« Andreas verschränkte die Arme vor der Brust. »Und was hat das mit dir zu tun?«

»Ich habe dir doch mal erzählt, dass ich in meinem Nähzimmer ein Mädchen weinen gehört habe.« Ella zeigte ihm mit ihrem Gesichtsausdruck, wie ernst es ihr war.

»Ja und ich habe gesagt, dass es Malina war. Du warst bestimmt nur übermüdet. Schließlich war es eine harte Zeit für dich. Der Umzug und die Schwangerschaft. Du musstest ständig nachts aufstehen.«

Ella schüttelte energisch den Kopf. »Malina hatte aber tief und fest geschlafen«, beharrte sie. »Sie war es nicht.«

»So Etwas gibt es aber nicht.«

»Aber irgendetwas hatte ich doch gehört.« Ella warf ihm einen scharfen Blick zu. »Wie auch immer.« Ella wandte sich wieder den Büchern zu. »Ich hatte es vor Kurzem noch einmal gehört. Und irgendetwas muss es ja bedeuten.«

»Ich habe noch nie etwas gehört. Außer unsere Mädchen. Apropos: Ich gehe jetzt in den Garten, die Kinder sind auch schon draußen.« Andreas berührte Ellas Schultern. »Wahrscheinlich bedeutet es gar nichts.«

Nur schwer konnte sich Ella von den Büchern loslösen, schließlich war sie auf interessante Abschnitte gestoßen, in denen oft von Ereignissen berichtet wurde, die mit einer Vorgeschichte zusammenhingen. Meist waren es bestimmte Orte, an denen etwas Tödliches passiert war. Sie zog sich eine Jacke über und verließ das Haus. Ob dem weinenden Mädchen ein Unglück passiert war?

Sie folgte der Treppe am Haus hinunter in den großen Garten. Andreas harkte das viele Laub vom Rasen zusammen.

»Guck mal, Mama!«, verkündete Malina und befüllte den Eimer in ihrer Hand mit den Blättern. »Wir helfen Papa bei der Gartenarbeit.«

»Sehr schön, mein Schatz.« Ella kniff die Augen wegen der tiefstehenden Sonne zusammen. »Das macht ihr sehr gut.«

»Ich helfe auch«, sagte Laurin lächelnd und sah in ihrer dicken Jacke aus wie ein kleiner Ballon.

Malina rannte mit dem Eimer zum Waldrand und warf die Blätter auf den Komposthaufen. Laurin tat es ihr nach.

»Könntest du den Müll dort oben in die Tonne werfen?«, fragte Andreas seine Frau und deutete auf einen Haufen auf dem Gehweg.

»Klar.« Ella beugte sich über die zum Teil kaputten und aussortierten Werkzeuge, die ihre Zeit lange hinter sich hatten. »Kannst du dich also endlich davon trennen.«

Er tat so, als hätte er sie nicht gehört und harkte fleißig weiter, während Ella das Zeug aufsammelte und die Treppe wieder hinauflief. Über den Parkplatz erreichte sie die Mülltonnen und warf das kaputte Werkzeug hinein. Irgendwo in der Ferne hörte Ella einen Laubbläser. Gerade zu dieser Jahreszeit konnte man sich mit dem Laubaufsammeln ran halten. Was im Herbst der Laubbläser war, war im Sommer der Rasenmäher, im Winter die Schneeschaufel und im Frühjahr die elektrische Heckenschere.

»Guten Tag«, wünschte Ella der alten Frau Müller, die mit ihrem Hund einen Spaziergang machte und an ihr vorbeiging.

»Herrliches Wetter, Kindchen, nicht wahr?«, stellte die alte Dame fest und grinste mit geschlossenen Augen in die noch verbliebene Sonne hinein. Frau Müller wohnte schon als Kind in der Siedlung und hatte vermutlich die Bäume hier hochwachsen sehen.

»Ja, wirklich ein schöner Herbsttag«, bestätigte Ella. »Wie geht es Ihnen heute, Frau Müller?«

»Ach«, die alte Dame winkte ab. Ihr Hund, der mindestens genauso auf das Ende zuging, wie sie, hatte sich auf die Straße gelegt und ruhte sich aus. »Ich schlafe im Moment nicht gut. Selbst beim Liegen tut alles weh. Der Körper will irgendwann einfach nicht mehr.«

Ella nickte mitfühlend, auch wenn sie sich dies nicht vorstellen konnte. Geistig war die Frau fit wie eine Rechenmaschine, aber körperlich wurde es für sie von Tag zu Tag sichtlich mühseliger.

»Damals war alles einfacher«, schwelgte Frau Müller in Erinnerungen. »Da habe ich auch noch hier draußen herumgetobt, wie ihre beiden Mädchen.« Sie kicherte und zog sanft an der Leine, was ihre Daunenjacke rascheln ließ. »Komm Murphy, komm.«

Ella konnte ihrem kleinen Jagdhund ansehen, dass er lieber liegen bleiben wollte.

»Bis bald, Kindchen.«

»Frau Müller.« Ella kam eine Idee und hielt sie auf. »Wissen Sie zufällig, was vor unserem Haus hier gewesen war.«

Die Dame legte ihre Stirn in mehr Falten.

»Was vorher da gewesen war?«, wiederholte Frau Müller, als habe sie nicht richtig verstanden. Die Frau blickte schräg nach oben und kniff die Augen zusammen.

Ella konnte ihr ansehen, wie sehr sie überlegte.

»Ein Teich?«, fragte sie sich selbst nuschelnd. Dann sprach sie wieder laut und deutlich. »Da war ganz früher mal ein Löschteich.«

»Ein Löschteich? Was ist ein Löschteich?«

Die alte Dame verschränkte die Hände hinter dem Rücken, als mache sie sich bereit für einen Vortrag. Es schien ihr zu gefallen, aus dem Nähkästchen plaudern zu können. »Als es noch nicht so viele Anschlüsse an die Wasserkanäle gab«, erklärte Frau Müller, »hatte man in Siedlungen künstliche Löschteiche angelegt. So konnten die Anwohner mit Eimern und auch die Feuerwehr mit Schläuchen bei Bränden an große Mengen Wasser gelangen, um sie zu löschen.« Die Augen der Frau weiteten sich merklich. »Ja, jetzt fällt es mir wieder ein«, sagte sie und nickte eifrig. »Schreckliche Geschichte. Da war ich selbst noch ein kleines Mädchen.«

Ella wurde hellhörig. »Was für eine schreckliche Geschichte meinen Sie, Frau Müller?«

»Och, das ist schon so lange her.« Frau Müller winkte ab und gab ihrem Jagdhund das Zeichen zu gehen.

»Bitte, ich würde es gerne wissen«, forderte Ella.

»Na gut.« Die alte Dame ließ die Leine wieder in Ruhe, ganz zum Vorteil ihres Vierbeiners, der sich erneut auf die Straße legte. »Ich weiß noch, dass es einen riesigen Aufruhr gegeben hatte. Viele Eltern hatten sich eines Abends an dem Löschteich versammelt und redeten aufeinander ein.« Kurz sah Frau Müller umher, als könne sie es vor Augen sehen. »Ich war noch zu klein und wurde mit den anderen Kindern weggeschickt. Ein paar Mütter haben auf uns aufgepasst. Später haben wir erfahren, dass ein Mädchen darin ertrunken war, das so alt war wie wir.« Sie machte eine kurze Pause und schüttelte den Kopf. »Schlimme Geschichte.«

»Und wieso ist das passiert?« Ella spürte, wie ihr heiß wurde. »Warum ist sie ertrunken?«

»Das wusste keiner«, erzählte Frau Müller weiter. »Die Eltern des kleinen Kindes suchten natürlich nach einem Schuldigen. Verständlicherweise. Wer würde keine Gerechtigkeit wollen? Aber wahrscheinlich war das arme Kind einfach hineingefallen und konnte nicht schwimmen.«

»Ja, vielleicht«, sagte Ella nachdenklich. War das etwa der Grund für das weinende Mädchen? Sie hatte nicht geglaubt, dass sie so schnell auf irgendetwas stoßen würde. »Wie hieß denn die Familie?«

»Das weiß ich nicht mehr.« Frau Müller verzog den Mund. »Dafür kannte ich sie auch zu wenig. Und sie sind dann auch sehr schnell weggezogen.«

Ella verabschiedete sich höflich von Frau Müller und verlor sich in ihren Gedanken. Konnte das weinende Mädchen tatsächlich mit der Geschichte von Frau Müller zusammenhängen? Es war gut möglich, dass es gar kein Unfall war. Doch dann hätte es bestimmt einen Schuldigen gegeben. Und selbst, wenn es damals kein Unfall gewesen wäre, stellte sich eine Frage: Was sollte das alles miteinander zu tun haben? Und warum so viele Jahre später? Oder hatte Andreas Recht gehabt und sie war damals tatsächlich zu übermüdet gewesen? Vielleicht spielte nur ihr Verstand ihr einen Streich und spann sich die Geschichte zurecht, obwohl es womöglich nur ein Zufall war. Sie musste sich nicht nur selbst eingestehen, dass die Zeit, als Malina noch ein Baby war, nervenaufreibend war, sondern auch, dass es in ihrer Familie genauso viele Geistergeschichten, wie Geisteskrankheiten gab.

1990

Winter

Malina

Der Schnee rieselte nur noch leise und ruhig, aber in dicken Flocken. Malina sah aus dem Fenster. Es hatte schon den ganzen Tag heftig geschneit. Die Tage zuvor hatte der Himmel immer wieder die weiße Pracht herabrieseln lassen. Es hatte die Welt draußen mittlerweile in eine wunderschöne Winterlandschaft verwandelt. Sie und Laurin mussten Hausaufgaben für die Schule machen und durften daher nicht eher raus, bis diese fertig waren. Eine gefühlte Ewigkeit verging.

»Beeil dich«, forderte Malina ihre kleinere Schwester ungeduldig auf und zog sich die Träger ihrer Skihose über die Schulter. »Sonst kommen wir nie raus.«

Laurin zubbelte noch immer an ihren Hosenbeinen herum.

»Habt ihr auch eure dicken Socken an?«, fragte Ella und half Laurin in die Skihose.

»Ja, guck«, zeigte Malina stolz.

Ella schmunzelte über die verdrehten Träger der Skihose und zog sie mit einem gekonnten Handgriff zurecht, bevor sich Malina ihre Jacke anzog.

Lange hatten die Kinder nicht über das Für und Wider des Tragens von Mütze, Schal und Handschuhe mit ihrer Mutter diskutiert. Sie wollten hinaus in die weiße Welt, und das bedeutete „alles anziehen“.

Der unberührte Garten hinter dem Haus bot eine perfekte Gelegenheit, um einen oder mehrere Schneemänner zu bauen. Bereits beim Frühstück hatten die Kinder schon darüber gesprochen, wie sie die

Schneemänner bauen wollten.Auf jeden Fall hatten sich die beiden vorgenommen, vier Schneemänner zu bauen, Mutter, Vater und zwei Kinder. Für jedes Familienmitglied einen. Schnee war genügend da. Doch sollten die Schneemänner nicht auf einem zerrupften Schneefeld stehen, wo die Löcher im Schnee den Blick auf die Rasenfläche freigaben. Die Schwestern hatten sich vorab überlegt, den Schnee von der Fläche des angrenzenden Waldrands zu benutzen, um die einzelnen Schneekugeln zu rollen. So blieb die Rasenfläche des Gartens schön weiß und sah weiterhin hübsch aus.

Malina und Laurin verließen das Haus und rannten vorsichtig die Stufen an der Hausseite hinunter. Sie folgten dem Weg, an den Regentonnen vorbei, und fanden sich am Waldrand wieder.

Die Beerensträucher in der Nähe wirkten wie kleine, vom Schnee bedeckte Berge und deuteten nicht mehr auf den einstigen, ertragreichen Beerenwuchs hin.

»Ich dachte schon, wir kämen heute gar nicht mehr raus«, schnaubte Laurin und hatte bereits mit einer Schneekugel für das Unterteil ihres ersten Schneemannes zu kämpfen.

Malina rollte derweil den unteren Teil ihres Schneemannes zu einer Kugel und strich die noch kantig wirkende Form mit den Handflächen glatt. »Hättest du dich mehr konzentriert, wären wir bestimmt früher rausgekommen«, gab sie zurück, hob den Blick aber nicht von ihrer Schneekugel, zu der sie sich gebeugt hatte.

Während sie die weiteren Unebenheiten ihrer Kugel mit Schnee von der Erde ausbesserte, war Malina sogar froh über Handschuhe und Mütze. Ihre Hände wären sonst Eisblöcke und ihre blonden, lockigen Haare würden ihr nass im Gesicht hängen und sie stören. Ihr kam es dumm vor, vorhin mit ihrer Mutter darüber diskutiert zu haben.

Malina sah hinauf in den Himmel. Der Schnee rieselte immer noch stetig hinab. »Weißt du noch, wie wir mal versucht haben, die Schneeflocken zu zählen?« Sie sah ihre Schwester an.

Laurin platzierte ihre erste fertige Schneekugel so, dass sie nicht wegrollte und lächelte ihre Schwester an. Sie kniete sich trotzdem vor die Kugel hin, um sie vorsichtshalber mit etwas Schnee zu fixieren, damit sie nicht über den unebenen Rasen rollte. »Ja, das war gar nicht so leicht, wie wir dachten.«

Malina grinste und hatte gerade die letzte unebene Stelle an ihrer eigenen Schneekugel ausgebessert und betrachtete sie stolz. Sie musste unweigerlich an das Lied denken, das sie und Laurin damals dazu gebracht hatte, die Schneeflocken zu zählen. In dem Lied wurde nämlich gesungen, dass Schneeflockenzählen gar nicht so leicht sei und man vor lauter Schneeflocken, die Schneeflocken gar nicht mehr sehen würde. Und genau so war es auch.

»Hast du deine Kugel fertig?«, wollte Laurin wissen und betrachtete die ihrer Schwester eingehend.

»Ja.« Malina hatte bereits den Mittelteil für den Schneemann angefangen. Es bedurfte nur noch der Ausbesserung, die Größe war bereits vorhanden. Eigentlich war die untere Kugel eines Schneemannes der schwierigste Teil beim Bauen. Als sie Schnee zur

Ausbesserung aufhob, merkte sie, wie dringend sie auf die Toilette musste.

»Die ist aber schön rund geworden«, lobte Laurin Malina für die fertige Kugel und schaute das kantig aussehende Unterteil ihres noch zu bauenden Schneemannes an. »Wie hast du das hinbekommen?« Sie erhob sich und klopfte den Schnee mit den dick in Handschuhen eingepackten Händen von Knie und Schienbeine.

Malina begutachtete stolz ihre Schneekugel, die ihr tatsächlich gut gelungen war. Dann schaute sie abwechselnd prüfend zwischen ihrer und der von Laurin hin und her. Im Augenwinkel sah Malina plötzlich einen Schatten, den sie einige Meter hinter Laurin zwischen den kahlen Bäumen im Wald zu sehen glaubte. Angestrengt schaute Malina an ihrer Schwester vorbei. Sie konnte aber nichts erkennen, obwohl sie sich sicher war, den dunklen Schatten zwischen dem weißen Schnee auf Boden und Ästen der Bäume deutlich gesehen zu haben. Nur was es gewesen war, das konnte sie nicht genau erkennen. Es hätte genauso gut ein Tier gewesen sein können. Allerdings wusste Malina nicht, welche Tiere sich zu so einer Jahreszeit im Wald herumtrieben, noch dazu in der Nähe von Menschen.

Laurins Schneeanzug machte ein raschelndes Geräusch, als sie mit den Händen vor Malinas Gesicht herum fuchtelte. »Was ist?«, fragte sie.

Malina sah Laurin unvermittelt in die Augen. »Ähm nichts«, Sie schüttelte verschmitzt den Kopf und zeigte auf Laurins Schneekugel. »Ich denke, du musst deine

Kugel nur mit Schnee ausbessern und dann rund reiben«, stellte sie fest. »So wie ich das gemacht habe.«

Laurin legte den Kopf schief. Ihre Mütze war ihr weit ins Gesicht gerutscht und sie zog sie wieder zurecht.

»Kannst du mir helfen, dass meine auch so schön aussieht?«, wollte Laurin wissen und rieb sich ihre laufende Nase.

»Klar!«, gab Malina zurück. »Aber vorher muss ich aufs Klo. Musst du auch?«

Laurin schüttelte den Kopf, wobei ihr die große Mütze wieder in das Gesicht rutschte und sie sie abermals hochzog.

»Okay, ich bin gleich wieder da.« Malina rannte zum Gehweg, der durch den Garten zu der Treppe am Haus führte. »Fang schon mal deine andere Kugel an.«

***

Malinas Pinkelpause hatte nicht gerade wenig Zeit in Anspruch genommen. Nachdem ihre Mutter die Haustür geöffnet hatte und Malina verkündete, nur eben auf die Toilette zu müssen, musste sie sich im Eingang des Hauses erst einmal Handschuhe, Jacke und Schuhe ausziehen, damit sie beim Durchqueren des Hauses nicht alles dreckig machte. Das wieder Anziehen ihrer Kleidung hat genauso lange gedauert, wie sich im Badezimmer aus der Skihose zu quälen, bevor sie sich erleichtern konnte.

Jetzt war Malina wieder bereit für ihren Schneemannbau.

Sie zog die Haustür hinter sich zu und eilte die Treppe am Haus hinunter in den Garten. Dabei passte sie auf, nicht auf einer vereisten oder rutschigen Stufe zu landen und auszurutschen. Am unteren Treppenabsatz angekommen konnte sie schon den großen Schuppen ihres Vaters sehen. Malina folgte dem durch Schnee verborgenen Weg daran vorbei, um zum Waldrand zu gelangen.

Obwohl es nicht mehr schneite, kam es Malina draußen ungemütlich und kalt vor. Trotz des dicken Schals und der Handschuhe, die sie trug, fröstelte sie, nachdem sie zuvor im Haus gewesen war, wo die Heizungsluft sie aufgewärmt hatte.

Auf der Hälfte des Weges blieb Malina schlagartig stehen.

Ein leises Wimmern war zu hören.

Durch ihre rosafarbene Mütze, die ihr dicht über beide Ohren saß, war sie sich aber nicht ganz sicher, ob sie tatsächlich irgendetwas gehört hatte.

Sie blieb mucksmäuschenstill und bewegte unruhig ihre Augen hin und her.

Da war doch etwas zu hören.

Sie lauschte noch einmal.

Dieses Mal vernahm sie sogar ein klägliches leises Weinen.

Laurin!

Malina rannte los.

So schnell sie konnte, eilte sie über den Weg zu den vereisten Regentonnen. Gleich erreichte sie das Ende des Gehweges, der den Anfang des Waldrandes aufzeigte.

Sie schwenkte nach links, zu der Stelle, wo die beiden Schwestern ihre Schneemänner gebaut hatten.

Erschreckend zeigte sich, dass sich Malina mit dem schwarzen Schatten zwischen den Bäumen nicht geirrt hatte. Denn dieser hockte, neben der weinenden Laurin, auf dem verschneiten Boden, der durch den Schneemannbau einige Löcher aufwies und die darunterliegende Wiese teilweise freigab. Der Anblick ihrer Schwester, die ihren linken Fuß umklammert hielt, ließ Malina nicht nur besorgter, sondern auch wütend werden. Laurin war ihre Mütze vom Kopf gerutscht und bildete einen kleinen blauen Fleck neben ihr im Schnee.

»Weg von ihr!«, brüllte Malina rennend.

Ihre Füße rutschten beim Laufen auf dem Schnee weg, sodass sie Mühe hatte, sich mit den Schuhen fort zu drücken. Die dicke Kleidung machte die Bewegung dabei nicht einfacher.

Ihr Kopf hämmerte.

Mit ausdruckslosem Gesicht wurde ihre Aufforderung, sich von Laurin zu entfernen, erwidert.

Der Weg kam Malina durch die Anstrengung, im Schnee zu laufen, doppelt so lang vor, aber fast war sie da.

Doch mit jedem Meter wurde der Druck in ihrem Kopf immer schlimmer.

»Weg von ihr, hab´ ich gesagt!«, schrie Malina so laut, dass selbst Laurin erschrak, den Kopf hob und sie mit großen Augen ansah. Sie hatte sogar kurzzeitig aufgehört zu weinen, und wimmerte nur noch leise vor sich hin.

Malina bemerkte, dass ihre Schwester Nasenbluten hatte. Nicht viel, aber ein winziger roter Fleck hatte sich unter einem Nasenloch gebildet. Ihre braunen, dünnen Haare sahen wegen des Tragens der Mütze zottelig aus. Einige Strähnen waren voller Schnee.

»Es ist alles gut.« Der Mann hob abwehrend die in Lederhandschuhen eingepackten Hände. Sein langer dunkler Mantel war durch das Hocken unten am Saum mit Schnee bedeckt. Er klopfte ihn nicht ab. »Sie hat geweint, da bin ich zu ihr gegangen«, erklärte Herr Selter und ließ dabei die Arme immer noch in der Luft, als würde das Kind mit einer Waffe auf ihn zielen.

Malina kniff die Augen zusammen und schürzte die Lippen. Rasend vor Wut wägte sie ab, ob das, was der Mann sagte, der Wahrheit entsprach. Ihr kam Herr Selter zwar nicht so grimmig vor, wie an anderen Tagen, aber sie traute ihm kein Stück.

Laurin war weiterhin wimmernd mit ihrem Fuß beschäftigt und schenkte ihrer Blutnase keine Beachtung. Sie sah nicht einmal Malina an.

Wie sollte sich Laurin überhaupt wehgetan haben? Der Schnee tat nicht weh. Die Wiese darunter war vielleicht teilweise gefroren, aber trotzdem würde man sich da wohl kaum so sehr verletzen können, geschweige denn sich eine blutende Nase zuziehen. Oder doch?

»Gehen Sie weg von ihr!«, fauchte Malina noch einmal mit Nachdruck und ging auf Laurin zu. »Mama!«

Herr Selter machte ein paar Schritte rückwärts, rückte seine dünne Stoffmütze zurecht und nahm seine Hände herunter. Mit der Mütze und dem langen Mantel sah er hier am Wald ein wenig fehl am Platz aus. So kleidete sich normalerweise jemand, der mit dem Auto in die Stadt fuhr. Lediglich seine Schuhe waren feste Winterschuhe und passten nicht zu seinem restlichen Outfit.

Malina hob Laurins blaue, voller Schnee bedeckte Mütze auf, schüttelte sie aber nicht aus. Sie hockte sich dicht neben Laurin in den Schnee und tätschelte mit der freien, in Handschuh gepackten Hand Laurins Schulter. Sie spürte dabei, wie der Stoff ihrer Jacke unter dem Gewicht ihrer eigenen Hand nachgab.

»Alles gut?«, fragte Malina besorgt. »Was ist passiert?«

»Ich glaube, sie ist ausgerutscht und hat sich dabei verletzt«, kam Herr Selter ihr zuvor.

Malina warf dem Mann einen bösen Blick zu.

Sein Gesichtsausdruck veränderte sich schlagartig. Von seinen zunächst sanft aussehenden Gesichtszügen, die Malina nicht an ihm kannte, blieb nur noch Argwohn übrig. Er fixierte sie, schien sie zu studieren. Wie ein Wissenschaftler, der eine andere Kreatur gefangen hatte und versuchte, aus dieser schlau zu werden. Eine Mischung aus Entsetzen und Überlegungen zierten sein Gesicht.

Dabei war es Malina, die bestürzt war und allen Grund hatte, ihm nicht zu trauen.

»Ich war gerade...«, setzte der Mann an, aber Malina wollte seine Lügen nicht länger hören.

Sie sprang auf.

Herr Selter wirkte noch überraschter und prüfender, als Malina ihm einen weiteren garstigen Blick zuwarf.

»Lassen Sie meine Schwester in Ruhe!«, unterbrach Malina ihn hastig.

Der angrenzende Wald war zwar an sich für jeden passierbar und auch Spaziergänger kamen öfters einmal hier lang, weil sie falsch abbogen. Der eigentliche Wanderweg befand sich jedoch auf der anderen Seite des Hauses und führte an den Feldern vorbei, vom Haus weg.

Malina fühlte sich mit einem Mal, als hätte man ihr einen Ball ins Gesicht geworfen, ihr wurde kurz schwindelig, aber sie fing sich wieder. Ihre Kopfschmerzen wurden zunehmend schlimmer, doch sie wusste einfach nicht, woher sie kamen oder warum sie so plötzlich aufgetreten waren. Sie glaubte einfach, es sei die Aufregung und die Anstrengung, weswegen ihr Kopf hämmerte.

Laurin hob den Blick und schaute an ihrer Schwester vorbei.

Bevor irgendeiner noch etwas sagen konnte, wurden sie unterbrochen.

»Was ist hier los?«

Liebes Tagebuch!

Heute war ein total schlimmer Tag.

Also am Anfang eigentlich nicht. Da war er schön und ich habe mit Laurin zusammen Schneemänner gebaut. Wir wollten unsere Familie als Schneemänner in den Garten stellen. Der Mamaschneemann sollte einen Schal von Mama bekommen. Papaschneemann sollte einen Hut von Papa bekommen. Den zieht er sowieso nie an. Mein Schneemann sollte meine Lieblingshaarspange bekommen und Laurin wusste für ihren noch nichts. Sie hätte bestimmt auch eine Spange genommen. Die schöne mit der Blume dran.

Aber wir konnten die Schneemänner heute leider nicht zu Ende bauen. Das fand ich sehr schade.

Der Tag war dann nicht mehr schön.

Ich bin nur kurz aufs Klo gerannt und als ich wieder kam, war Laurin am Weinen. Herr Selter hat das bestimmt gemacht.

Ich wollte Laurin beschützen und ihn verjagen.

Dann kam Mama. Ich weiß gar nicht mehr alles. Es ging so schnell.

Laurin wurde ins Haus gebracht. Sie hat den Fuß verstaucht. Sie und Herr Selter sagten beide, dass sie ausgerutscht ist und sich den Fuß verdreht hat. Das glaube ich aber nicht. Mama glaubt Herr Selter. Er war auch mit in unserem Haus. Ich glaube, er war das. Ich habe Mama das so gesagt. Mama war dann böse auf mich. Warum weiß ich nicht. Ich bin mir sicher, dass er vorher im Wald war. Er hat bestimmt nur darauf gewartet, dass ich gehe. Ich habe schon oft gesehen, wie er immer um das Haus herum geht.

1991

Frühling

Malina

Obwohl es an diesem Tag kälter draußen war, schien wenigstens die Sonne. Dennoch nervte Malina die Jacke, die sie heute, nach Aufforderung ihrer Mutter, anziehen musste. »Es ist noch zu kalt draußen«, hatte Ella erklärt.

»Mir ist aber warm«, entgegnete Malina kleinlaut.

»Ich werde darüber nicht mit dir diskutieren, Malina. Entweder zu ziehst die Jacke an oder du bleibst drinnen.«

»Aber ich muss das Bild malen«, hatte Malina protestiert.

Ella verschränkte die Arme. »Dann weißt du ja, an welche Bedingung das geknüpft ist.«

Sie wusste, wenn sie das Bild malen wollte, blieb ihr nichts anderes übrig, als die Jacke einfach anzuziehen. Wie sie vermutete, war ihr warm, jetzt, wo sie draußen in der Sonne saß, oben im Wendekreis vor dem Haus. Auch der Boden war nicht kalt, als sie ihn berührte. Die Sonne hatte ihn schon den ganzen Vormittag aufgewärmt.

Malina mochte ihre Jacke eigentlich sehr gerne. Sie hatte eine schöne Brombeerfarbe. Nur jetzt zum Malen, war ihr die Jacke einfach lästig. Sie konnte sich nicht richtig bücken, ohne, dass sich die Jacke an der Brust nach oben schob und ihr ständig der Reißverschluss unter dem Kinn hing. So konnte Malina nicht gut mit der Kreide auf der Erde malen. Dabei wollte sie sich heute extra viel Mühe mit dem Bild geben, um es Laurin später zu zeigen. Das Bild, dass sie groß auf dem Wendekreis malte, war nämlich für ihre Schwester gedacht. Als Überraschung, wenn Laurin wieder nach Hause kommt.

Sie hatte nämlich keine Lust auf den Geburtstag der Klassenkameradin gehabt. Malina kannte das Mädchen nicht, deswegen durfte sie auch nicht mit. Falls Laurin unglücklich nach Hause käme, würde es sie aufheitern. Zwar verstand Malina nicht, wie man auf einen Geburtstag mit Kuchen und Spiele keine Lust haben konnte. Auch ging er ja nur zwei oder drei Stunden. Und wenn sie nicht traurig war und ihr der Geburtstag doch gefallen hat, dann freute sie sich bestimmt trotzdem.

Malina legte die braune Farbe zurück in die Plastikbox. Sie war sehr zufrieden mit dem großen Pferd, das sie zuerst gemalt hatte. Es hatte eine extra lange Mähne bekommen. Laurin bürstete ihrem Barbiepferd auch immer die Mähne, weil sie so schön lang war.

Da das Pferd nicht alleine sein sollte, wollte Malina noch ein Mädchen dazu malen, so, wie Laurins Lieblingsbarbie aussah. Sie griff deshalb in die Kreidebox und holte gelb für die blonden Haare und blau für die Augen heraus.

Eine hohe Farbauswahl bei Kreide gab es nicht, sodass Malina hoffte, dass Laurin ihre Barbie trotzdem erkennt. Falls nicht, wäre es aber auch nicht schlimm.

Nachdem Malina auch das Pferdemädchen fertig gemalt hatte, zeichnete sie noch mit der gelben Kreide oberhalb vom Pferd eine Sonne. Unter dem Pferd, hatte Malina überlegt, noch ein paar grüne Gräser zu malen, damit das ganze auch schön bunt aussah. Außerdem war es ohne Gras unrealistisch, denn Pferde stehen meistens auf einer Wiese und essen schließlich Gras. Sie entschied sich, auch noch ein paar große bunte Blumen zu malen. Auf einer Wiese sieht man auch immer Blümchen.

Während Malina begann die Blumen zu malen, legte sich ein kleiner Schatten über die Fläche, an der sie die rote Kreide auf den Asphalt gesetzt hatte. Sie schaute auf.

Ein Junge sah auf sie herab. Sein zotteliges Haar fiel ihm dabei in sein Gesicht und seine Augen wirkten leicht verträumt. Mit seinem schlabbrigen Pullover und der Jeanshose, mit Grasflecken an den Knien, sah er etwas schmuddelig aus. Wahrscheinlich waren es extra Kleidungsstücke für draußen, um die guten nicht schmutzig oder kaputt zu machen.

»Was machst du da?«, fragte der Junge.

Malina glaubte, der Junge hieß Lenny. Sie wusste nicht, ob es sein richtiger Name, eine Abkürzung oder ein Spitzname war. Er und seine Familie wohnten zwar in der Siedlung auf derselben Straße, aber im unteren Bereich des Berges. Deswegen spielten sie sehr selten miteinander, bisher nur zweimal. Das war eher Zufall, eine Gruppe spielender Kinder traf auf eine andere und dann hatte man beschlossen, zusammen etwas zu spielen. Aber eigentlich blieben immer die gleichen Kindergruppen für sich. Das lag auch am Alter. Lenny war drei Jahre jünger als Malina.

Auch seine Frage, was sie dort machen würde, fand Malina überflüssig. »Er hat doch Augen im Kopf«, dachte sie sich, war aber der Meinung, dass er eben bestimmt noch ein kleiner Trottel war. »Ich male«, antwortete Malina schließlich neunmalklug. »Das sieht man doch.«

»Und was malst du?«

Malina seufzte und hörte auf zu malen.

Er ist wirklich ein kleiner Trottel.

Malina fand, dass es daran lag, weil er ein Junge ist. Laurin, ihre kleine Schwester, war zwar auch manchmal ein kleiner Trottel, aber stellte nicht so dumme Fragen. Man darf einem nicht sagen, dass er dumm ist, aber Malina war überzeugt, dass der Junge nicht die hellste Kerze auf der Torte war. Also entschied sie sich dazu, nett zu sein und es ihm zu erklären. Er brauchte eben etwas länger, um es zu verstehen.

»Also das ist ein Pferd«, Malina zeigte nacheinander auf die gemalten Bilder auf dem Asphalt, »das ist ein Pferdemädchen und das sind Blumen und Gras. Das ist eine Sonne.«

Lenny nickte dabei immerzu und lächelte.

Malina war sich sicher, dass ihre Erklärung bei dem Jungen angekommen war. Sie setzte ihren roten Kreidestift wieder auf den Boden ab, aber sie kam nicht weiter.

»Hübsch«, bemerkte der Junge und fragte dann: »Kann ich mitmachen?«

Malina hatte immer gesagt bekommen, dass man nicht unhöflich zu anderen Menschen sein darf. Man solle immer freundlich bleiben oder jemanden nett auf etwas hinweisen. »Das geht nicht«, erklärte sie dem Jungen, »ich male das Bild für meine Schwester. Es soll eine Überraschung für sie sein.«

Lenny hockte sich vor Malina auf den Boden. »Das ist aber nett von dir.« Der Junge schlang die Arme um seine Knie. »Dann kann ich dir doch dabei helfen.«

Malina seufzte verärgert. »Ich«, sie betonte das Wort, »male das Bild für meine Schwester als Überraschung.«

Sie zeigte dabei auf ihre Brust. »Wenn du jetzt mit malst, dann ist das Bild für meine Schwester ja nicht mehr von mir alleine.«

»Okay.«

Jetzt hat er es wohl endlich verstanden.

Malina wandte sich wieder dem roten Kreidestift zu.

»Dann kann ich aber doch etwas anderes malen, was nicht zu dem Bild für deine Schwester gehört«, bat der Junge.

Malina überlegte. Wenn er auch hier auf dem Wendekreis malte, dann würde Laurin ihr Bild nicht sofort erkennen. Und wahrscheinlich hätte er ihr hübsches Bild mit seiner Kritzelei noch hässlich gemacht.

»Ja, okay, aber dann da, die Straße weiter runter, nicht im Wendekreis«, befahl Malina deshalb dem Jungen.

Lenny überlegte und zuckte mit den Achseln.

Malina befürchtete schon, dass sie ihm erneut alles erklären müsste, weil er es wieder nicht verstanden hatte.

Lenny grinste und stand aus seiner Hocke auf. Malina folgte seiner Bewegung. Er ging zu der Kreidebox und holte einen blauen Stift heraus. Er zeigte ihn Malina.

»Brauchst du den jetzt oder kann ich den haben?«, fragte er.

»Nein, den kannst du haben.«

Lenny freute sich darüber und ging ein paar Meter vom Wendekreis die Straße hinunter, sodass er vor der Einfahrt des Hauses von Malinas Eltern auf die Erde zeigte. »Hier?«, klärte er mit Malina ab, die nickend ihr Einverständnis gab.

Lenny setzte sich auf die Straße und fing an mit seiner vorher ausgesuchten Kreide zu malen.

Malina schaute zwischendurch zu Lenny herüber, um zu sehen, was er malte. Es sah aus wie ein Auto oder ein anderes typisches Motiv, das sich ein Junge zum Malen eben aussuchen würde. Vielleicht war es auch ein Flugzeug, Malina konnte es nicht definieren. Sie war froh darüber, dass er nicht in der Nähe ihres schönen Bildes war. Er hätte es tatsächlich nur ruiniert.

Nach einigen Minuten hatte sie sich überlegt, ihrer Schwester noch ein paar Kleeblätter zu malen, und wollte die Kreide von Rot zu Grün wechseln. Grün brauchte sie sowieso noch für die Blätter der Blumen, die sie damit fertigstellen wollte. Also stand sie auf und holte sich den grünen Kreidestift. Sie legte den Roten dabei sorgfältig zurück in die Box.

Malina beschloss, vorab erst einmal nachzusehen, was genau Lenny da malte. Sie ging zu ihm hinüber und schaute sich sein Bild an.

»Wie findest du's?«, fragte der Junge und sah kurz zu ihr auf.

Sie fand es nicht so schön wie ihres. Nicht, weil es nur blau und damit trist war, sondern weil er es einfach nicht schön gemalt hatte. Sie wusste aber auch, dass er es wegen seines Alters noch nicht besser konnte. Er war schließlich jünger als sie.

»Hübsch«, lobte Malina ihn daher und versuchte, mit einem Lächeln ihre Flunkerei zu bekräftigen.

Man sollte jemanden immer loben, hatte ihre Mama mal gesagt, das würde einen aufbauen und man gibt sich dann immer mehr Mühe. Jeder hätte an Dingen, für die man gelobt wird, mehr Spaß und könne sich durch die Wiederholung der Ausführung besser steigern.

Lenny schaute zu Malina auf. »Danke«, strahlte er.

Malina erkannte, dass er sich sogar schon die Hose blau angemalt hatte. Ihre eigene Kleidung war nicht sehr dreckig geworden, auf jeden Fall nicht mit Kreide, höchstens ein bisschen Schmutz vom Hinknien an der Hose, doch das würde sie abklopfen können.

Jungs eben.

»Sag mal, wo ist deine Schwester eigentlich, für die du das Bild malst?«, wollte Lenny wissen und wischte sich mit der Kreide in der Hand über die Stirn.

Malina befürchtete, dass er gleich blaue Farbe im Gesicht hatte. »Sie ist auf einem Geburtstag«, erklärte sie.

»Wollte sie dich nicht dabei haben?«, fragte er sofort und schaute sie verwundert an.

Malina war entsetzt über seine Frage.

Ich durfte nicht mit.

Sie wollte gerade zur Erklärung ansetzen, aber so schnell war sie nicht.

»Hat deine Schwester dich alleine gelassen?«, schob Lenny aber sofort eine Frage hinterher.

Malinas Augen weiteten sich und sie ballte ihre Fäuste. Am liebsten hätte sie ihn gehauen, doch sie beherrschte sich noch. »Laurin lässt mich nicht einfach so alleine«, beteuerte Malina und untermauerte forsch, »und es ist nicht so, dass sie mich nicht dabei haben will.«

Der Junge stand nun auf und stützte sich dabei, mit der mit Kreide beschmierten Hand, auf dem Knie ab. Er stand jetzt direkt vor Malina. »Es kann doch aber sein, dass deine Schwester irgendwann nicht mehr da sein wird.«

Was? Malina schüttelte heftig den Kopf.

Nein!

»Niemand wird für immer bei einem sein können«, sagte er mit müden Augen.

»Doch natürlich wird sie das, sie ist meine kleine Schwester und ich muss sie beschützen«, bekräftigte Malina. »Immer.«

»Bist du dir sicher?« Lenny spielte mit der blauen Kreidefarbe in seiner Hand und senkte den Kopf. »Menschen sind ja nicht für immer da«, sagte er traurig und leise.

»Wie kannst du nur so etwas sagen?« Malina umschloss die Kreide in ihrer Hand fester. »Du hast ja keine Ahnung!«, bellte sie ihn an. Er wusste so etwas ja wohl kaum besser als sie. Er war jünger und ein Hohlkopf in ihren Augen.

»Doch, hab' ich«, setzte Lenny an und sah Malina direkt in die Augen. »Ich,...«, stotterte er, »meine Mama ist weg...«

»Hör auf!« Malina unterbrach ihn. »Sei still!«, brüllte sie ihn wutentbrannt an. Sie wollte nicht länger von seinem Gerede und seinen Lügen hören.

Lenny trat einen Schritt zurück.

»Meine Schwester wird immer bei mir sein! Für immer!«, schrie sie ihn an.

Du wirst sehen...

Ella

Ella schaute aus dem Küchenfenster in den Wald hinein und beobachtete ein Eichhörnchen, das gerade wieder mit einer Beute den Baum zu seinem Versteck hinaufkletterte. Sie wusch in diesem Augenblick den Salat für das Abendessen ab und zupfte ihn bereits in dem Sieb zurecht, sodass sie ihn später nur noch in die Schüssel geben musste. Laurin wird sicher keinen Hunger mehr haben, wenn sie von dem Geburtstag nach Hause kommt. Auch ihr Mann, der sich heute unterwegs etwas holen wollte, wird sicherlich nicht mehr viel essen wollen. So blieben nur sie und Malina übrig. Ein bisschen Abendbrot und Salat wird da bestimmt ausreichend sein. Ella hatte extra schon Brot in Würfel vorgeschnitten, um Croutons für den Salat zu machen, die Malina so gerne aß. Aber eine Stunde dauerte es bestimmt noch bis zum Abendessen.

Der klimpernde Schlüsselbund, der im Schloss steckte, damit Malina nicht klingeln musste, deutete ihr Kommen an. Ella schaute über die Schulter durch die offene Küchentür. Achtsam stellte Malina die Kreidebox im Flur auf dem Boden ab, schloss die Tür und begann, Jacke und Schuhe auszuziehen.

Ella trocknete sich an einem Handtuch die Hände ab und ging zu dem Eingang. »Und wie war es draußen?«, fragte Ella ihre Tochter.

»Nicht kalt«, gab Malina zurück.

Natürlich wusste Ella um Malinas Protest, eine Jacke anzuziehen, als sie zum Malen nach draußen wollte. Aber welches Kind protestiert nicht dagegen?! Ella ließ die Antwort unkommentiert und hob zunächst die Kreidebox vom Boden auf.

Offenbar hatte das Schimpfen ihrer Mutter darüber, dass sie nicht wollte, dass die Kinder die schmutzigen Schuhe im Eingang liegen ließen, geholfen, denn Malina stellte ihre Schuhe auf die Matte neben dem Eingang. So konnte Ella sie wenigstens vorher sauber machen, bevor sie sie wieder im Schuhschrank verstaute.

»Ich habe ein voll schönes Bild für Laurin auf dem Wendekreis gemalt«, erklärte Malina freudestrahlend ihrer Mutter.

»Sehr schön, Liebes.«

»Wann kommt denn Laurin endlich zurück?«, fragte Malina mit leidigem Blick.

Ella drehte den Kopf und sah auf die Uhr in der Küche.

»In ungefähr einer Stunde bringt Papa sie mit nach Hause.«

»Super« Malina strahlte wieder. Sie konnte es nicht abwarten, Laurin das selbst gemalte Bild endlich zu zeigen. Sie war schon ganz gespannt auf ihre Reaktion.

»Ich bereite auch gerade schon das Abendessen vor«, verkündete Ella.

»Darf ich so lange fernsehen, Mama?«, bat Malina.

»Ja, aber wasche dir bitte vorher die Hände und ziehe dir etwas anderes an.«

Malina lief in den ersten Stock, bis zum Ende des Flurs in das große Badezimmer.

Ella legte derweil die Kreidebox in die Kommode am Eingang zurück, neben einem Ball und einem Federballspiel der Kinder.

Es klopfte an der Haustür.

Ella drehte sich verwundert um.

Ein Mann spähte durch die große Scheibe neben der Haustür hinein.

Sie öffnete die Tür.

»Guten Tag, Herr Selter«, sagte Ella freundlich und lächelte ihren Nachbarn an.

»Guten Tag«, erwiderte er knapp und nickte kurz.

Seine Mine war finster und Ella wusste, dass das nichts Gutes heißen konnte.

Augenblicklich war sie etwas angespannt.

»Ist ihre älteste Tochter auch da?«, fragte Herr Selter schließlich und schaute an Ella vorbei.

»Äh, nein«, stammelte sie überrascht über seine Frage und hoffte, ihre plötzliche Nervosität wurde nicht von ihm wahrgenommen. »Also ja, aber sie ist oben im Bad.«

Warum fragt er nach Malina?

Herr Selter bemerkte wohl, dass seine direkte Frage Ella aus dem Konzept gebracht hatte, und fügte darum hinzu: »Tut mir leid, ich wollte Sie nicht erschrecken, Frau Bremer.« Sein finsteres Gesicht erheiterte sich ein wenig und er verzog den Mund zu einem kleinen Lächeln. »Ich möchte nur gerne etwas mit Ihnen besprechen«, gab er weiter an und sein Blick wurde wieder ernster.

»Oh, ach so.« Ella konnte ihm ansehen, dass er etwas auf dem Herzen hatte, aber sein Gesicht wahren wollte. »Möchten Sie dann gerne reinkommen?«

Sie öffnete die Haustür ein Stück weiter und bat ihn mit einer Handbewegung herein.

Herr Selter hob abwehrend die Hand. »Nein danke«, sagte er freundlich, »es dauert nicht lange.«

Ella wartete ab, bis ihr Nachbar von alleine anfing zu reden. Es schien ihm nicht leicht zu fallen, entsprechende Worte zu finden. Er war zwar stets ein ernster und gefasster Mann, aber irgendwie wirkte er in diesem Moment unruhiger als sonst.

»Hat Ihre Tochter Ihnen erzählt, was vorhin vorgefallen war?«, fragte Herr Selter schließlich.

Was für ein Vorfall?

»Äh nein«, Ella war verwirrt und stockte. »Was soll denn vorgefallen sein?«

Ihre Nervosität kam zurück. Sie rechnete damit, dass Malina den Nachbarn mit irgendetwas verärgert und sie etwas angestellt hatte. Wenn das der Fall wäre, hätte Ella ein ernstes Wörtchen mit ihrer Tochter zu reden. Sie wollte nicht, dass die Kinder etwas verheimlichen. Sie sollten sich lieber trauen, es ihren Eltern zu sagen, damit sie gemeinsam ein Problem aus der Welt schaffen könnten. Bisher hatten ihre Kinder dies auch immer gutgeheißen und sich ihren Eltern anvertraut.

»Okay«, wandte Herr Selter ein und Ella wollte ihn schon barsch angehen, dass er doch endlich mit der Sprache herausrücken sollte. Zum Glück hatte sie das nicht gemacht, denn er redete von alleine nun Klartext.

»Ihre Tochter hat vorhin, wie Sie vermutlich wissen, mit Kreide oben auf dem Wendekreis gemalt.«

Ella wollte schon »Ja, und?« sagen, beherrschte sich aber.

»Der Junge von unten, Lenny heißt er«, der Mann wartete fragend, bevor er weitersprach, bis Ella ihm mit einem Nicken zu verstehen gab, dass sie weiß, welchen Jungen er meinte. »Lenny ist zu Ihrer Tochter gegangen und hat sie gefragt, ob er mit ihr malen dürfte.« Herr Selter machte eine kurze Pause.

Ella konnte bis hierhin folgen und nickte ihm abermals zu.

»Ihre Tochter...«

»Malina«, unterbrach ihn Ella.

»Wie bitte?«, sagte Herr Selter.

»Meine Tochter heißt Malina«, erwiderte Ella höflich. Sie wollte nicht immer zu von ihm „Ihre Tochter" hören. Für sie klang dies direkt wie ein Vorwurf.

»Ach so, ja natürlich«, entgegnete er und fuhr fort. »Malina hatte ihn mitmalen lassen. Ein wenig später bin ich zufällig an meinem Fenster vorbeigegangen. Die beiden haben sich unterhalten.«

Bis hierin konnte Ella noch nichts Schlimmes erahnen, wusste aber, dass die Pointe der Geschichte nicht mehr lange auf sich warten lassen würde.

»Malina hat Lenny dann angeschrien und ihn heftig geschubst«, erklärte Herr Selter weiter und rieb sich nervös die Hände.

Ella konnte sich vorstellen, dass es nicht leicht war, einer Mutter gegenüberzutreten und ihr ein Fehlverhalten der Tochter anzuzeigen. Keine Mutter hörte das gerne. Ihre Erfahrung lehrte sie, erst alles anzuhören, um sich ein richtiges Bild über die Dinge machen zu können.

»Sie hat dann…«, Herr Selter stockte und wusste nicht, wie er es ausdrücken sollte. »Der Junge lag dann am Boden und Malina hatte weiterhin auf ihn eingetreten.«

Was hat sie gemacht?

Ella stand mit offenem Mund da und sah ihren Nachbarn entsetzt an.

Herr Selter rieb sich so heftig die Hände, dass man glauben konnte, ihm sei kalt. Als er selbst bemerkte, wie nervös er war, verschränkte er die Hände hinter dem Rücken.

Als Ella immer noch keinen Ton von sich gab und ihren Nachbarn weiterhin einfach nur ansah, erzählte er weiter: »Ich bin hinausgerannt und habe Ihre Tochter, ich meine Malina«, korrigierte er, »von dem Jungen weggeschoben.« Er senkte den Blick, als hätte er etwas Falsches gemacht, wofür er sich schämte, und machte eine kurze Pause. »Ich habe Lenny anschließend nach Hause getragen. Er hat geweint und geblutet.«

Das glaube ich nicht!

Ella glotzte ihren Nachbarn verständnislos an, als hätte man ihr ein Märchen erzählt. Nie hätte sie erwartet, dass eine ihrer Töchter jemals so etwas machen würde. Aber natürlich glaubte sie auch nicht, dass Herr Selter sich so eine Geschichte ausgedacht hatte. Was hätte er davon!?

Ella konnte sich endlich dazu durchringen, etwas zu sagen. »Das ist ja furchtbar«, brachte sie aber nur heraus. »Und das hat Malina getan?« Ihr Verstand wollte einfach nicht realisieren, dass ihre Tochter zu so etwas fähig war. Sie wusste schier nicht, was sie sagen sollte.

Herr Selter sah sie wieder an. »Ich wollte Ihnen das erzählen, damit Sie Ihre Tochter fragen können, was vorgefallen war«, sagte er und nahm die Hände von seinem Rücken wieder nach vorne. »Ich kann Ihnen nämlich nicht sagen, ob oder was Lennys Vater in dieser Angelegenheit machen wird, wollte Ihnen aber die Gelegenheit geben, es vorher mit Malina klären zu können.«

Als würde Herr Selter erleichtert über seine Beichte sein, atmete er hörbar aus.

Die Schwere der Nachricht, die ihr Nachbar an sie herangetragen hatte, war auf Ella übergegangen, denn sie schluckte schwer. Mit einer derartigen Mitteilung hatte sie nicht gerechnet. Sie dachte eher an Klingelmäuschen oder so etwas in der Art. Vielleicht auch, dass Malina auf einem privaten Grundstück gemalt hatte. Nur mit einer Attacke, seitens ihrer Tochter, hatte sie beim besten Willen nicht gerechnet.

»Danke, Herr Selter«, meinte Ella schließlich ehrlich nach einer kleinen Überlegung und nickte dem Mann freundlich zu, »das ist sehr rücksichtsvoll von Ihnen. Ich werde Malina darauf ansprechen und das mit dem Vater von Lenny klären.«

Herr Selter nickte knapp und verzog leicht den Mundwinkel. Es sollte ein Lächeln sein, erstarb aber bereits beim Ansatz, seine Zufriedenheit war ihm dennoch anzumerken. Er wandte sich um und ging über den Weg des Vorgartens Richtung Gartentor.

Ella schloss gerade die Tür und dachte noch kurz über das Gehörte nach, als Malina fröhlich die Treppe heruntersprang.

»Ich guck jetzt solange Fern«, verkündete sie freudestrahlend und lief durch den Eingang an ihrer Mutter vorbei.

»Warte bitte noch kurz«, hielt Ella sie auf.

»Och manno«, gab Malina von sich. »Was ist denn?« Sie sah zu ihrer Mutter auf und wartete.

Ella fand, dass Malina überhaupt nicht wie jemand aussah, der einen Jungen zu Boden geworfen hatte oder gar auf ihn eintrat. Es war fassungslos, wenn sie sich vorstellte, dass die zierliche Malina einem kleineren Jungen so etwas angetan haben könnte. Sie nahm an, ihre Kinder besser erzogen zu haben. Sie war die ganze Zeit davon überzeugt gewesen, gute Werte vermittelt zu haben, die niemals jemandem absichtlich schaden würden. Aber es musste einen triftigen Grund für all das geben. Wie auch immer, sie wollte zunächst erst Malinas Sicht der Geschehnisse hören, bevor sie sich darüber im Klaren sein konnte, was wirklich vorgefallen war und wie diese Situation ausgebügelt werden könnte. Bestenfalls bevor der Vater von Lenny sich meldet und sie nicht weiß, was sie ihm entgegnen sollte.

»Malina«, fing Ella an, »ist heute beim Malen draußen irgendetwas vorgefallen?«

»Nee«, Malina legte den Kopf schief, »was sollte den vorgefallen sein?«

Da Ella mit einer derartigen ersten Reaktion gerechnet hatte, wunderte sie sich weder darüber, noch war sie deshalb böse. Welches Kind würde schon freiwillig sofort mit der Sprache herausrücken? Anderseits hatte sie eben genau das von ihren Töchtern erwartet. Dass sie mit Problemen und der Wahrheit zu ihr kommen würden.

»Herr Selter war vorhin hier und sagte mir, er habe Lenny nach Hause bringen müssen, weil du ihn geschubst und getreten hast, während er am Boden lag.« Ella versuchte, dabei so ruhig wie möglich zu klingen. Sie wollte nicht, dass Malina von einem direkten Vorwurf ausging. »Ich möchte gerne deine Version der Geschichte hören.«

Ella wartete ab.

Malinas Blick änderte sich augenscheinlich, ihre Augen wanderten hin und her, als müsse sie rasch die passenden Worte suchen. Natürlich war Ella bewusst, dass auch Malina zunächst diese Aussage zu verdauen hatte, entweder, weil es stimmte und sie nun versuchen musste, es ihrer Mutter zu erklären, oder aber, weil es eben nicht der Wahrheit entsprach und Herr Selter gelogen hatte. Aber warum sollte er lügen? Hierfür gab es keinen Grund.

»Und?«, fragte Ella noch einmal vorsichtig und wartete erneut.

»Nein Mami«, sagte Malina schließlich, »so ist das nicht gewesen.«

Liebes Tagebuch!

Heute war es ganz langweilig. Laurin war auf einem Geburtstag eingeladen, bei einem Mädchen aus ihrer Klasse. Mama hat gesagt, ich kann da nicht mit hin, weil ich nicht eingeladen bin.

Also musste ich alleine zu Hause bleiben und es war voll langweilig.

Ich habe Laurin dann draußen ein Bild gemalt. Oben auf dem Wendekreis, mit Kreide. Ein Pferd und Blumen und eine Sonne, schön bunt.

Laurin hat sich ganz doll gefreut, als sie das Bild gesehen hat. Das hat mich auch gefreut, dass sie es schön fand, ich habe mir ja so viel Mühe damit gegeben, dass es schön aussieht für sie.

Ich musste heute aber auch noch lange mit Mama reden. Sie hat Papa zum Glück noch nichts gesagt, damit er nicht sauer auf mich ist. Mama hat gesagt, dass Herr Selter heute an der Haustür war und eine Geschichte erzählt hat.

Lenny ist doof. Ein richtiger Trottel ist er. Und ein Lügner. Herr Selter ist auch ein Lügner.

Ich habe Lenny doch gar nicht getreten.

Ich habe Mama erzählt, dass Lenny gesagt hat, Laurin ist nicht für immer da. Das hat mich traurig gemacht. Das stimmt nämlich nicht. Sie ist doch meine Schwester.

Lenny weiß so was nicht.

Aber Mama hat gesagt, Lenny hat keine Mama mehr. Sie ist weg. Er hat sie im Himmel verloren oder so. Sie ist tot. Sie war krank. Deswegen weiß er wohl, wie das ist, wenn jemand nicht mehr da ist.

Aber Laurin wird immer bei mir sein.

Lenny war sauer und hat meine Kreidebox umgetreten.

Das war nicht nett. Ich wollte doch nur in Ruhe malen. Ich wollte doch nur das Bild für Laurin malen.

Dann hat er geschrien und ich hab Ärger bekommen.

Herr Selter ist ein Lügner. Er hat Mama eine Lüge erzählt.

Mama und Papa sagen aber immer, dass man nicht lügen darf.

Ella

Ella betrachtete lächelnd und ein wenig wehmütig ihr altes Nähzimmer, welches sie und ihr Mann renoviert hatten. Damals hatten sie es eingerichtet, als sie mit Laurin schwanger war. Sie erinnerte sich daran, dass sie unbedingt Kleider für die beiden Mädchen nähen wollte. Leider nähte sie dann seltener, als sie vorgehabt hatte. Die Zeit dafür war einfach nicht ausreichend vorhanden gewesen. Ihr Mann hatte noch einen Job am Wochenende angenommen und so blieb der Haushalt, die Beschäftigung und Aufsicht der Kinder, an ihr hängen. In der Zeit hatte sie ihr Hobby aber kaum vermisst. Sie fand es schön, eine Hausfrau zu sein und sich um die Kinder zu kümmern. Nur jetzt beim Betrachten des Zimmers, das im neuen Glanz erstrahlte, erinnerte sie sich daran. Anstatt in Weiß, strahlte es nun in einer Pastellfarbe und wirkte gleich viel freundlicher. Das andere Zimmer lag gegenüber. Die beiden Zimmer trennte lediglich ein kleiner Flur.

Bisher hatten sie immer davon abgesehen, die Kinderzimmer in den ausgebauten Speicher zu verlegen, da die Treppe hinauf für die beiden Mädchen zu steil war. Sie waren noch zu klein und hätten leicht herunterfallen können.

Nun war es aber an der Zeit, dass beide ein eigenes Zimmer bekamen. Schließlich waren sie keine kleinen Kinder mehr. So gab es auch keine Streitereien über die Ordnung und Unordnung im gemeinsamen Zimmer. Malina war sehr ordentlich, Laurin hingegen eher weniger und so gerieten die beiden manchmal aneinander. Das wird nun ein Ende haben.

Malina trat in ihr neues Zimmer und strahlte. »Das sieht ja super aus!«

Ella freute sich über die Reaktion, während Malina die Wandfarbe musterte.

»Es ist auf jeden Fall größer als deines«, stichelte Malina, als Laurin hereinkam und sich, trotz der Bemerkung ihrer Schwester, sichtlich über das Zimmer für ihre Schwester freute.

»Kommt! Wir schauen uns Laurins Zimmer an,« sagte ihre Mutter und winkte sie heran.

Malina schoss vor, während Laurin hinterhertrottete. Laurins Zimmer war ein wenig dunkler, weil es ein Fenster weniger hatte. Trotzdem strahlte Laurin über das Werk ihrer Eltern, als sie inmitten des Raumes stand. Es hatte vorher als Lagerraum gedient. Nun war es ein farbenfrohes Kinderzimmer in hellblau und orange. Hätte man noch Wolken auf die Wand gemalt, hätte man meinen können, es sei ein Himmel.

»Gefällt's dir?«, fragte die Mutter, als sie ebenfalls in die Mitte des Raumes trat.

Laurin grinste breit und nickte ihrer Mutter zu.

Ein Brummen ertönte neben Malina, die an der Tür stehen geblieben war, und sie zuckte zusammen. »Also davor würde ich mich ja an deiner Stelle gruseln«, sagte sie zu Laurin, während sie auf die Stahlklappen in der Wand zeigte, von denen aus das Geräusch zu hören war.

Laurin schaute auf die Klappen und anschließend fragend zu ihrer Mutter.

»Mach deiner Schwester doch nicht solche Angst«, sagte Ella an Malina gewandt und ging zu dem Schacht hinüber. »Das ist der Schornstein«. Ella öffnete quietschend die Metallklappe in der Wand. »Die Geräusche kommen nur von der Heizung im Keller.« Sie überlegte, wie sie es den Kindern am einfachsten erklären könnte. Das Brummen waren schließlich lediglich die Vibrationen und Schwingungen, die sich durch die Resonanzeffekte verstärkten. »Die Heizung macht immer dann so Geräusche, wenn sie reguliert«, erklärte Ella schließlich knapp und versuchte damit, das ängstliche Gesicht der Jüngeren zu entspannen.

»Gruselig«, sagte Malina und ging aus dem Zimmer.

Hallo Tagebuch!

Ich habe eigentlich gar keine Lust, heute in das Tagebuch zu schreiben, aber Mama und Papa haben gesagt, dass ich das, so oft es geht, machen muss. Ich weiß nicht warum und ich habe da auch eigentlich keine Lust zu.

Laurin muss das nicht machen.

Aber man muss immer auf Mama und Papa hören.

Heute hat Mama uns unsere neuen Zimmer gezeigt. Wir durften die ganze Zeit nicht gucken, als Papa und Mama darin alles umgebaut haben. Sie sagten, dass es eine Überraschung wird.

Ich mag Überraschungen. Das ist immer etwas Schönes und man freut sich.

Ich habe das große Zimmer bekommen. Das freut mich total. Ich finde es voll schön.

Laurins Zimmer ist aber auch sehr schön. Es ist schön bunt.

In Laurins Zimmer sind so Klappen in der Wand und die sind echt gruselig. Da kommen Geräusche raus. Mama hat gesagt, dass die Geräusche vom Keller kommen. Mama hat aber auch gesagt, dass das nichts Schlimmes ist, das ist nur die Heizung.

1991

Sommer

Ella

Ella stellte gerade den Kaffee auf den Frühstückstisch und den warmen Kakao für die beiden Mädchen, als ihr Mann sich mit den Kindern setzte.

»Guten Morgen« sagte Ella, dies wurde aber lediglich lautstark von Malina mit einem frohen »Guten Morgen« erwidert.

Ihr Mann und Laurin waren beide Morgenmuffel.

Ausgelaugt von den Renovierungsarbeiten der beiden Kinderzimmer, die sie und ihr Mann in der vergangenen Woche hinter sich gebracht hatten, erfreute sich Ella daran, dass sie alle seit Langem endlich wieder zusammen frühstückten. Ihr brannte es unter den Nägeln, zu erfahren, wie die beiden Mädchen in ihren neuen Kinderzimmern geschlafen hatten. Als Ella sich an den Tisch setzte und ihr Mann jedes der Kinder ein aufgeschnittenes Brötchen auf den Teller gelegt hatte, war ihre dahingehende Frage überflüssig, denn Malina kam ihr zuvor. Die Erzählung über die erste Nacht in ihrem neuen Zimmer und das Aufwachen sprudelte bereits bis ins kleinste Detail aus ihr heraus. Malina war so im Erzählfluss, dass sie dem noch warmen Brötchen auf dem Teller keine Beachtung schenkte. Ella freute sich und nickte zwischen den winzigen Erzählpausen nur kurz, ein Nachfragen war weder möglich noch nötig. Während ihr Mann und Laurin bereits aßen, schmierte Ella sich ihr Brötchen.

Erst als Malina ihren, bis jetzt stummen Vater, fragte, »Cool Papa, oder?«, wandte sie sich nun auch endlich ihrem Frühstück zu. Erwartungsvoll schaute sie ihren Papa an.

Er stimmte als Antwort nur kurz zu. »Jetzt iss und atme zwischendurch auch mal.« Er grinste sie aus müden Augen an. »Wie kann man nur so viel reden?«, neckte er sie.

Sie lachten beide. Egal, was ihr Vater machte oder sagte, Malina fand alles lustig. Sie war eben ein „Papakind". Für Malina war Papa der Größte. Schon als kleines Kind hieß es immer „Papa" hier und „Papa" da. Das hatte sich bis heute nicht geändert.

Ella lächelte in sich hinein und sah ihre andere Tochter an. Laurin war sogar noch stiller als sonst und mümmelte an ihrer Brötchenhälfte. »Wie war denn deine erste Nacht?«, fragte sie und sah Laurin interessiert an.

»Gut«, erwiderte sie leise.

Sehr leise.

Also war es wohl nicht gut.

Ella beschloss, alle erst einmal frühstücken zu lassen.

Nach dem Frühstück zog sich der Vater an und ging hinaus in den Garten. Malina sollte heute den Frühstückstisch abräumen. Sie wollte bei dem schönen Wetter schnell nach draußen, weshalb sie die Aufgabe rasch, aber gewissenhaft erledigte, um ihrem „Papa" bei der Gartenarbeit helfen zu können.

Mit dem letzten Kaffeerest in ihrer Tasse versuchte Ella noch einmal, Laurin ein paar mehr Informationen zu entlocken als „gut". Bei einem Jungen ist ein „gut" einfach „gut", sie wollen nicht viel reden. Bei einem Mädchen ist ein „gut" meist ein „nicht sehr gut".

Als Antwort gab Laurin ein verlegenes Schulterzucken.

Also tatsächlich das Gegenteil von „gut".

»Schatz«, setzte die Mutter an, »wir können nicht wissen, was los ist, wenn du nichts sagst«, versuchte sie es verständnisvoll.

Eine lange Denkpause von Laurin.

Ella wusste, sie überlegte, ob sie es ihrer Mutter erzählen sollte. Sie gab ihrer Tochter Zeit, bis sie endlich einen ganzen Satz aussprach.

»Ich weiß nicht«, sagte Laurin schließlich zögerlich und zuckte mit den Schultern. »Ich konnte nicht schlafen und war die ganze Zeit wach.«

Ella hatte schon geahnt, dass sie ihrer Tochter den Grund für die schlaflose Nacht aus der Nase ziehen musste.

»Die erste Nacht in einem neuen Zimmer kann schon ab und zu etwas schwierig sein«, führte sie aus und kniff die Augen leicht zusammen.

Malina stellte sich zu ihrer Mutter und Schwester, nachdem sie endlich mit Aufräumen fertig war. »Bestimmt wegen den Geräuschen aus dem Keller.« Malina stupste Laurin neckisch an. »Die von der Wand kommen.«

Laurin senkte den Kopf und schielte von unten verlegen zu ihrer Mutter hinauf. Es schien, als würde sie auf dem Stuhl immer kleiner werden.

Alles klar!

Auch wenn Laurin nicht viel redete, wusste Malina auch so immer, was mit ihrer Schwester los war.

»Stimmt das Laurin?«, hakte Ella dankbar nach.

Laurin nickte und sah hilfesuchend zu ihrer Schwester.

Malina verdrehte die Augen. »Sie hat Angst vor dem Schacht, Mama.«

Liebes Tagebuch!

Gestern Nacht habe ich jemanden weinen gehört. Ich bin davon wach geworden. Es war zwar nur leise, aber ich habe es gehört.

Es war Laurin.

Sie hatte Angst, alleine in ihrem neuen Zimmer zu schlafen.

Sie hatte Angst, aufzustehen und alleine zu mir in mein Zimmer zu kommen.

Sie hat mich aber auch nicht gerufen.

Laurin wollte mich bestimmt nicht wecken. Sie konnte ja nicht wissen, dass ich von ihrem Weinen schon wach geworden bin.

Sie hätte mich aber ruhig rufen können. Es wäre nicht schlimm gewesen, wenn ich davon wach geworden wäre.

Sie kann mich immer rufen und wecken.

Mama und Papa sagen immer, dass man auf seine Schwester aufpassen muss. Und weil ich die Ältere bin, muss ich immer besonders aufpassen.

Ich bin dann aufgestanden und zu ihr gegangen, damit sie nicht alleine ist. Ich war zwar müde, aber sie ist doch meine kleine Schwester.

Wir haben dann die ganze Nacht zusammen gespielt und ich glaube, sie hatte dann auch keine Angst mehr.

Malina

Malina schmiss Laurin den Ball zu. Sie standen im Wendekreis am Ende der Siedlung. Laurin fing ihn mühselig.

»Es wird langsam dunkel«, rief Ella den beiden Mädchen von der Garage aus zu. »Ihr kommt dann bitte gleich rein.«

»Och schade«, Malina warf Laurin einen bedauernswerten Blick zu und zog eine Schnute. »Ich hätte so gerne noch weitergespielt.« Sie wusste, dass eine Abwehr der Aufforderung ihrer Mutter lediglich zur Folge hatte, dass Papa es mit Nachdruck wiederholte und darauf beharrte, auf Mama zu hören. So sah Malina ihrer Mutter bloß hinterher, die gerade mit ihrem Mann die gesäuberten Gartengeräte zusammenpackte, um sie wieder in den Schuppen im Garten zu verstauen.

Laurin wartete auf Malinas Reaktion. »Ja, ich auch«, stimmte sie zu und hielt den Ball fest umklammert, als sich ein Insekt darauf niederließ. »Schau mal, Malina! Ein Marienkäfer.« Sie hielt den Ball in die Höhe.

»Ich mag keine Marienkäfer.« Malina verzog angeekelt das Gesicht. »Die machen immer gelbe Pipi.« Sie überlegte, wie lange es dauern würde, bis ihre Eltern zurückkamen und sie ins Haus schicken würde. »Lass uns so lange einfach weiterspielen.«

Laurin nickte stumm, schnipste den Marienkäfer, so sanft es ging, vom Ball und warf ihn ihrer Schwester zu.

Frustriert schlug Malina den Ball zu hart zurück, sodass dieser an Laurin vorbeirauschte, die gerade noch versuchte, ihn zu erwischen. Sie berührte ihn mit den Fingerspitzen und lief ihm hinterher. Er hüpfte auf die Wiese und blieb am Waldrand liegen.

Es raschelte in den Büschen.

Laurin hielt erschrocken inne.

Plötzlich kam ein Mann aus dem Wald auf sie zu. Er ging gebeugt und wirkte zerbrechlich, obwohl er gar kein alter Mann war.

Malina machte beschützend ein paar Schritte auf ihre Schwester zu.

Herr Selter blieb auf der Wiese stehen und schaute grimmig hinab. »Nabend«, sagte er laut zu ihnen.

Eingeschüchtert erwiderten sie höflich mit einem leisen »Hallo«, bevor sie sich den Ball schnappten und sich von dem Mann entfernten, wobei sie sich nicht von der Seite wichen.

Malina sah sich verunsichert um. Der Mann fixierte sie. Bei dem Anblick ihrer Schwester konnte sie erkennen, dass diese die Schuld über die Verärgerung des Nachbarn bei sich suchte.

Wir haben doch nur gespielt.

Der Mann nuschelte etwas Unverständliches vor sich hin.

Malina hielt seinem Blick stand.

Die wenigen Sekunden ihres Augenkontakts schienen die Zeit um sie herum verlangsamt zu haben. Es kam Malina wie eine Ewigkeit vor.

Doch endlich verließ er die Wiese ohne einen weiteren Ton und schritt über den Wendekreis die Straße hinunter.

Malina sah dem Mann hinterher. »Der Mann ist so komisch«, wandte sie ein. »Ich mag ihn nicht. Der ist immer so böse.« Sie fand ihn griesgrämig oder gar bösartig. »Komm«, sagte sie und zog ihrer Schwester, die immer noch fragend dreinschaute, leicht am Arm. »Wir spielen weiter.« Fast wäre Laurin der Ball dabei aus dem lockeren Griff gefallen.

»Meinst du, wir haben etwas falsch gemacht?«, überlegte Laurin.

Malina sah sie verdutzt an. »Wir haben doch nur gespielt.«

Laurin stellte sich wieder auf ihre Spielposition und wartete mit dem Ball in der Hand darauf, dass auch Malina bereit war und sich positioniert hatte.

Laurin dachte nach und verzog den Mund dabei zu einem schmalen Schlitz. »Vielleicht hat er einfach nur niemanden, der ihn lieb hat«, überlegte Laurin. »Mama sagte mir mal, dass manche Leute komisch werden, wenn sie niemanden haben.« Nach einer kurzen Pause fügte sie hinzu: »Aber ich finde ihn auch gruselig.«

»Egal, wirf den Ball«, beendete Malina das Gespräch, um zu spielen.

Sie ist so ein kleiner Trottel.

Es dauerte nicht lange, bis sie in das Haus gebeten wurden. Widerwillig folgten die Mädchen der Aufforderung ihrer Eltern. Malina drehte sich noch einmal um, bevor sie das Haus betrat, und sah zum gegenüberliegenden Haus, in dem Herr Selter wohnte.

Er ist böse.

Als hätte es Malina geahnt, erschien der Mann am
Fenster, der auf die Familie hinabsah. Sie funkelte ihn
böse an.

Liebes Tagebuch!

Heute haben Laurin ich und mit dem Ball gespielt.

Mama und Papa sagen immer, dass da keine Autos parken dürfen, weil das nur zum Wenden von Autos ist. Deswegen heißt es Wendekreis.

Laurin und ich dürfen da aber spielen. Das ist sehr schön da zu spielen. Es ist viel Platz dort und wir können nichts kaputt machen.

Der Mann von gegenüber ist heute aus dem Wald raus gekommen, als wir gespielt haben.

Was hat er da drin gemacht?

Ich finde Herrn Selter komisch.

Und böse.

Er sieht auf jeden Fall immer böse aus.

Laurin hat gesagt, er hat bestimmt niemanden, der ihn lieb hat.

Sie ist manchmal so ein kleiner Trottel.

Wer will so jemanden denn lieb haben?

Der Mann hat uns so komisch angeschaut, als er am Fenster stand.

Dann habe ich böse zurückgeguckt.

Ella

Nachdem sich Ella und ihr Mann heute hauptsächlich mit dem Unkraut im Garten, Rasenmähen und Blumenpflanzen beschäftigen mussten, war sie froh darüber, dass die beiden Mädchen anschließend kein Theater gemacht hatten, als sie hineingeschickt wurden. Normalerweise stieß dies oft auf Gegenwehr. Heute hatte Ella weder Lust noch die Kraft zu diskutieren. Ihre Muskeln waren angespannt. Sie freute sich auf eine Dusche und auf die Couch. Der Gemüsegarten hatte viel Zeit und Arbeit in Anspruch genommen, womit sich ihr Mann anschließend den Nachmittag alleine beschäftigt hatte. Währenddessen hatte Ella sich über den Vorgarten hergemacht und auch diesen von Unkraut befreit und ein paar Blumen gesetzt. Aber jetzt musste sie die Kinder für das Bett fertig machen. Glücklicherweise ging das auch ohne Quengelei. Malina und Laurin hatten sich alleine und anständig gewaschen und ordentlich die Zähne geputzt. Ella schickte die Mädchen immer noch einmal Zähne putzen, wenn sie der Meinung war, dass sie sie nicht richtig geputzt hatten. Oft lauschte sie extra an der Tür, wie lange sie dazu brauchten. Jedes Mal, wenn sie die Kinder erneut dazu verdonnerte, gab es ein Gejammer.

»Dabei seid ihr es doch selbst Schuld«, hatte sie es den Mädchen erklärt. »Wenn ihr es von Anfang an ordentlich machen würdet, müsstet ihr es nicht jedes Mal noch einmal machen.«

Sie hatten zwar immer wieder zwischendurch miteinander geschnattert und gekichert, aber dennoch vernünftig und ausreichend geputzt. Während sich die Mädchen bereits einen Gute-Nacht-Kuss bei Papa abholten, der auch froh darüber war, endlich duschen gehen zu können, machte Ella in der Zeit die Betten in den Kinderzimmern zum Schlafen fertig.

Sie rückte gerade in Laurins Zimmer ihr Kopfkissen zurecht, als diese mit Malina hereinkam.

Laurin gähnte lautstark.

Der Anblick ihrer Kinder in ihren kurzen Schlafanzügen erwärmte ihr Herz.

Laurin trottete auf ihr Bett zu und kuschelte sich hinein. Ihre Schwester blieb an der Tür zum Kinderzimmer stehen.

»Gehst du bitte auch schon einmal in dein Bett?«, forderte Ella Malina liebevoll auf. »Ich komme dann auch gleich noch zu dir.«

»Gute Nacht, Laurin«, sagte Malina.

»Nacht.«

Malina verließ Laurins Zimmer.

Auch hier war Ella sehr froh darüber, heute nicht mit Malina diskutieren zu müssen.

»Möchtest du noch eine Geschichte hören?«, fragte Ella ihre kleinere Tochter.

Sie schüttelte den Kopf, ihr fielen schon fast die Augen zu.

Ella gab ihr einen Kuss auf die Wange.

»Mama.«

»Ja.«

»Kannst du mir bitte noch Wuffi geben?« Laurin streckte ihre kleine Hand unter der Bettdecke hervor.

Ella suchte in dem Zimmer nach dem hässlichen und tot geliebten Stofftier. Obwohl man bei dem Namen „Wuffi" von einem Hund ausging, hatte es nichts mit einem Hund zu tun. Es sah aus wie eine Ente ohne Flügel. Ella fand das zerfledderte Stofftier am Fußboden vor dem Bett und gab es Laurin. »Gute Nacht, mein Engel.«

Laurin gähnte noch einmal und Ella war fast sicher, dass sie bereits eingeschlafen war, als sie das Zimmer verließ.

Sie ging in das gegenüberliegende Kinderzimmer zu Malina, die überraschenderweise auch bereits in ihrem Bett lag. Sie lächelte ihre Mutter an, als sie hereinkam.

»Laurin ist, glaube ich, direkt eingeschlafen«, kicherte Ella. »Sie war hundemüde.«

»Ich bin heute auch sehr müde, Mama«, gab Malina zu. Zu meinem Glück!

»Mama?« Malina drehte sich auf die Seite, schaute ihre Mutter an und verzog den Mundwinkel. Ihre müden Augen ließen sie etwas kläglich aussehen. »Heute kam Herr Selter aus dem Wald«, erzählte Malina ihrer Mutter. »Laurin und ich finden, dass er total komisch ist.« Malina biss sich auf die Lippe. »Er ist ein böser Mann«, flüsterte sie.

»Ach Schatz«, lächelte Ella. Sie wusste nicht recht, wieso die Kinder ihn als so schlimm empfanden. »Herr Selter ist eigentlich gar nicht so schlimm. Er ist einfach ein einsamer, zurückhaltender und ernster Mann.« Ella kniete sich vor dem Bett auf den Fußboden und merkte, dass die Gartenarbeit ihr für morgen einen heftigen Muskelkater in den Hinterschenkeln bescheren würde.

Sie strich ihrer Tochter eine blonde Strähne aus dem Gesicht. »Er ist nur ein wenig«, Ella überlegte, »verbittert.«

»Verbittert?«, grübelte Malina.

»Ja.« Ella versuchte, es Malina so leicht wie möglich zu erklären. »Wenn jemand immer so sauer auf sich oder auf eine Situation ist, dann ist man verbittert.«

»Dann soll er einfach etwas Schönes machen. Dann ist er nicht mehr sauer.«

Ella musste über die Leichtigkeit in dem Satz auflachen. Es war toll, wie einfach Kinder manchmal die Dinge sahen.

Wenn es nur so einfach wäre.

Sie hoffte, dass ihre Kinder immer ein Stück ihrer eigenen kindlichen Welt behalten würden.

»So einfach ist das manchmal aber nicht«, meinte Ella kritisch. »Bei Herr Selter ist das so.« Ella rückte sich in der Hocke zurecht und setzte sich auf die Versen. »Er fuhr mit seiner Frau und seiner kleinen Tochter, Amalia, mit dem Auto. Er saß am Steuer. Sie hatten einen Unfall. Herr Selter war nicht schuld an dem Unfall, er konnte nichts dafür. Bei diesem Autounfall starben aber seine Frau und Amalia. Er verlor also an dem Tag alle Menschen, die er so sehr liebte.« Ella machte eine kurze Pause und presste die Lippen zu einer schmalen Linie.

»Die Familie ist in den Himmel gegangen?«, fragte Malina dann sofort.

»Ja, genau«, erwiderte Ella und nickte. »Und das war seine einzige Familie. Er hat sonst niemanden.«

»Da ist er doch aber bestimmt einsam«, überlegte Malina.

»Ja, Schatz. Er ist bei dem Unfall nicht in den Himmel gegangen und gibt sich die Schuld.«

»An dem Unfall?«

»Ja. Aber auch, weil er lieber mit in den Himmel gegangen wäre, damit er bei seiner Familie sein kann. Weißt du, wie ich das meine?« Ella wartete ab.

»Deshalb ist er bestimmt immer sehr traurig«, stellte Malina fest.

»Das ist er.« Ella nickte. »Und deswegen wirkt er eben ein bisschen böse oder verbittert. Dabei ist er nur einsam und deswegen unheimlich traurig. Verstehst du das?«

Malina nickte. Sie drehte sich auf den Rücken und schaute an die Decke. »Er kann doch Freunde finden«, sinnierte Malina. »Dann ist er nicht mehr so verbittert. Und es passt jemand auf ihn auf.«

Ella lächelte.

Eine Eule ertönte draußen in der Ferne und durchdrang die Stille in dem Zimmer.

»Diese Eulen finde ich immer gruselig«, flüsterte Malina und zog sich die Decke bis unter das Kinn.

»Ich erzähle dir eine Geschichte«, warf Ella ein.

Malina drehte sich wieder auf die Seite und sah ihre Mutter gespannt an.

Ella setzte sich mit ihrem Po auf den Boden vor Malinas Bett, um eine gemütlichere Position einzunehmen. »Früher, als hier in diesem Zimmer noch mein altes Nähzimmer war, da habe ich auch immer eine Eule gehört und ich fand das am Anfang auch immer sehr gruselig. Bevor ich hierhergezogen bin, habe ich in der Stadt gewohnt. Da hat man die Waldgeräusche überhaupt nicht gehört. Ich hörte die Eule hier fast jeden Abend. Und weißt du was?« Ella machte eine kurze Pause, um ihrer Geschichte Ausdruck zu verleihen. Malina wartete gebannt. »Das ist eigentlich gar keine Eule.« Ella machte erneut eine kurze Pause und konnte Malina ansehen, dass sie begierig auf die Erklärung wartete. »Das ist nämlich in Wirklichkeit eine verwandelte Fee, die sich nur als Eule tarnt. Diese Fee wacht über unsere Familie wie ein Engel und beschützt uns.«

Malina machte große Augen und sagte: »Echt?«

»Ja, echt. Sonst würden wir sie doch nicht immerzu hören.« Ella wartete verheißungsvoll auf die Reaktion ihrer Tochter.

»Und warum kommt die Fee nicht aus dem Wald?«

»Na weil wir sie ja dann sehen würden«, erklärte Ella. »Sie halten das Böse um uns herum fern und beschützen uns davor, wollen aber natürlich nicht von uns entdeckt werden.«

»Wow«, machte Malina. »Ich würde diese Fee zu gerne mal sehen.«

»Ja, ich auch«, sagte Ella. Sie stand auf und gab ihrer Tochter einen Kuss auf die Wange. »Jetzt ist aber Schlafenszeit.«

Ella schaltete das kleine Licht auf dem Nachttisch aus und ging zur Zimmertür, als erneut der Laut einer Eule zu hören war.

»Mama, die Fee«, kam es müde von Malina.

»Ja«, sagte Ella, »sie wird immer auf uns Acht geben.«

2016

Heute

Kaila

Kaila beendete den Abwasch des Frühstückgeschirrs in der Küche und schmiss die leere Wurstpackung in den Mülleimer unter der Spüle, der schon wieder voll war, sodass sie den beinahe überfüllten Müllbeutel herausholte, ihn zuband und auf dem Boden stehen ließ. Sie ging durch den Eingangsbereich in das Wohnzimmer und holte ihre Kaffeetasse noch von dem Wohnzimmertisch, die sie dort vergessen hatte. Beiläufig sah sie dabei aus dem Wohnzimmerfenster in den hinteren Garten. Er lag in einem dichten Morgennebel, der den angrenzenden Wald schaurig still umhüllte.

Mit der Kaffeetasse ging Kaila zurück in die Küche, wusch sie schnell ab und stellte sie zum Abtropfen neben das andere Geschirr. Anschließend nahm sie den zugeschnürten Müllbeutel und verließ das Haus. Sie ging über den kleinen steinigen Weg des Vorgartens, passierte das Gartentor und bog nach rechts Richtung Parkplatz ab, wo die Mülltonnen standen.

Dabei begrüßte sie eine vorbeigehende Nachbarin freundlich mit einem »Guten Morgen«. Die ältere Dame grüßte zurück, hielt aber nicht an, um mit Kaila ein Schwätzchen zu halten. Nach kurzer Zeit wusste sie, was Mona bei ihrem Einzug mit „Alte-Leute-Siedlung" gemeint hatte. Es lebten hier keine Familien mit Kindern, nur ältere Herrschaften, deren Kinder bereits aus dem Haus waren, oder nie welche bekommen hatten. Einige der Betagten waren freundlich, andere wiederum griesgrämig und mochten scheinbar keine jüngeren

Leute. Sie lebten vielmehr zurückgezogen und blieben für sich. Schlussendlich waren solche Nachbarn überall vertreten, nicht nur in einer kleinen Siedlung.

Kaila schmiss den Beutel gerade in die Mülltonne hinein und schloss den Deckel, als Mona mit dem Auto vorbeifuhr, oben in dem Wendekreis drehte und neben ihr anhielt.

»Hallo Nachbarin«, sang Mona aus dem offenen Fenster ihres karminroten *Opel Astra*.

Kaila sah sich verstohlen um, erst als ihr klar war, dass sie gemeint war, grüßte sie zurück. »Wie geht es dir?«

»Super Liebes, ich hoffe dir auch.« Mona hatte sehr gute Laune. Aber mit schlechter Laune hatte Kaila sie auch noch nie erlebt. Oft hatte sie ihre Nachbarin vom Fenster aus gesehen, nie sah sie dabei anders aus, als jetzt. Eben immer fröhlich.

»Wo geht es denn hin?«, fragte sie neugierig. »Du siehst schick aus.« Durch das geöffnete Fenster des Wagens konnte Kaila erkennen, dass Mona eine Jeans und eine bunte langärmelige Bluse trug. Sie sah bei dem tristen Wetter sehr frisch aus. Kaila war zwar schon lange wach, hatte sich aber nicht die Mühe gemacht, sich zurechtzumachen. Sie trug immer noch einen Dutt und eine Leggins mit Pullover. Viel Auswahl hatte sie aber auch nicht.

»Danke dir«, strahlte Mona. »Ich wollte nur kurz in die Stadt, ein wenig shoppen. Mein Mann musste heute ausnahmsweise mal in die Firma und kommt erst heute Abend wieder.« Sie erklärte, dass ihr Gatte hauptsächlich von zu Hause aus arbeite. Da Kaila auch nach einer

Erklärung ihrer Nachbarin nicht schlauer war, als dass er irgendetwas mit Programmierungen zu tun hatte, hakte sie nicht weiter nach. Sie verstand von Computern rein gar nichts und war froh, wenn sie ein Handy bedienen konnte.

»Dann hast du ja heute mal sturmfrei«, Kaila lachte ohne Freude. Ihr wurde bewusst, dass sie überhaupt nicht wusste, was sturmfrei eigentlich bedeutete. Sie war selten alleine und dennoch fühlte sie sich stets einsam.

Mona lachte und holte Kaila damit aus ihren Erinnerungen. »Genau.« Sie zwinkerte ihr zu. »Willst du mit?«

»Was? Ich?« Kaila winkte schleunigst ab. »Nein, ähm, danke. Shoppen ist nichts für mich.« Die Antwort hatte den gewünschten Erfolg und Mona fragte nicht weiter.

»Okay«, sagte Mona. »Dann wünsche mir Glück, dass ich etwas Schönes zum Anziehen finde.«

»Na klar, viel Glück.«

Mona wollte gerade das Fenster hoch machen, hielt inne und lächelte Kaila an. »Magst du vielleicht irgendwann mal auf einen Kaffee bei mir vorbeikommen?«, fragte sie.

»Oh«, stieß Kaila verwundert aus. »Ich...« Ihr fehlten die Worte. »Ja klar«, brachte sie endlich heraus, ohne wirklich darüber nachgedacht zu haben, »gerne.«

»Super.« Sie verabschiedeten sich voneinander, Mona machte das Fenster hoch und fuhr weg.

Ich? Eine Einladung?

Kaila lächelte in sich hinein, ging zurück zu dem Gartentor und erschrak, als sie am unteren Fenster des

Nachbarhauses jemanden stehen sah. Der alte Mann starrte sie an und folgte jeder ihrer Bewegungen mit seinem Blick.

Kaila ging schneller. Ihr Körper spannte sich an und ihr Puls beschleunigte sich.

Eilig schritt sie durch das Gartentor zur Haustür zurück. Sie drehte sich noch einmal um und sah zu dem Fenster.

Der alte Mann war weg.

So schnell sie konnte, hechtete sie durch ihre Haustür und schloss sie.

***

Zitternd blieb Kaila hinter der geschlossenen Tür im Eingangsbereich stehen. Sie traute sich nicht, durch die Türscheibe zu schauen.

Was wollte der alte Mann von ihr? Es war offensichtlich, dass er irgendetwas im Schilde führte. Aber was? Wenn er sie lediglich in der Siedlung begrüßen wollte, ging er es auf jeden Fall falsch an.

»Was ist passiert?« Niah trat heran und merkte sofort, dass ihre Schwester nervös war.

Kaila stieß sich von der Haustür ab und ging ins Wohnzimmer. »Ach nichts weiter«, sie winkte ab und schlang die Arme um ihren Körper. »Erst Mona und dann der alte Mann.«

Niah folgte ihr. »Meinst du nicht, wir sind es zu früh angegangen?«, regte sie zum Nachdenken an.

»Du meinst eher, ob ICH es nicht zu früh angegangen bin«, korrigierte Kaila ihre Schwester und setzte sich auf das Sofa. »Ich habe zwar die Entscheidung getroffen, aber du weißt genau, dass das die beste Gelegenheit war.«

»Ja, ich weiß.« Niah ließ die Schultern hängen und setzte sich ebenfalls auf die Couch. Nach einer kurzen Pause fragte sie: »Glaubst du, es ist gut, sich mit Mona anzufreunden?«

Kaila sah ihre Schwester erst verständnislos an, bevor ihr Blick in ein Grübeln überging. »Ich weiß es nicht.«

Sie schwiegen eine Weile und verloren sich in bedrückte Gesichter. Beide waren sich der Gefahr bewusst, jemanden zu nah an sich rankommen zu lassen.

Jedoch war das Gefühl, dass Mona bei Kaila auslöste, eines, was sie im Augenblick nicht missen wollte.

»Sie ist nett«, unterbrach Kaila die Stille und zuckte mit den Schultern.

»Ja, vielleicht.«

Kaila richtete sich auf und sagte ermutigend: »Was ist denn schon dabei, wenn wir es versuchen?«

✳✳✳

Auch wenn sie gar nicht wusste, was sie heute machen sollte, sprang Kaila voller Tatendrang aus dem Bett. Sie hatte das Gefühl, sie schliefe mit jedem Tag immer besser. Mit Sicherheit lag es nicht an den alten Betten, sondern an der Ruhe, die dieses Haus umgab. Es war schön, einmal nichts nach einem Plan machen zu müssen und einfach in den Tag hineinzuleben.

Beim Vorbeilaufen klopfte sie an Niahs Zimmertür. »Aufstehen, du Schlafmütze!«

Mehr als ein leises Maulen drang nicht aus dem Zimmer.

Grinsend stieg Kaila die Treppe hinunter. Gerade als sie nach rechts in die Küche einbiegen wollte, klingelte das Handy auf der Kommode zu ihrer Linken. Sie starrte es an. Es war wie etwas, das nicht in ein Bild passte. Es lag nicht an dem Ton allein.

Sie nahm das Gespräch an.

»Hallo, Frau Schwarz?«, wurde auf der anderen Leitung gefragt, doch Kaila blieb zunächst stumm. »Hier ist ihr Vermieter, Herr Junger.«

»Oh«, stieß Kaila verwundert aus. »Hallo, ja ich bin dran.«

»Gut, gut.« Herr Junger klang nervös, was Kaila wunderte, denn sie hatte ihn bei der Unterzeichnung des Vertrags als sehr gefasst empfunden. »Ich habe schon drei Mal versucht, Sie anzurufen.« Er machte eine erneute Pause. »Wie geht es Ihnen«, begann Herr Junger mit Smalltalk, doch sie wusste bereits von dem Moment an, wo sie seine Stimme gehört hatte, weswegen er anrief.

»Gut danke, ich muss mich nur noch einleben. Ich hatte Ihre Anrufe nicht mitbekommen. Entschuldigung.«

»Gut, gut.« Eine kurze Pause bevor er zum eigentlichen Thema kam. »Frau Schwarz, weswegen ich anrufe«, er räusperte sich. »Die erste Hälfte der Kaution ist noch nicht, wie zugesichert, von Ihnen bezahlt worden.«

»Oh verdammt«, entglitt es ihr wie geübt. »Das habe ich total vergessen.«

»Ja, also, das kann ja schon mal vorkommen«, sagte er. »Ich wollte nur noch einmal sicher gehen, dass wir uns da richtig verstanden haben.« In seiner Stimme schwang nichts Vorwurfsvolles mit. »Da sämtliche Böden neu verlegt wurden und jeder Raum mit Raufasertapete tapeziert wurde, sind wir so verblieben, dass Sie mir die Kaution nicht in Raten zahlen, sondern die erste Hälfte sofort. Dafür habe ich Ihnen ja die erste Miete erlassen.«

»Das ist richtig, tut mir leid«, entschuldigte sich Kaila noch einmal und ihr schlechtes Gewissen klopfte erneut an. »Ich werde es sofort nachholen.«

»Die zweite Hälfte der Kaution«, führte Herr Junger weiter aus, »ist dann mit der Miete nächsten Monat fällig. Das haben wir so vereinbart, weil sich noch der ganze Mist auf dem Speicher befindet. Ich möchte Sie nur noch einmal höflich daran erinnern.«

»Ja, kein Problem«, bestätigte Kaila und knibbelte an einem Stück Lack der alten Kommode herum. »Ich habe Ihnen schon gesagt, dass ich den Speicher nicht nutzen werde. Sie können sich mit der Entsorgung Zeit lassen.«

»Okay, wenn es Sie nicht stört.«

»Ganz und gar nicht«, beteuerte sie. »Darf ich fragen, warum die Vormieter oder Voreigentümer ohne ihre Sachen weggezogen sind?«, wollte Kaila wissen, auch um das unangenehme Gespräch auf eine andere Bahn zu lenken.

»Irgendwelche persönlichen Gründe«, antwortete Herr Junger.

»Vielleicht bin ich ein bisschen zu neugierig, aber warum nutzen Sie das Haus denn nicht selbst, Herr Junger?«

»Um ehrlich zu sein, ist dieses Haus nur eine weitere Geldeinnahmequelle für mich«, führte der Vermieter aus. »Ich selbst habe ein Haus in der neuen Siedlung oben an der pyrotechnischen Fabrik gebaut und wohne dort mit meiner Familie.«

Eine betretene Stille machte die Situation noch unangenehmer für Kaila. Sie hatte nichts mehr zu sagen, wollte das Gespräch aber nicht einfach beenden.

»Also gut, Frau Schwarz«, durchbrach der Vermieter das Schweigen. »Ich verlasse mich auf Ihr Wort und darf in den nächsten Tagen die erste Kautionszahlung erwarten. Ich bin nächste Woche im Urlaub. Es wäre schön, wenn wir das vorher geregelt haben.«

»Natürlich.«

Sie verabschiedeten sich und Kaila legte auf.

»Was ist los?«, fragte Niah, die verschlafen im Flur auftauchte.

»Das war Herr Junger«, erklärte Kaila. »Ich habe vergessen, die erste Hälfte der Kaution zu zahlen.«

»Vergessen?« Niah warf ihrer Schwester einen vorwurfsvollen Blick zu, der mehr sagte, als es Worte könnten.

»Du hast Recht, er ist ziemlich nett. Das hat er nicht verdient.« Kaila stieß einen Seufzer aus. »Ich werde ihm das Geld heute bringen«, entschied sie.

***

»Ich bin wieder zu Hause«, rief Kaila, als sie das Haus betrat. Immer noch dachte sie an die Häuser, die sie gesehen hatte. Ein prachtvolles Haus reihte sich an das nächste. Herr Junger wohnte tatsächlich so nobel, wie sie es sich vorgestellt hatte, und war dennoch mit Sicherheit nicht auf ihr Geld angewiesen.

Sie fand Niah im Wohnzimmer auf der Couch.

»Hast du das Geld abgegeben?«, fragte Niah mit ernstem Blick.

»Ja«, bestätigte Kaila und ließ sich deprimiert auf das Sofa fallen. »Wir haben jetzt zwar nichts mehr, um Essen zu kaufen und werden wohl verhungern.«

»Echt jetzt?«

»Nein«, Kaila seufzte. »Es ist noch ein bisschen da.«

»Vielleicht hättest du einfach weniger Kerzen kaufen sollen«, stichelte Niah.

»Witzig.« Kaila schüttelte den Kopf und verschränkte die Arme. »Nein, das war es mir wert.«

Ein Klingeln an der Haustür unterbrach die Unterredung.

»Wer ist das?«

Kaila richtete sich abrupt auf und überhörte die Frage. Ihr Herz pochte. Sie war froh über die Unterbrechung ihres Gesprächs, denn sie wusste, wo es geendet hätte. Neugierig und unsicher zugleich ging sie zur Haustür und atmete erleichtert auf. Die Person trug eine farbige Bluse. An der Statur erkannte Kaila gleich, dass es ihre Nachbarin Mona war.

»Hey«, begrüßte Kaila sie schüchtern, als sie die Tür öffnete.

»Hallo Nachbarin!« Mona strahlte und ließ dabei selbst ihre bunte Bluse verblassen.

»Ich wollte dich fragen, ob du und deine Schwester morgen auf einen Kaffee vorbeikommen wollt.«

»Zu dir?« Kaila stotterte. »Wir beide?« Sie wusste nicht, was sie mehr überforderte, die Frage als solche oder die Tatsache, dass auch Niah eingeladen wurde.

»Ja.« Mona nickte wie eine Wackelfigur, behielt dabei aber ihr strahlendes Lächeln. »Du und deine Schwester. Zu mir zum Kaffee«, untermauerte sie.

»Ähm, also«, Kaila wusste nicht recht, wie sie reagieren sollte. Sie konnte sich nicht daran erinnern, wann sie das letzte Mal eine derartige Einladung erhalten hatte.

»Ja, gerne.« Die anfängliche Anspannung löste sich mit Kailas Zusage und ein Gefühl von Freude hatte den Platz eingenommen.

»Super!« Mona klatschte in die Hände. »Gegen 15:00 Uhr passt bestimmt, oder?«

»Ja«, kurz stockte Kaila, dann nickte sie. »Sicher.«

»Dann bis morgen«, verabschiedete sich Mona. »Freue mich«, rief sie zurück und war auch schon wieder verschwunden.

Kaila schloss die Haustür, senkte den Blick und stieß ihre Stirn gegen das Türblatt. Die kalte Oberfläche konnte den Fluss ihrer Gedanken nicht einfrieren. Sie ging zurück ins Wohnzimmer.

»Meinst du, dass das eine gute Idee ist?«, fragte Niah prompt.

»Mmh«, machte Kaila und hob nachdenklich Daumen und Zeigefinger ans Kinn. »Ich schätze«, überlegte sie, »es dürfte nichts Schlimmes dabei sein.«

»Ich verstehe dich.« Niah sah ihre Schwester mitfühlend an, als könne sie ihr Verlangen spüren. »Du sehnst dich nach so etwas? Das ist auch verständlich.«

»Schon, ja.« Kaila zuckte mit den Schultern und korrigierte dann: »Das heißt nicht, dass du mir nicht reichst.«

»Ich versteh schon, Schwesterherz«, beruhigte Niah sie und lächelte ihr warmherzig zu. Sie trat an ihre Schwester heran und umarmte sie. »Du solltest nur aufpassen, was du ihr erzählst.«

***

Je näher Kaila an das Haus ihrer Nachbarin kam, umso nervöser wurde sie. Die halbe Nacht hatte sie wach gelegen. Irgendwann hatte sie sich zu Niah ins Zimmer begeben und sich nah zu ihr gelegt. Es dauerte nicht lange, bis sie wach wurde und mit ihr aufblieb, um über ihre Sorgen zu reden. Kaila konnte sich so weit beruhigen, dass sie wieder eingeschlafen war, doch nun, war die ganze Anspannung wieder da.

Vor Monas Haustür blieb sie stehen.

Noch kannst du dich umdrehen und gehen.

Kaila atmete ein paar Mal ein und aus, dann drückte sie entgegen aller Erwartungen und Zweifel die Klingel.

Sie wartete nicht lange und konnte Mona durch die Scheibe in der Tür auf sie zutänzeln sehen. Freudig riss sie sie auf. »Wie schön, dass du gekommen bist«, sie breitete die Arme zur Begrüßung aus.

Kaila lächelte verlegen und ohne, dass sie damit rechnete, zog Mona sie zu sich und umarmte sie. Der Drang, sich zu entreißen, erlosch genauso schnell, wie die Umarmung dauerte. Ebenso unvorbereitet auf die Wärme von Monas Körper war sie auch auf das Gefühl der Freude, das sie überkam und wie eine warme Brise um ihr Herz wehte.

»Wo ist denn deine Schwester?« Mona schaute Kaila über die Schulter.

»Niah geht es nicht so gut« führte Kaila einstudiert aus.

»Okay. Schade.« Mona machte ein betroffenes Gesicht, was aber schnell wieder in ihr gewohntes Lächeln überging. »Komm mit«, sie deutete Kaila an, ihr zu folgen. »Ich stelle dich meinem Mann vor.«

Durch die Tür gegenüber gelangten sie sofort ins Wohnzimmer. Der Duft von Kuchen drang in Kailas Nase und spülte die Anspannung fort. Sie folgte ihrer Nachbarin an der Couch vorbei, hinter der sich ein Esstisch befand.

»Das ist Martin«, stellte Mona ihren Mann vor, der sich von einem der Esszimmerstühle erhob.

Er streckte Kaila seine makellosen Hände entgegen. »Ich habe schon Einiges von dir gehört. Nett, dich kennenzulernen.«

Kaila schüttelte ihm die Hand und blickte aufgeregt in sein haarloses Gesicht. Mehr als ein Lächeln und ein leises »Hallo« brachte sie nicht heraus.

»Setz dich«, Mona schob einen Stuhl zurück und nahm auf dem Gegenüberstehenden, neben ihrem Mann, Platz.

Erst jetzt bemerkte Kaila, die hübsch angerichtete Kaffeetafel mit Kuchenstücken, Keksen und Kaffee. Sie setzte sich.

»Wollte deine Schwester nicht mitkommen?«, fragte Martin. Seine dunklen Haare wirkten, als hätte er sie zuvor frisiert.

»Ihr geht es nicht gut, das holen wir nach«, kam Mona ihr zuvor und schenkte jedem eine Tasse Kaffee ein.

Kaila wollte nicht kundtun, dass ihr Kaffee nicht schmeckte, wenn sich jemand für sie schon so viel Mühe gegeben hatte. Sie nahm sich einfach vier Löffel

Zucker und spülte ihn schleunigst hinunter, dankbar, dass es nur eine kleine Servicetasse war. Eine zweite Tasse lehnte sie höflich mit der Ausrede ab, dass sie ansonsten nicht schlafen könne. Der Kirschkuchen dagegen war ein Traum. Sie konnte sich nicht erinnern, wann sie das letzte Mal so einen leckeren Kuchen gegessen hatte.

Mona erzählte derweil von ihrer Arbeit. Da ihr Mann genug verdiente, arbeitete sie nur wenige Stunden in der Woche und konnte sich hauptsächlich um den Haushalt kümmern. »Würde Martin nicht so gut verdienen«, sie schaute ihren Mann dankbar an, »könnte ich als Verkäuferin nicht in diesem Umfang arbeiten. Ich berate Frauen in einer kleinen Modeboutique. Mehr als Aushilfe. Es macht mir großen Spaß.«

»Was machst du beruflich?«, wollte Martin wissen.

Kaila hatte mit genau dieser Frage gerechnet, rutschte dennoch unruhig auf ihrem Stuhl hin und her. Sie entschied sich für eine Antwort mit viel Spielraum. »Ich arbeite bei der Stadt.«

»Interessant. Was genau?«

»Kurz gesagt: Sachbearbeitung. Langweilig.«

»Hier in Remscheid?«

Kaila nickte.

»Kennen wir nicht auch jemanden, der dort arbeitet?«, Mona klopfte sich gegen den Kopf und sah ihren Mann an. »Die eine von der Firmenparty.«

»Iris oder so?«

»Irene«, stieß Mona aus. »Genau. Kennst du sie?«, frage sie an Kaila gewandt. »Sie arbeitet auch dort.«

Kaila wischte sich die schwitzigen Hände an ihrer Hose ab. Sie hatte das Gefühl, jemand habe die Heizung aufgedreht. Sie machte ein nachdenkliches Gesicht, schüttelte dann den Kopf. »Nein, die kenne ich nicht. Aber wir sind dort so viele. Man kann nicht jeden kennen.«

Mona war nicht überrascht über ihre Antwort und nickte zustimmend. »Möchtest du noch ein Stück Kuchen, Kaila? Ich nehme mir auf jeden Fall noch eins. Du auch, ja?«

Genüsslich aß Kaila noch ein zweites Stück, dieses Mal war es Apfelkuchen. Sie war froh, dass es im weiteren Gespräch nicht mehr um ihr Leben ging und Mona mehr oder weniger eine lustige Anekdote nach der anderen zum Besten gab. Ihr bunter Lebensstil spiegelte sich auch in ihrem Haus wider. Viele bunte Blumentöpfe und Pflanzen zierten die weiße Fensterbank. An den cremefarbenen Wänden hingen viele farbenfrohe Gemälde, von denen Kaila keine Ahnung hatte, ob es sich um echte handelte oder nicht.

»Wie gefällt es dir denn hier?«, fragte Martin.

»Bei euch?« Kaila nahm gerade den letzten Bissen Kuchen.

Ihre Nachbarn lachten. »Hier in der Gegend, in der Siedlung?«

»Gut.« Kaila legte die Gabel ab und vergrub ihre Hände in den Schoß. »Das Haus ist echt schön und wir fühlen uns hier sehr wohl.«

»Da hattet ihr aber Glück mit dem Haus, oder?«, stellte Martin fest. »In so Gegenden sind Häuser immer sehr begehrt und schnell vermietet.«

Kaila versuchte abzuschätzen, ob er missbilligte, dass sie dort eingezogen war, fand in seinem glatten Gesicht aber nichts dergleichen. »Ja, das war wirklich Glück«, stimmte sie ihm zu und strich ihre Haare hinter die Ohren. »In einer Bäckerei habe ich morgens Zeitung gelesen und zufällig diese Anzeige entdeckt. Ich habe sofort den Vermieter kontaktiert, obwohl ich keine wirklich große Hoffnung hatte, dass es noch frei war.« Sie machte eine kurze Pause. »Aber er hatte die Anzeige erst mit dieser Zeitungsausgabe geschaltet und ich war die erste Person, die sich darauf meldete.«

»Was für ein Zufall.« Mona beugte sich vor, um ihrer Nachbarin anzuzeigen, dass sie die Geschichte gut fand und ihr aufmerksam zuhörte.

»Das beste war, dass es teilmöbliert war. Meine Schwester und ich müssen neu anfangen, also kam es uns sehr gelegen.«

»Wieso neu anfangen?« Martin stützte die Ellenbogen auf dem Tisch.

»Sei doch nicht so neugierig.« Mona warf ihm einen vorwurfsvollen Blick zu.

»Was denn? Sie kann doch sagen, wenn sie es nicht erzählen möchte.«

»Schon gut.« Kaila hatte schließlich bereits eine Antwort parat. »Mein Freund hat mich rausgeworfen und alles behalten. Jetzt fange ich neu an.«

»Und deine Schwester?«

»Ja, also. Bei ihr war es ähnlich.«

Mona warf ihr einen bemitleidenden Blick zu. »Ich bin mir sicher, es wird euch jetzt besser gehen.«

»Das weiß ich.«

»Das Glück wird weiterhin zu dir kommen, Kaila«, ermutigte Mona sie. »Netten Menschen wird immer Positives entgegengebracht.«

»Man sollte sein Glück nur nicht herausfordern«, dachte Kaila.

***

Bei der Verabschiedung von Mona konnte sie es kaum erwarten, sie zu umarmen. Für Kaila fühlte es sich irgendwie vertraut an. »So müssen sich Freundschaften anfühlen«, dachte sie noch, verstand aber nicht viel davon. Das warme Gefühl ließ sie nicht los. Sie glaubte fest daran, dass Mona sie mochte. Mit diesem Gedanken verließ sie das Grundstück und ging zurück zu ihrem Haus.

Ein paar Mal blinzelte sie, weil sie glaubte, die Wirklichkeit nicht sehen zu können. Aber sie täuschte sich nicht. Jemand stand vor ihrer Haustür.

Langsam schlich sich Kaila heran und blieb an der Grenze bei einem Busch stehen, bedacht, nicht entdeckt zu werden. Der Besucher schaute durch die Fenster ins Innere des Hauses.

Kaila lugte aus ihrem Versteck. Fast wäre sie gesehen worden, aber sie konnte gerade noch erkennen, wer es war. Herr Junger, ihr Vermieter, stand vor ihrer Tür und klingelte abermals. Es fühlte sich wie eine Ewigkeit an, in der sie hinter ihrem Versteck kauerte.

Erst als er endlich aufgab und wegfuhr, gab sie ihren Unterschlupf auf und lief, so schnell sie konnte, zum Haus.

»Wer war das?«, fragte Niah sofort, als Kaila das Haus betrat.

»Unser Vermieter.« Sie musste erst einmal zu Atem kommen und hielt kurz die Luft an, ehe sie sie wieder ausblies.

»Was wollte er hier?«, schimpfte Niah vorwurfsvoll. »Hast du die erste Kaution bezahlt?«

»Doch, das habe ich«, gab Kaila zurück und fasste sich an die Stirn. Nervös fuhr sie sich durch ihre Locken und versuchte, sich einen Reim darauf zu machen.

»Was wollte er dann hier?«

»Woher soll ich das wissen?«

✳✳✳

Kaila saß mit ihrer Schwester auf dem Sofa und schaute eine der tausendsten Folgen „*Gute Zeiten, schlechte Zeiten*". Noch immer grübelte sie darüber nach, was Herr Junger hier wollte. Sie hatte die Kaution gezahlt. Sie hatte das Geld in den Briefkasten geworfen. Was wollte er also?

»Wie war es eigentlich heute bei Mona?« Niah drehte sich zu ihrer Schwester um und holte sie aus ihren Gedanken.

»Es war schön.« Kaila lächelte. Bei der Erinnerung an das Treffen erwärmte sich ihr Brustkorb, als wäre er ein Eisblock, den es aufzutauen galt. »Ich glaube, dass sich so Freundschaften anfühlen.«

Ehe Niah etwas darauf erwidern konnte, klingelte Kailas Handy und kündigte eine SMS an. Die Schwestern sahen sich fragend an. Kaila erhob sich und holte das Handy aus dem Flur. Auf das Display schauend kam sie zurück und erkannte zwei Anrufe in Abwesenheit. Diverse Nachrichten, die sie immer wieder wegschob und eine SMS. »Hallo Frau Schwarz«, las sie vor, »ich habe die Kaution erhalten, vielen Dank dafür.« Sie schaute ihre Schwester anklagend an und las weiter. »Ich wollte mit Ihnen über die Beseitigung des Unrats auf dem Speicher sprechen und als Sie nicht ans Telefon gegangen sind, und ich gerade zufällig in der Gegend war, bin ich einfach vorbeigefahren. Leider waren Sie nicht zu Hause. Bitte melden Sie sich und teilen mir mit, wann es Ihnen zeitlich passt. Wenn es Sie nicht stört, gerne nach meinem Urlaub. LG Junger.«

»Ich habe ihm doch gesagt, dass er die Sachen da lassen kann.« Kaila legte das Handy weg.

»Wenn er wüsste«, sagte Niah verstohlen.

∗∗∗

Nachdem Kaila jetzt schon ein paar Mal bei Mona zu Hause gewesen war, wollte sie heute endlich die Initiative ergreifen und sie zu sich einladen.

Sie verließ das Haus. Die Luft roch nach Frühling und die Sonne spiegelte ihr Inneres wider. Über den Weg durch den Vorgarten erreichte sie das kleine Gartentor.

»Guten Tach!«

Kaila wirbelte herum und rollte mit den Augen, als sie erkannte, wer gegrüßt hatte. »Sie schon wieder?«

Herr Selter faltete die Hände hinter den Rücken. »Ein schöner Tag heute, nicht wahr?« Er kam auf sie zu. Seine Schuhe machten den Anschein, als habe er einen Waldspaziergang gemacht.

»Was wollen Sie?« Missbilligend und trotzig hielt sie seinem Blick stand. Sie ließ sich nicht von dem überraschten Gesicht ablenken. Sie durfte ihm nicht vertrauen.

»Ich, ich«, stotterte er, bis er sich wieder gesammelt hatte. »Wie war noch mal Ihr Name.«

»Ist das wichtig?«

»Oh ja.« Er lächelte sie an.

»Kaila«, antwortete sie, ohne jegliche Regung.

»Kaila«, wiederholte er, als müsse er über diesen Namen erst nachdenken. »Würden Sie vielleicht kurz zu mir mit rein kommen? Ich würde Ihnen gerne etwas zeigen.«

Kaila lachte auf, wurde dann wieder ernst. »Nein.«

»Okay.« Er hob beschwichtigend die Hände und wirkte plötzlich nervös. Wie unter Zeitdruck. »Würden Sie kurz hier warten? Ich werde es holen. In Ordnung?«

Kaila sagte nichts.

»Dauert nur einen Moment.« Er wollte schon gehen.

»Nein«, wiederholte Kaila. »Was auch immer Sie mir zeigen möchten, ich möchte es nicht sehen.«

Der alte Mann blieb stehen und riss die Augen auf. Dann veränderte sich sein Blick. »Ich habe mit Ihrem Vermieter gesprochen.«

Kaila verschränkte die Arme.

»Herr Junger hat mir gesagt, dass Sie alleine hier eingezogen sind. Zu mir sagten Sie aber, Sie wären mit Ihrer Schwester hier eingezogen.«

»Was wollen Sie damit sagen?«

»Weiß er davon? Weiß er, wer Sie sind?«

Kailas Mundwinkel zuckte, aber sie sagte nichts. Sie hielt sich zurück, ballte die Fäuste und versuchte damit, das Zittern ihrer Hände unter Kontrolle zu bringen. Sie wusste von Anfang an, dass dieser Soldatenverschnitt Ärger bedeutete. Sie drehte sich um und ging.

»Bitte, warten Sie!«, hörte sie ihn rufen, aber sie blieb nicht stehen. Doch dann rief er einen Namen. Ihren wahren Namen. Anstatt sich umzudrehen, rannte sie davon.

****

Kaila drückte auf die Klingel und wartete vor Monas Haustür. Die anfängliche Nervosität verspürte sie kaum noch. Das hier war nichts im Vergleich zu der Situation mit Herrn Selter. Sie hatte sich beruhigen müssen. War gerannt. So weit, bis ihre Lunge zu zerspringen drohte. Dann ließ sie sich keuchend auf den warmen Asphalt nieder und horchte in sich hinein.

Er meinte es nicht böse. Er wollte helfen. Aber sie will seine Hilfe nicht.

Sie wollte einfach in Ruhe gelassen werden. Wahrscheinlich war das der Grund, warum sie sich zu der Freundschaft mit Mona hingezogen fühlte. Sie hatte sich erst daran gewöhnen müssen, dass es nicht nur komplizierte Menschen gab. Schon gar nicht kannte sie Menschen, ohne Probleme. Monas Leichtigkeit hatte es bisher in ihrem eigenen Leben nicht gegeben. Immerzu hatte Kaila Ablehnung erfahren, doch Mona tat nichts dergleichen.

Mit diesem Gefühl hatte sie sich beruhigt. Es hatte sie zurück zu Monas Haus gebracht und an die Haustür klingeln lassen.

»Kaila«, stieß Mona überrascht, aber fröhlich aus, als sie die Tür öffnete. »Was verschafft mir erneut die Ehre?« Mona vollzog einen Knicks und lachte.

»Hallo Mona«, Kaila winkte kurz. »Ich weiß, dass wir uns erst heute getroffen haben.«

Mona legte den Kopf schief und wartete. Sofort merkte sie, dass es Kaila wichtig war, und gab ihr die Zeit, sich zu sammeln.

»Ich wollte dich etwas fragen«, Kaila stockte kurz. »Also ich wollte dich das schon vorhin fragen, als wir uns gesehen haben, aber...« Kaila zog die Schultern hoch. »Ich wollte wissen, ob du vielleicht auch einmal zu mir kommen möchtest.«

»Eine Einladung? Zu dir?«, Mona zog erwartungsvoll die Brauen hoch.

»Ja, also, nur wenn du willst.« Doch leicht unsicher wartete Kaila ab, aber Monas Antwort kam schnell.

»Aber klar doch!« Sie lachte auf. »Darauf warte ich schon Wochen«, witzelte sie. »Wann denn? Heute? Morgen?«

»Morgen Mittag?« Schon wieder waren Kailas Sorgen umsonst gewesen. »Ich bin zu Hause. Also komm ruhig, gegen Mittag, wann immer es dir passt.«

»Super, dann bis morgen.«

Freudig verabschiedete sich Kaila und ging zurück zu ihrem Haus.

Sie glaubte, die Blumen und das Gras ihres Vorgartens riechen zu können, als sie den steinigen Weg entlanglief. An der Haustür nahm sie einen tiefen Atemzug, bevor sie sie öffnete. Widerstand dem Drang, sich zu dem Haus von gegenüber umzudrehen, in dem Herr Selter wohnte. Als sie eintrat, rief sie nach ihrer Schwester.

»Ich bin hier!« Niah stand im Wohnzimmer am Fenster und blickte hinaus auf den Wald. »Wo warst du?«, fragte sie.

»Bei Mona«, erklärte Kaila zufrieden. »Ich habe sie zu uns eingeladen.«

»Was hast du?« Niah drehte sich auf der Stelle um und sah ihre Schwester fassungslos an.

»Was ist denn dabei?« Kaila verstand ihre Reaktion nicht. »Ich kenne sie doch schon ein paar Wochen.«

»Vielleicht gerade einmal drei Wochen«, korrigierte Niah.

»Sie ist doch nett.« Kaila trat an ihre Schwester heran.

»Ja, sie ist sehr nett«, bestätigte ihre Schwester mit einer unmissverständlichen Tonlage. »Du wirst unvorsichtig, Kaila.«

»Ich werde vorsichtig sein, versprochen.«

»So wie mit Herr Selter.«

»Ach der«, Kaila winkte ab. »Um den kümmere ich mich noch.«

»Und wie? Er weiß alles, Kaila.«

»Er kann gar nicht alles wissen.« Kaila ging auf ihre Schwester zu und umarmte sie. »Lass mich bitte, solange es noch möglich ist.« Tränen traten ihr in die Augen, bis sie als Rinnsale die Wangen hinunterliefen.

Niah sah sie an und nickte stumm.

***

Frisch geduscht und ein wenig zurechtgemacht, verließ Kaila am nächsten Tag das Badezimmer. Sie zog sich in ihrem Zimmer Jeans und T-Shirt an. Es war nun schon Mittag, also dürfte es nicht mehr lange dauern, bis Mona kam. Mit einem letzten prüfenden Blick in den Spiegel verließ sie ihr Zimmer. Für sie war Mona irgendwie nicht nur eine Nachbarin, es war schon der Anfang einer Freundschaft. Sie hoffte, dass es Mona auch so ging und sie die Beziehung nicht nur auf der nachbarschaftlichen Ebene halten wollte. Kaila hatte sich immer eine Freundin wie sie gewünscht, denn sie besaß nicht viele. Um ehrlich zu sein, eigentlich gar keine. Aber wenigstens hatte sie ihre Schwester und für Kaila war dies eigentlich immer Freundschaft genug gewesen. Es war allerdings immer noch etwas anderes, als eine sich entwickelnde Freundschaft zwischen zwei Unbekannten. Schwestern kennen einander zu gut. Zumindest war es bei ihnen der Fall.

Kaila glaubte, Mona würde sich über ein paar Beeren aus dem Garten freuen und beschloss daher, welche hinter dem Haus für sie zu pflücken. Zunächst holte sie aus dem Küchenschrank eine leere Dose und zog sich danach im Eingang ihre weißen Turnschuhe an, was für einen Gartengang für gewöhnlich nicht die richtige Farbwahl war, doch viel Auswahl hatte sie nicht. Anschließend verließ sie das Haus, achtete aber vorher darauf, Herr Selter nicht zu begegnen. Glücklicherweise sah sie ihn weder auf der Straße, noch irgendwo am

Fenster. Rasch nahm sie die Treppe an der Hausseite, um in den Garten zu gelangen. Den Weg am Schuppen entlang, vorbei an den Regentonnen bis an den Waldrand. Zu ihrer Linken befanden sich die großen Sträucher voller Johannisbeeren, auf die sie zuging. Sie stellte sich mit der Dose in der Hand vor den Strauch und begann die ertragreichen Rispen abzupflücken. Gelangweilt sah sie sich dabei um und hoffte, sehr schnell die Dose mit ein paar ordentlichen Johannisbeeren gefüllt zu haben. Sie hatte keine Ahnung, welche Beeren-Pflück-Technik die schnellste war. Sie war noch ein Kind, als sie das letzte Mal Beeren gepflückt hatte.

Die Sonne verzog sich zwischendurch hinter die Wolken und ließ Kaila in ihrem T-Shirt leicht frösteln. Ohne Sonne war es heute nicht so warm wie die letzten Tage. Eine Strickjacke wäre gut gewesen.

Ein merkwürdiges Gefühl überkam sie plötzlich. Sie hielt inne und versteifte sich. Etwas blass Aussehendes bewegte sich im Augenwinkel.

»Niah?« Im selben Moment drehte sie sich in die Richtung, aus der die Bewegung kam.

Sie war sich sicher, dass jemand vom Garten aus Richtung Wald gegangen war.

Es war aber niemand zu sehen.

Sie wusste, dass sie sich das nicht eingebildet hatte. Definitiv hatte sie die blasse Gestalt wahrgenommen.

Angestrengt suchte Kaila den Waldrand ab. Keine Ahnung, nach wem oder was genau sie Ausschau hielt. Sie war sich sicher, etwas gesehen zu haben.

Gerade als sie sich wieder umdrehen wollte, knackte hinter ihr ein Zweig. Kaila wirbelte herum. An einem Baum war eine weißliche Hand zu sehen, die den Baumstamm umgriff. Eine kleine Gestalt reckte den Kopf hinter dem Baum hervor. Ein blasses Wesen.

Himmel.

Es sah aus wie ein Mensch. Die Augen lagen in dunklen Höhlen und es schien beinahe, als seien keine vorhanden. Das Wesen formte etwas mit dem Mund. Kaila sah nur die schwarze geöffnete Mundhöhle, konnte aber nichts hören.

Ein leises Knacken ertönte zu ihrer Linken.

Sie drehte sich in die Richtung, aus der das Geräusch kam.

Es war weit entfernt gewesen.

Nicht lange benötigte sie, um die Ursache des Knisterns zu finden.

Ein Mann stand zwischen den Bäumen und starrte Kaila unverhofft an.

Herr Selter?

Doch sie konnte nicht genau erkennen, ob es sich tatsächlich um den alten Mann handelte. Sie wusste nicht einmal, ob es männlich gewesen war oder überhaupt eine menschliche Gestalt. Es stand nur da und sah sie an.

»Was wollen Sie von mir?«, rief sie ängstlich und die Dose mit den Beeren zitterte in ihrer Hand. »Lassen Sie mich in Ruhe!«

Kaila sah zu dem anderen Wesen hinüber. Die Mundhöhle wurde größer. Sofort rannte sie los. Sie wollte nur noch weg von hier. Schnell erreichte sie den Weg und gelangte zu den Regentonnen. Eine weiße Hand schnellte zwischen den Tonnen hervor, als Kaila vorbeilief.

Erschrocken hechtete sie zur Seite und verlor dabei ein paar Beeren. Fester umklammerte sie die immer noch in ihrer Hand befindliche Dose, deren Kunststoffkante sich bereits in ihr Fleisch grub.

Sie rannte weiter.

Drehte sich nicht um.

Keinesfalls wollte sie wissen, wer oder was das genau war. Die Angst saß tief in ihren Knochen und ihre Füße schienen ihr bei jedem Schritt weniger zu gehorchen.

Kaila erreichte die Treppe an der Hausseite. Schnell erklomm sie die Stufen zur Terrasse und bog sofort nach links Richtung Hauseingang.

Hart prallte sie gegen etwas, stolperte und fiel zu Boden. Der Behälter mit den Beeren flog durch die Luft und fiel scheppernd auf die Fliesen.

***

»Himmel! Ist alles in Ordnung?«

Kaila rieb sich den Arm, der seltsamerweise mehr weh tat, als ihr Knie, auf welchem sie zuerst gelandet war. Sie hatte eine kleine Schürfwunde am Arm, sonst schien ihr aber nichts weh zu tun. Sie setzte sich auf und schaute nach oben in Monas entsetzten Gesichtsausdruck. Erleichtert stieß Kaila die Luft aus.

»Hast du mir einen Schrecken eingejagt«, stieß Mona aus und reichte Kaila dann die Hand, um ihr beim Aufstehen zu helfen.

»Tut mir leid«, sagte Kaila, ergriff Monas Hand und ließ sich hochziehen. Sie schaute auf die auf dem Boden verteilten Beeren. »Ich wollte dir Beeren pflücken.« Sie klopfte sich ihre Jeans ab, die glücklicherweise Heile geblieben war. Sie war froh, dass sie die Beeren nicht einzeln vom Strauch gepflückt, sondern an den jeweiligen Stielen gelassen hatte. Ansonsten würden jetzt alle Beeren einzeln auf ihrer Terrasse herum kullern, was das Einsammeln auf jeden Fall erschwert hätte. Sie begann, die am Boden liegenden Beeren aufzusammeln und wieder in die Dose zu füllen.

Mona lachte auf. »Danke«, sagte sie und half Kaila. »Dein Kunststück war aber nicht nötig.« Mona stupste Kaila spaßeshalber an. »Warum bist du denn so gerannt?«

»Ähh«, Kaila überlegte, »gerannt?« Sie wusste nicht recht, was sie Mona erzählen sollte. »Ich bin nicht gerannt, ich habe nur zwei Stufen auf einmal nehmen wollen, weil ich schnell wieder hier hoch wollte. Ich wusste ja nicht, wann du kommst.« Kaila lachte und schob hinterher, »Ich konnte ja nicht ahnen, dass du mir in die Arme läufst.«

Mona lachte und hob gerade die letzten Beeren auf.

»Komm, wir gehen rein«, sagte Kaila schnell, damit Mona nicht weiter nach dem Grund der Eile fragte. Im Eingang des Hauses zogen Kaila und Mona zunächst ihre Schuhe aus. Dann stellte sie die Dose in der Küche ab.

»Erst die Führung oder erst der Kaffee?«, fragte Kaila.

»Die Führung natürlich«, antwortete Mona prompt und hob auffordernd die Arme.

»Das ist die Küche«, präsentierte Kaila direkt.

»Echt eine Küche?« Mona lachte scherzhaft. »Da wäre ich nie drauf gekommen.«

Kaila lächelte neckisch. Wäre das Ereignis von vorhin nicht so furchterregend gewesen, würden ihre weichen Knie womöglich daher herrühren, jemanden zu Besuch in ihrem Haus zu haben. Sie hatte noch nie Besuch, zumindest nicht so. Doch das war gerade ihr geringstes Problem. Sie versuchte, den Gedanken daran beiseitezuschieben, um sich auf Mona zu konzentrieren. Sie durfte nicht merken, was passiert war.

»Die Küche hat der Vermieter hier gelassen?«, fragte Mona.

»Ja, ich zahle dafür jeden Monat eine Nutzungsgebühr zusätzlich zur Miete.«

»Super, die Küche sieht auch noch wirklich top aus«, stellte Mona fest.

Kaila deutete Mona an, ihr zu folgen. Sie gingen zunächst durch den Eingangsflur in das Wohnzimmer gegenüber der Küche. »Tada! Das ist das Wohnzimmer.« Sie ging in den Raum hinein und kam sich bei ihrer Präsentation blöd vor. Sie entschied, einen Gang runterzuschalten.

Mona zögerte beim Eintreten ein wenig. Zaghaft schaute sie durch den Raum, als würde sie auf der Suche nach etwas sein. »Du hast ja gar nichts Persönliches hier herumstehen«, stellte sie fest und zog die Brauen leicht hoch. »Kein Foto von dir oder deiner Schwester.«

»Ähm« Kaila wusste gar nicht, was sie darauf erwidern sollte. Ihr selbst war es nicht so vorgekommen, dass das Haus „unpersönlich“ auf andere wirken könnte. Sie hatte doch extra Dekorationsartikel gekauft. Sie besaß gar kein aktuelles Foto von sich und ihrer Schwester. Ihr letztes gemeinsames Foto war, Kaila überlegte, einfach zu lange her. Um weiteren Fragen auszuweichen, entschied sie sich für eine einfache Erklärung: »Ich muss erst noch Fotos entwickeln lassen und passende Bilderrahmen dafür kaufen.«

Mona nickte stumm und wandte sich ab. Sie durchschritt eifrig den Raum. »Wow«, meinte sie, »das ist ja schön, dass du direkt von hier in den Wald schauen kannst.« Sie drehte sich zu Kaila um. »Ich finde das hat immer so etwas Romantisches, gerade im Winter, wenn es schneit.«

»Ich finde, das hat etwas Gruseliges«, erwiderte Kaila, noch ehe ihr bewusst wurde, was sie gesagt hatte. Sie rang sich ein Lächeln ab, doch ihre Mundwinkel zuckten dabei, also ließ sie es bleiben. Wenn Mona das Geschehnis von vorhin mitbekommen hätte, dann würde sie diesen

Anblick bestimmt auch nicht mehr so romantisch finden. »Weiter geht die Führung«, sagte sie laut, um nicht weiter darüber nachdenken zu müssen.

Sie winkte Mona zu sich, die ihr sodann folgte. Gemeinsam verließen sie das Wohnzimmer, marschierten durch den Eingang in den kleinen Flur. Links zeigte Kaila das kleine Gäste-WC, dann stiegen sie die Treppe hoch in den ersten Stock.

Sie öffnete zunächst ihr Zimmer links. »Das ist mein Zimmer.«

Mona trat hinein. Außer ein paar Möbel, wie Bett und Kommode, stand gar nicht viel in dem Raum. In dem Wohnzimmer unten war immerhin ein bisschen dekoriert. Ihr Zimmer war dagegen sehr spartanisch eingerichtet. Lediglich eine kleine Pflanze stand in dem Raum. Mona ging zu dem Fenster und schaute hinaus in den Wald. »Was bitte ist hier eigentlich los?«, fragte sie plötzlich.

Erschrocken fuhr Kaila zusammen. Ein Schauer durchfuhr sie. Hatte sie Mona irgendwie verärgert? Hatte sie etwas falsch gemacht? Gefiel Mona das Haus nicht? Tausend Fragen überschlugen sich in Kailas Gedanken.

Mona drehte sich um. »Du bist komisch.« Sie machte eine Pause.

Unsicher wanderten Kailas Augen umher. Zweifelsohne hatte sie nichts gemacht oder angedeutet, was einer Erklärung bedurfte. Die Stille kam ihr in diesem Moment unerträglich lang vor.

Dann grinste Mona auf einmal breit. »Du hast kaum Dekoration in deinem Haus, keine persönlichen, kitschigen Bilder, magst die Aussicht in den Wald nicht.

Irgendwas stimmt doch nicht mit dir.« Mona lachte und wedelte bei diesen Worten spaßig mit erhobenem Zeigefinger.

»Achso«, Kaila entspannte sich augenblicklich wieder und kicherte, »das meinst du.« Laut atmete sie aus, froh darüber, dass nichts Ernstes gemeint war. »Ich bin wohl echt ein wenig komisch«, bemerkte sie und versuchte, sich ihre vorherige Anspannung, die sie immer noch spürte, nicht anmerken zu lassen.

»Ich habe die ganze Bude voll stehen mit Dekokram«, sagte Mona sofort, die Kailas Aufregung scheinbar nicht wahrgenommen hatte, und breitete die Arme aus. »Ich könnte dir glatt etwas davon abgeben. Noch ein Teil mehr und mein Mann reicht die Scheidung ein«, sagte sie amüsant und kicherte dabei.

»Ich bin ja auch erst eingezogen. Ich mache das nach und nach«, erklärte Kaila und ging in das gegenüberliegende Zimmer.

Neugierig trottete Mona hinterher.

»Das ist Niahs Zimmer«, verkündete Kaila.

Mona sah sich um. »Ist deine Schwester heute auch nicht da?«, wollte sie wissen.

»Ähm«, Kaila blickte sich in Niahs Zimmer um. »Nein, sie ist...« Kaila macht eine Pause und ging bereits aus dem Zimmer. »Sie ist heute bei Freunden.«

»Ach so, schade«, sagte Mona und folgte Kaila aus dem Zimmer. »Ich dachte, ich würde sie heute endlich einmal kennenlernen.«

»Ja, schon komisch irgendwie.« Kaila fasste sich an den Hinterkopf. »Wir wohnen alle so nah und doch hast du sie noch nicht gesehen.«

»Das ist wirklich komisch.« Mona kicherte. »Je näher man zusammenwohnt, umso seltener sieht man sich.«

»Na, dann sollten wir das wohl ändern«, gab Kaila bekannt. »Ich spreche mit Niah und wir überlegen uns etwas.« Wütend über ihre vorschnelle Aussage ballte sie die Fäuste und krallte ihre Fingernägel in die Haut, bis es schmerzte.

Mona nickte erfreut und ging auf das große, aber bescheiden eingerichtete Badezimmer zu, welches sie sehr schön fand.

Kaila entspannte ihre Finger wieder. »Den Speicher lassen wir aus. Da sind noch zwei weitere Zimmer, die der Vermieter als Rumpelkammer benutzt.« Sie zuckte mit den Schultern. »Ich brauchte den Platz bisher noch nicht.«

Eigentlich brauchen Menschen in ihren Wohnungen und Häusern immer eine Ecke oder einen Raum, in denen sie ihre Unordnung verstecken konnten, wenn sich spontan Besuch ankündigte. Schließlich hat man nicht immer Zeit und Lust, alles penibel aufzuräumen. Nur hatte sie selbst nichts, was sie da unterstellen konnte.

»Wir gehen uns jetzt erst einen Kaffee machen.«

Mona ging voraus. »Ich kann nicht verstehen, dass du nichts im Badezimmer hast.« Mona schüttelte ungläubig den Kopf. »Kein Make-Up, kein Lippenstift, nichts.«

»Ich brauche nicht viel«, erklärte Kaila etwas abwesend. Je mehr Mona feststellte und nachfragte, um so merkwürdiger fühlte es sich an, jemanden im Haus zu haben.

»Ich brauche schon einen ganzen Farbkasten voller Schminke«, meinte Mona und stieg die Treppe hinunter, dabei bemerkte sie nicht, dass Kaila langsamer wurde. »Manches habe ich in mehrfacher Ausführung. Von Mascara bis hin zum Nagellack. Sogar Haarbürsten. Aber gerade bei Nagellack kann Auswahl ja nie schaden. Das ist wie bei Schuhen. Gewappnet für alle Fälle.«

Kaila stoppte. Kaum noch hörte sie Monas Worte, die mit jeder Stufe leiser wurden. Ihre Nackenhaare stellten sich auf, als sie ein Weinen vernahm. »Hast du das gehört?«, fragte sie Mona mit hektischer Stimme und schaute dabei unruhig umher.

Mona blieb auf der Hälfte der Treppe stehen. »Was gehört?«

Schnell drehte sich Kaila um. Das Weinen kam vom Speicher. Doch es war niemand zu sehen. »Es klang wie...« Sie wusste nicht, wie sie es beschreiben sollte. »Wie ein Weinen oder so. Aber irgendwie komisch.«

»Also ich habe nichts gehört.«

Kaila war sich nun gar nicht mehr sicher, ob sie wirklich etwas gehört oder es sich nur eingebildet hatte. Die Begegnung im Garten saß ihr wahrscheinlich noch im Mark und erschuf Phantasien. »Ach es war bestimmt auch gar nichts«, sagte sie, weil sie nicht wollte, dass ihre Nachbarin sie für verrückt hielt. »Ich habe es mir bestimmt nur eingebildet.«

1991

Sommer

Ella

Malina suchte bereits die Spielsachen zusammen, die sie und ihre Schwester mit in den Garten nehmen wollten.

Ella versuchte in der Zeit noch einmal, Laurin zu erklären, woher die Geräusche in ihrem Zimmer kamen. Sie wollte ihr klar machen, dass sie hiervor und dem Schacht keine Angst haben musste. Schließlich sollten die beiden Kinder sich in ihren neuen Kinderzimmern wohl fühlen und ihr eigenes „Reich" haben. Sie sollten sich nicht fürchten. Angst zu empfinden, ist lediglich ein Signal dafür, dass Gefahr wahrgenommen wird. Die Signale werden vom Gehirn und dem autonomen Nervensystem verarbeitet und entsprechend weitergeleitet. Ein Kind stuft oft nur gewisse Dinge reflexartig als Gefahr ein, was sich als Angst vor dem Ungewissen äußert, obwohl von diesen gar keine Gefahr ausgeht. Sie müssen erst lernen, diese Gefühle zu beherrschen oder zu überwinden. Eltern können ihren Kindern dabei helfen, sich nicht vor der eigenen Angst zu fürchten. Vielleicht liegt das auch an der noch vorhandenen Reichweite der Phantasie eines Kindes.

Als Laurin ihrer Mutter nickend zu verstehen gab, dass sie jetzt wisse, dass sie keine Angst mehr haben musste, machte Ella den beiden Kindern in der Küche etwas zu Trinken fertig, während sie sich an der Haustür die Schuhe anzogen. Wenn sie ihre Getränkeflaschen dabei hatten, mussten sie nicht ständig dafür klingeln und durchs Haus marschieren.

Ein Blick über die Schulter ließ Ella stolz schmunzeln. Sie hatte ihre Kinder angewiesen, die Schuhe stets an der Haustüre an- und auszuziehen, damit sie den Dreck nicht hereinbrachten. Andere Kinder wären wahrscheinlich mehrmals durch das Haus gelaufen, weil sie es schlichtweg vergessen hätten. Ihre beiden Töchter nicht.

»Hör mal Laurin, wenn du wirklich Angst in deinem Zimmer hast, dann kannst du heute bei mir im Zimmer schlafen.«

Malina lächelte ihrer Schwester aufmunternd zu. »Ab morgen schlafe ich dann jeden Abend bei dir, solange, bis du alleine keine Angst mehr hast.«

Laurin blickte zu ihrer Schwester auf, grinste breit und nickte eifrig vor Freude und Dankbarkeit.

Ella hielt die Getränkeflaschen umklammert. Sie beobachtete ihre Töchter und lächelte. Sie würden bestimmt immer aufeinander Acht geben und füreinander da sein.

2016

Heute

Kaila

Die beiden Schwestern standen im Flur im ersten Stock und sahen die Treppe zum Speicher hinauf. Kaila war trotz genügend Helligkeit in Versuchung, das Licht an zu machen.

»Und du bist dir sicher, dass es vom Speicher kam?«, fragte Niah ihre Schwester skeptisch.

Kaila nickte. »Ich bin mir sicher, dass ich es mir nicht eingebildet habe. Das Geräusch kam eindeutig von hier oben. Als Mona heute hier war, habe ich es schon wieder gehört.«

»Schon wieder?«

Kaila schlug sich die Hand vor den Mund. »Es war nicht das erste Mal«, erklärte sie achselzuckend bei dem bohrenden Blick ihrer Schwester.

»Denkst du wirklich, dass das eine gute Idee ist, da hoch zu gehen?«, fragte Niah flüsternd. »Jetzt habe ich erst recht kein gutes Gefühl mehr dabei.«

»Natürlich ist es keine gute Idee.« Kaila erwartete, jeden Moment ein Gesicht oder einen Schatten oben an der Treppe zu sehen. Das ist doch der Stoff, aus dem Horrorfilme gemacht wurden. Wo die Protagonisten so dumm sind und nachsehen, wo das Geräusch herkommt. Und dann wegen ihrer eigenen Blödheit sterben. Nicht, dass sie jemals einen richtigen Horrorfilm gesehen hätte. Ihr erster und einziger Film dieses Genre war *Scream* gewesen.

»Du hast recht. Wir sollten es lassen. Wahrscheinlich hast du es dir nur eingebildet«, mutmaßte Niah, war aber sichtlich nicht von ihrer Aussage überzeugt. Nicht, weil sie ihrer Schwester nicht glaubte, sondern gerade, weil sie an Übersinnliches glaubte. Sie wusste zwar nicht genau an was, aber sie war der Meinung, irgendetwas gibt es in jedem Fall, was sich manchmal nicht mit Wissenschaft erklären lässt. Also Engel, Feen und Geister oder so etwas in der Art.

»Komm jetzt!«

Ihre Blicke trafen aufeinander und Skepsis prallte auf Überzeugung.

Kaila stieg auf die erste Stufe. »Es hilft ja nicht, hier stehen zu bleiben. Wir müssen sicher gehen.« Prüfend schaute sie die Stufen hinauf, ehe sie einen Fuß vor den anderen setzte. Niah kam unsicher hinter ihr her.

Oben angekommen verbarg die geriffelte Glasscheibe der Türe den Inhalt des Zimmers. Kaila drückte die Tür einen Spalt weit auf und spähte durch die Öffnung des ersten Zimmers, um sich Gewissheit zu verschaffen, dass sich niemand darin befand. Dann trat sie in den Raum hinein. Niah folgte ihr.

»Ich habe mir die Sachen dort angesehen.« Kaila zeigte auf die Kartons in der Ecke. »Ich hörte jemanden weinen und als ich aufsah, war da ein Gesicht im Fenster.« Kaila deutete auf das Dachfenster über den Kartons. Bei dem Gedanken daran bekam sie eine Gänsehaut.

Niah glotzte sie mit Entsetzen an. »Von einem Gesicht in der Scheibe hast du vorher aber nichts gesagt.« Sie rückte auf und sah sich ängstlich um. »Das ist echt gruselig«, flüsterte sie mit zittriger Stimme.

»Hier ist nichts.« Kaila schob ihre Schwester Richtung Tür. »Wir gehen wieder runter. Vielleicht habe ich es mir doch nur eingebildet«, versuchte sie überzeugend zu klingen, auch, damit sich Niah nicht weiter fürchtete.

»Ich weiß, dass du das jetzt nur so sagst.«

»Nein, da war bestimmt nichts.« Kaila zog die Tür des Zimmers hinter sich ran und schob Niah weiter zur Treppe.

»Kann ich trotzdem heute mit in deinem Zimmer schlafen.«

»Du bist doch kein Baby mehr.«

»Bitte.«

»Na gut. Meinetwegen.« Ein Schulterblick genügte, um Kaila einen Schauer über den Rücken zu jagen. Durch die geriffelte Scheibe glaubte sie, einen Schatten wahrgenommen zu haben. Der Grad zwischen Phantasie und Realität war zu schmal, um sagen zu können, ob es Einbildung war oder nicht.

Heute Nacht wird keiner von ihnen alleine schlafen wollen.

***

Der weitere Abend verlief glücklicherweise normal, ruhig und ohne besondere Vorkommnisse. Aber was sollte auch passieren? Sicherlich ist der Aufenthalt auf einem Speicher für viele Menschen immer etwas Unangenehmes. Das ist bei den meisten Kellern auch so. Vielleicht war das Weinen tatsächlich nur ihrer Phantasie entsprungen. Mona hatte es schließlich bei ihrem Besuch nicht wahrgenommen. Gleichzeitig fand Kaila ihre Angst ein bisschen kindisch. Sie war kein kleines Mädchen mehr. Die Furcht eines Menschen wird schlichtweg nur von dem Hineinsteigern getrieben und genährt. Würde sie nicht von den eigenen Vorstellungen geleitet werden, würde sie es auch nicht geben. Je mehr man über etwas, das einem Angst machte, nachdachte, umso eher wurde eine Panik daraus. Kaila versuchte, sich mit dieser Erkenntnis ruhig zu stellen.

Niah setzte sich an den Küchentisch, als Kaila ihre Hilfe beim Kochen dankend ablehnte. Eigentlich lenkte sie sich hiermit nur von ihren Gedanken ab. Diese Stimme, Herr Selter, der Schatten. Bei alledem lief es ihr eiskalt den Rücken runter. Sie musste diese merkwürdigen Eindrücke vergessen.

Die Tortellini sprudelten bereits im Wasser vor sich hin, während Kaila versuchte, diese negativen Störungen zu verdrängen. Noch besser wäre es, sie einfach zu vergessen. Egal was sie tat, das Gesicht in der Scheibe, der Geist, ließ sich einfach nicht rational erklären. War sie nur übermüdet gewesen? Vielleicht war das Gesicht in der Scheibe nur ihr eigenes Gesicht gewesen, das durch den Mond lediglich blasser gewirkt hatte. Schließlich war die Glasscheibe alt und voller Staub.

Als die Tortellini fertig waren, warf Kaila diese mit in eine Schüssel und gab Pesto darüber. »Fertig!« Sie tischte sich und ihrer Schwester jeweils einen Teil auf und setzte sich zu ihr an den Tisch.

Die Anspannung bei Niah war noch da. Sie war noch schweigsamer als sonst und stocherte in ihrem Essen herum. Ausnahmsweise fiel Kaila auch nicht viel mehr ein und so aßen sie stillschweigend ihr Abendessen.

Danach erledigten sie gemeinsam den Abwasch und gingen zum Badezimmer in den ersten Stock hinauf. Dabei ließen sie solange die Speichertreppe nicht aus den Augen, bis sie die Badezimmertüre von innen abgeschlossen hatten. Im eigentlichen Sinne war es natürlich totaler Quatsch. Wenn es sich tatsächlich um eine geisterhafte Erscheinung handelte, könnte sie durch Wände gehen.

Sie wählten Kailas Zimmer für ihre gemeinsame Nacht aus. Zuvor holten sie Niahs Decke. Sie schlief meist ohne Kissen. Ihre Zimmer waren in etwa gleich groß, Kailas Zimmerfenster lag in Richtung des Waldes, während Niahs Fenster Richtung Straße zeigte. Es fuhren zwar kaum Autos, allerdings konnte man vom gegenüberliegenden Haus hineinsehen, sodass die beiden Rollos an den Fenstern über Nacht heruntergelassen wurden. Niah schlief sowieso lieber im Dunkeln und auch meist länger als Kaila, die im Gegensatz dazu eher eine Frühaufsteherin war. Sie fand es toll, wenn man mit der Sonne aufstand. Niah war es egal.

»Ich habe oben einen Karton mit alten Barbiepuppen gefunden«, sagte Kaila und vermied dabei das Wort „Speicher". Sie lächelte Niah an, die gerade ihr sporadisch eingerichtetes Bett auf dem Boden zurechtrückte. Als Kind hatten sie immer in einem Bett geschlafen. Das war in diesem Einzelbett jedoch nicht möglich. Kaila selbst kam ihr eigenes Bett heute viel gemütlicher vor. Vielleicht lag es daran, dass sie nicht alleine war. Sie fand es schön, dass ihre Schwester hier bei ihr war. So wie früher immer. »Erinnerst du dich noch an unsere Barbies?«

»Wie gerne wir früher mit so etwas gespielt hatten«, erinnerte sich Niah lächelnd und legte sich hin.

»Ja.« Kailas Freude über die vergangene Zeit vermischte sich mit Bedauern. »Früher«, fügte sie betroffen hinzu.

»Als die Welt noch in Ordnung war.« Niah vermied es, ihre Schwester anzusehen.

Kaila hatte mit einem Mal ein seltsames Gefühl. Sie konnte es nicht deuten, aber es fühlte sich sehr schwer in ihrer Brust an.

Niah bemerkte es, als hätte sie es auch gespürt. »Ist alles in Ordnung?« Leicht richtete sie sich auf.

»Ähm ja«, Kaila zwang sich zu einem Lächeln und blinzelte eine Träne weg. »Ich kann mich irgendwie nicht mehr so viel an früher erinnern. Du?«

»Nicht an alles. Aber wichtig ist doch, dass wir beide hier zusammen sind.«

»Ja.« Kaila fühlte sich alles andere als glücklich und frei, und dabei hatte sie das doch eigentlich gewollt. Sie würde ihre kleine Schwester niemals alleine lassen und sie für immer beschützen. Sie waren nur ein Jahr auseinander und auch schon Anfang dreißig, aber das würde sich wohl niemals ändern. »Wichtig ist, dass wir zusammen sind«, wiederholte sie kaum hörbar und konnte Niahs Umrisse deutlich erkennen, weil das Licht des hellen Mondes durch das Fenster schien.

Der Ruf einer Eule ertönte vom Wald her.

Es dauerte nicht lange, bis die Schwestern einschliefen.

1991

Sommer

Malina

Draußen war es warm. Malina und Laurin saßen bereits seit fast drei Stunden im Garten und spielten mit Pferd, Barbies und Kutsche.

Während Malina das geerntete Gras, in einem kleinen Korb ihrer Barbie, in der Kutsche verstaute, fragte Laurin, ob sie nicht lieber Verstecken spielen könnten.

»Barbiespielen finde ich langsam langweilig.«

»Ich möchte aber nicht Verstecken spielen«, erwiderte Malina und zuckte mit den Schultern. Sie hätte den ganzen Tag lang Barbie spielen können, so sehr mochte sie das. Es war ihr auch total unverständlich, dass Laurin nicht so ausdauernd war, wie sie selbst. Dabei war es egal, was sie spielten. Meistens verging Laurin immer schneller die Freude an etwas, als es bei Malina der Fall war.

Laurin machte ein trauriges Gesicht. »Aber ich möchte nicht mehr Barbie spielen«, untermauerte sie ihre vorherige Geste, legte ihr Pferd auf Seite und faltete die Hände in ihren Schoß, um ihrer Schwester zu signalisieren, dass sie jetzt nicht mehr mitspielen wird.

Nach einer Weile der Stille sah Malina von ihren Barbies auf. Ihre Schwester spielte tatsächlich nicht mehr mit ihr und saß reglos da und schaute ihr zu. Laurin machte immer noch einen Schmollmund.

Malina seufzte. »Na gut«, gab sie schließlich nach. Sie wusste, wenn sie jetzt nicht nachgab, würden sie nicht mehr zusammenspielen und sich am Ende beide langweilen.

Laurin strahlte über die stillschweigende Einwilligung ihrer Schwester. »Dann räume aber zuerst schnell mit mir das Spielzeug weg«, forderte sie. »Du weißt, dass Papa das gar nicht mag, wenn sie im Garten verstreut herumliegen.«

»Ja, ich weiß.« Laurin schaufelte sich bereits die Arme voll. »Deswegen sind ja auch unsere beiden Pony's unter den Rasenmäher gekommen.«

»Das hatte mächtig Ärger gegeben.« Malina vergewisserte sich noch einmal, ob sie auch wirklich alles weggeräumt hatten. »Du zählst aber zuerst«, hielt sie Laurin an, die zustimmend nickte und vor Freude breit lächelte.

Sie lief zu dem Gartentisch, setze sich dort auf einen Gartenstuhl und begann zu zählen.

»1, 2, 3, 4...«

Malina lief sofort nach links über die Wiese und versuchte, dabei laut aufzutreten, damit Laurin sich sicher war, dass sie sich in diese Richtung auch verstecken würde. Dann machte Malina aber kehrt und schlich auf leisen Sohlen in die entgegengesetzte Richtung an Laurin vorbei, um sie auszutricksen. Sie versteckten sich meistens nur im Garten, er war groß genug und es gab hier viele Verstecke, allerdings eben immer die gleichen, weswegen Malina dieses Spiel auch nicht mochte. Nur selten versteckten sie sich auch im Vorgarten des Hauses.

»...11, 12, 13, 14...«

Malina erreichte den Schuppen ihres Vaters und lief daran vorbei. Der Weg vor dem Schuppen war mit

Pflastersteinen ausgelegt, sodass Malina versuchte, beim Laufen keine hörbaren Tretgeräusche zu machen. Ihre Schwester sollte nicht merken, dass Malina sie vorher auf eine falsche Fährte geführt hatte.

»18, 19, 20, 21...«

Bei den Regentonnen, am Ende des Weges hinter dem Schuppen, kauerte Malina sich hin. Man konnte sie hinter den Regentonnen nicht direkt vom Weg aus sehen, aber wohl vom angrenzenden Wald. Sie wusste nicht, wo Laurin zuerst entlang laufen und von welcher Seite aus sie kommen würde.

Malina überlegte, welche Seite der Regentonne die bessere wäre, als sie am Waldrand jemanden stehen sah. Sie versteifte sich und kniff die Augen zusammen. Sie spürte dabei die raue Oberfläche der Regentonne unter ihren Fingern, als sie sich daran festhielt. Sie versuchte zu erkennen, wer oder was am Rande des Waldes stand. Es sah aus, als gehöre es nicht in das Bild, das sie vor sich sah. Als wäre etwas fehl am Platz.

»...28, 29, 30! Ich komme!«

Verdammt!

Malina kauerte sich schnell hinter die Tonne und schaute noch einmal zum Wald. Am Waldrand war niemand mehr zu sehen.

Habe ich mir das jetzt eingebildet?

Malina hörte ein Geräusch, ein Zweig wurde zertreten. Sie versuchte, sich noch kleiner zu machen und hielt sogar den Atem an. Sie spähte auf den Weg, der zum Schuppen führte, sah dort aber niemanden und drehte sich langsam zum Wald um.

Wo ist Laurin?

Ein Gesicht tauchte plötzlich vor ihr auf. Es starrte sie an. Vor Schreck fiel Malina aus der Hocke auf den Hintern.

»Hab dich!«, brüllte Laurin sie freudig an und klatschte in die Hände.

»Musst du mich so erschrecken?«

Laurin freute sich über ihren schnellen Sucherfolg, während Malina sich aufrichtete und ihre Sachen abklopfte. Laurin war tatsächlich von der anderen Seite zu ihrem Versteck gekommen.

»Ok, ich bin dran mit zählen.«

Sie spielten einige Runden und Malina hatte mehr Spaß, als sie ursprünglich angenommen hatte.

Nachdem Laurin ihre Schwester zuletzt wieder erfolgreich gefunden hatte, sah sie sich um.

»Können wir uns nicht auch in dem Wald verstecken?«, fragte Laurin flehend. »Es ist so langweilig im Garten, da kennt man schon jedes Versteck.«

Sie wussten beide, dass sie nicht weit in den Wald durften, nur am Rand des Waldes, wo Mama und Papa sie noch sehen und wo man sie hören konnte.

»Ich finde es auch langweilig hier, aber Mama und Papa sagen immer, dass wir das nicht sollen«, erklärte Malina und hob dabei ermahnend den Zeigefinger.

»Ich weiß«, protestierte Laurin und stampfte mit dem Fuß. »Aber das wäre viel cooler.« Laurin verschränkte trotzig die Arme.

»Ja, fänd´ ich auch, aber das dürfen wir nicht«, beharrte Malina. Als Älteste musste sie eben manchmal auch die Vernünftigere der beiden sein. Papa war dann immer sehr stolz auf sie und wäre es bestimmt auch jetzt wieder.

»Komm, lass uns weiterspielen.«

Malina war dran mit Zählen und deutete Laurin an, mit ihr zu kommen. Sie starteten wieder am Gartentisch.

»Los geht's!«

Malina setzte sich auf den Gartenstuhl, legte die Hände auf den Tisch und den Kopf darauf.

»1, 2, 3, 4,...«

Laurin fuchtelte mit den Händen in der Nähe von Malinas Kopf, um sicherzugehen, dass sie auch nicht schummelte. Sie sah sich um und lief am Schuppen vorbei.

»10, 11, 12,...«

Laurin rannte an den Regentonnen vorbei...

»29, 30! Ich komme!«

...hinein in den Wald.

***

Malina richtete sich auf. Laurin war nicht gerade leise beim Laufen gewesen, sodass Malina zunächst am Schuppen vorbeiging, weil sie dort ihre Schritte gehört hatte. Sie glaubte, dass Laurin ebenfalls zu den Regentonnen gelaufen war, wie sie selbst zu Beginn des Spiels, oder aber nach rechts zu den Gemüsebeeten, was Malina schon wahrscheinlicher erschien. Sie spähte hinter das Gewächshaus, wo sie Laurin als Erstes vermutete, sah sie aber nicht. Lediglich Sträucher stauten sich dahinter. Auch die anderen Verstecke in diesem Teil des Gartens durchsuchte sie sorgfältig, aber auch in denen war ihre Schwester nicht zu entdecken. Malina schlenderte zurück. Ihr Blick fiel auf die abgedeckten Gartengeräte hinter dem Schuppen. Voller Vorfreude auf den Erfolg schaute sie dort nach.

Niemand.

Sie schnitt eine Grimasse des Bedauerns, denn auch hier war ihre Schwester nicht. Malina lugte sogar in den Schuppen hinein, obwohl man das Knarren der Tür auf jeden Fall gehört hätte. Ihr Vater sagte, dass würde von den alten Scharnieren kommen. Sie schloss die Tür laut. Laurin wusste, dass sie sich dort nicht verstecken durften, denn „man könnte sich da verletzen", so hatte es ihr Vater immer gesagt.

Vielleicht war Laurin zurückgeschlichen, wie sie es selbst gerne machte, um eine falsche Fährte zu legen. Allerdings hatte Laurin das zuvor noch nie gemacht. Wahrscheinlich war sie noch etwas zu jung, um auf so etwas zu kommen. Selbst beim Laufen war Laurin nie wirklich lautlos, was die Richtung ihres Verstecks oft verriet.

Malina ging an der Terrasse und dem Gartentisch vorbei, wo sie anfangs gezählt hatte. Auch bei den Beerensträuchern fand sie niemanden. Sie hatte sogar ein paar Zweige des Strauchs beiseitegeschoben, um nachzusehen, ob Laurin sich in dem Strauch versteckt hielt. Eigentlich fand sie auch das sehr unwahrscheinlich, aber wenn sie Laurin bisher nicht gefunden hatte, dann hatte sie mit Sicherheit ein ziemlich gutes Versteck.

»Sag mal Piep.«

Kein Ton.

Malina war sich sicher, jedes Versteck im Garten, sogar jeden Busch, abgesucht zu haben. Vielleicht war Laurin zu der Treppe am Haus gegangen und versteckte sich dort.

Niemand.

Oder doch im Vorgarten oben vor dem Haus?

Auch wenn sie ihre Schwester nicht wirklich dort vermutete, stieg sie trotzdem die Treppe hinauf. Er bot nur wenige Verstecke und war ziemlich überschaubar, sodass sie ihn schnell durchkämmt hatte.

Auch nichts.

»Sag mal Piep«, rief Malina lauter als zuvor. Sie horchte angestrengt. Hörte aber keinen Laut von Laurin. Keinen Pieps.

»Piep!«

Malina erschrak, als sie ihre Mutter plötzlich hinter sich rufen hörte, die die Haustür geöffnet hatte. »Ist Laurin im Haus?«, fragte sie prompt.

Ihre Mutter schüttelte nur den Kopf und wischte dabei die Rahmen der Türe ab. »Nein, warum?«

»Ach«, ächzte Malina. »Ich kann sie beim Versteckspielen nicht finden.«

»Dann musst du wohl ein bisschen genauer suchen«, witzelte Ella, was Malina aber gar nicht lustig fand.

Die Regentonnen!

Daran hatte sie gar nicht mehr gedacht. Sie lief zurück hinters Haus in den Garten über den Weg Richtung Waldrand.

Nichts!

Verzweifelt stieß Malina die Luft aus.

Langsam aber sicher machte sich Angst in Malina breit. Sie hatte wirklich jeden Winkel im Garten - und sogar den Vorgarten - durchkämmt und kein Versteck, das sie kannte, ausgelassen. Ein beklemmendes Gefühl überkam sie. Ihr Atem ging schneller und sie schaute besorgt in den Wald hinein.

Das sollen wir doch nicht.

»Laurin?«, rief sie angespannt. »Wo bist du?«

Malina dachte an das, was sie zuvor am Waldrand hatte stehen sehen. Sie wusste mittlerweile, dass Laurin sich nur noch in dem Wald versteckt haben könnte.

Ängstlich, aber fest entschlossen, ihre Schwester nicht alleine zu lassen, lief sie suchend in den Wald hinein.

Liebes Tagebuch!

Laurin und ich haben heute im Garten mit den Barbies gespielt. Die Sonne hat geschienen und es hat richtig Spaß gemacht.

Dann war es Laurin aber irgendwann zu langweilig und sie wollte Verstecken spielen.

Eigentlich wollte ich nicht, aber alleine Barbie spielen wollte ich auch nicht.

Wir haben auch alle unsere Spielsachen weggeräumt, wie Papa das gesagt hat. Er ist bestimmt stolz auf uns, weil nichts mehr im Garten herumgelegen hat.

Obwohl ich am Anfang nicht Verstecken spielen wollte, hat es hinterher richtig Spaß gemacht.

Wir haben uns beim Versteckspiel im Garten versteckt und ganz viele schöne Verstecke gehabt. Mal haben wir den anderen gefunden und mal nicht.

Dann war ich dran mit Zählen.

Laurin hat sich dann im Wald versteckt, obwohl Papa und Mama immer sagen, dass wir das nicht sollen. Und man muss immer hören, was die Eltern sagen.

Aber Laurin war das Versteckspiel sonst zu langweilig.

Laurin hat sich dann wirklich so gut versteckt, dass ich sie nicht mehr gefunden habe.

Der Wald ist ja aber auch total groß.

2016

Heute

Kaila

Kaila wälzte sich in ihrem Bett hin und her bis sie schließlich auf dem Rücken liegen blieb. Es war dunkel, daraus schlussfolgerte sie, dass es noch mitten in der Nacht war. Als sie die gewölbte Decke am Boden sah, erinnerte sie sich, dass Niah bei ihr im Zimmer schlief. Sie wollten beide nicht alleine schlafen müssen. Es gelang Kaila nicht, klarere Gedanken zu fassen. Die Müdigkeit saß zu tief. Ihr Gehirn benötigte mehr Zeit, in die Gänge zu kommen, denn das leise Geräusch, das sie hörte, konnte sie noch nicht zuordnen.

Ist das Niah?

Kaila riss mit einem Mal die Augen auf.

Jetzt hörte sie es klar und deutlich. Ihre Sinne hatten es nun endlich geschafft, wieder zusammenzuarbeiten.

Ein Weinen.

Trotz ihrer Angst drehte sie sich so geräuschlos, wie es ihr möglich war, auf die Seite, um Niah besser im Blick zu haben. Sie lag am Boden und schlief. Zumindest soweit Kaila das beurteilen konnte. Ihr Gesicht war zur anderen Seite, Richtung Zimmertür, gedreht.

Sie traute sich nicht, Niah anzusprechen und zu wecken. Fast hielt sie den Atem an, als könne sie damit verhindern, wahrgenommen zu werden. Vielleicht ging nur wieder ihre Phantasie mit ihr durch. Träumte sie etwa?

Sie schaute durch das Zimmer, um sicherzugehen, dass nur sie und ihre Schwester im Raum waren.

Dann hörte sie es wieder.

Das Weinen.

Sie setzte sich abrupt auf, schaute direkt zur Zimmertür.

Der Speicher!

Sie war hellwach.

Frierend verharrte Kaila eine Weile in der Position. Zum einen wusste sie nicht, was sie machen sollte, und zum anderen hatte sie sowieso viel zu viel Furcht, sich zu bewegen. Sie zog ihre Bettdecke bis unter das Kinn.

Sie hörte erneut ein Geräusch, das sie nicht zuordnen konnte, und zuckte zusammen.

Das Weinen ging in ein Wimmern über.

Ihr Körper zitterte, als ihr klar wurde, dass es nicht von der Zimmertür kam. Langsam hob sie ihren Blick zur Zimmerdecke. Ein Schauer durchfuhr sie, als sie dachte, es könnte ein dunkler Schatten über sie schweben, der sie verschlucken würde.

Aber das tat er nicht. Da war kein Schatten oder Derartiges. Das war dieses Mal wirklich nur in ihrer Phantasie.

»Niah?«, flüsterte Kaila nun doch, ließ dabei aber die Zimmerdecke nicht außer Acht.

Sie hörte das leise Wimmern noch einmal.

Es kam nicht von oben.

Sie folgte dem Ton mit ihrem Blick und schaute nach rechts aus dem Fenster in den Garten.

Kaila konnte etwas am Waldrand erkennen. Sie kniff leicht die Augen zusammen, blinzelte und hoffte, etwas im Dunkeln sehen zu können. Stand da jemand? War es überhaupt ein Mensch? Sie hatte keine Antwort darauf. Es war viel zu dunkel.

Sie kniff die Augen noch einmal zusammen.

Die Gestalt am Waldrand blickte mit einem Mal zu ihrem Fenster hinauf. Sämtliche Haare an ihrem Körper stellten sich auf. Sie konnte ihr eigenes Gesicht in der Fensterscheibe ausmachen und eine Gestalt hinter ihrem Spiegelbild. In der Spiegelung der Fensterscheibe konnte sie erkennen, dass sich etwas hinter ihr aufbaute.

Kaila schrie und drehte sich reflexartig um.

Niah kreischte ebenfalls plötzlich auf und stürzte nach hinten. Fast stolperte sie dabei über ihre Bettdecke, die auf dem Boden lag.

»Bist du übergeschnappt, oder was?«, brüllte sie Kaila an.

»Sag mal spinnst du eigentlich? Musst du mich so erschrecken?«, hielt Kaila dagegen und war mit einem Mal den Tränen nahe. Sie fasste sich an die Brust, als hätte sie das Gefühl, nicht genug Luft einatmen zu können. Als würde sie gleich ersticken. »Warum starrst du auch wie eine Irre aus dem Fenster und antwortest nicht?« Ihre Stimme bebte.

Entsetzt darüber, dass Kaila ihre Schwester gar nicht wahrgenommen hatte, blitzte ein Gedanke auf.

Der Wald.

Sie wandte sich schleunigst noch einmal dem Fenster zu und suchte den Waldrand ab.

Doch da war niemand.

***

Da an Schlaf für die Schwestern nicht zu denken war, blieben sie wach. Kaila war nicht einmal mehr sonderlich müde, dafür war sie viel zu aufgewühlt. Ihrer Schwester durfte es genauso ergehen.

Nur noch zwei Stunden bis Sonnenaufgang.

»Was hast du da unten gesehen?«, fragte Niah leise und sah sie eindringlich an.

Am liebsten hätte Kaila ihr einfach gesagt, dass da gar nichts gewesen war.

Doch das würde sie ihr nicht abkaufen. »Ich weiß es nicht genau.« Sie biss sich auf die Unterlippe. »Ich hörte das Weinen und dann sah ich aus dem Fenster.« Bei dem Gedanken daran zog sich Kaila die Bettdecke über die Schultern. »Ich glaube, dass es das weinende Mädchen war, aber ich bin mir nicht sicher. Ich habe etwas gespürt.«

»Was gespürt?«

Kaila schüttelte den Kopf. »Ich weiß es nicht. Sie hat zu mir hinauf gesehen.«

»Was glaubst du, hat das alles zu bedeuten?«, fragte Niah und schlang sich die Decke um.

»Ich bin mir nicht sicher«, mutmaßte Kaila, »aber ich glaube, dass uns dieser Geist, oder was das ist, damit irgendetwas sagen will.«

»Und was?«

»Keine Ahnung.« Kaila schüttelte den Kopf. »Aber vielleicht sollten wir es herausfinden.«

»Und wie willst du das anstellen?«

»Gute Frage.« Kaila dachte nach. »Vielleicht sollten wir etwas über das Haus oder die Vorbesitzer herausfinden.«

»Und wie genau?« Niah schaute ihre Schwester skeptisch an und zog die Brauen hoch. »Du kannst ja schlecht einfach irgendwen fragen.«

»Ich könnte Mona fragen«, überlegte Kaila und legte den Kopf schief.

»Ja, das ist eine gute Idee.« Niah zog die Brauen hoch. »Hey Mona, wir haben da mal eine Frage: Spukt es bei uns im Haus?«, witzelte Niah. »Keine gute Idee«, fügte sie hinzu.

»Ja, so wollte ich das auch nicht angehen«, merkte Kaila an. »Vielleicht frage ich einfach, ob sie etwas über irgendwelche vorherigen Eigentümer weiß.« Mona ging immer direkt auf die Leute zu. Wenn jemand etwas wissen könnte, dann sie. Sie kam mit jedem gut zurecht. Gut möglich, dass der ein oder andere einfach geplaudert hat. »Ich werde sie einfach fragen«, verkündete sie tatkräftig. »Bis dahin hoffen wir auf keine schreckliche Begegnung mehr.«

Die Sonne ging langsam auf und ließ das Zimmer in einem schönen goldigen Ton erscheinen. Das friedliche Zwitschern der Vögel wirkte im Vergleich zu der Begegnung in der Nacht wie ein Traum.

1991

Herbst

Malina

Malina lauschte dem Regen, während sie alleine in ihrem Kinderzimmer im Bett lag, der auf das Dach und die schrägen Dachfenster fiel und dadurch die prasselnden Geräusche des Regens verstärkten. Normalerweise hatte sie sich vor dem Einschlafen mit ihrer Schwester unterhalten. Am Anfang war Laurin noch oft nachts mit ihren Bettsachen zu ihr getrottet, um bei ihr zu schlafen, wenn sie Angst hatte. Manchmal wollte sie stark sein, doch Malina hörte sie weinen und ging zu ihr, um sie zu trösten. Mit der Zeit und einigen Nächten, die sie zusammen in Laurins Zimmer verbracht hatten, konnte sie endlich alleine in ihrem Zimmer schlafen. Nachdem ihr Vater plötzlich in ein Krankenhaus eingeliefert werden musste, war Malina sogar sehr froh, wenn Laurin sich wünschte, nicht alleine schlafen zu müssen.

Bei dem Gedanken daran rann Malina still eine Träne über die Wange. Oft hatte sie mit Laurin nachts gespielt, wenn sie kein Auge zu bekamen.

Sie vermisste ihren Vater und atmete wehleidig. Sie konnte trotzdem nicht verstehen, warum ihre Mama sich nicht um sie kümmerte oder tröstete. Ihre Mutter schlief immer und lange. Viel redete sie nicht, dafür weinte sie oft.

Malina drehte sich auf die Seite und wischte sich die Tränen weg. Ihr Blick schwebte über die auf dem Boden liegen gelassenen Barbies und Kuscheltiere. Da es morgen vermutlich weiter regnen würde, beschloss sie, mit Laurin einfach weiterzuspielen. Den ganzen Tag. Nach draußen wollte sie nicht gerne bei diesem Wetter. Sie würden einfach an der Stelle weiterspielen, wo sie aufgehört hatten. Sie musste an den Film *Toy Story* denken und lächelte. Die Vorstellung daran, ihre Spielsachen würden tatsächlich lebendig sein, fand sie amüsant.

Ihre Augen wurden schwerer unter der eintönigen und zugleich schönen Geräuschkulisse, die der Regen bildete, während er auf das schräge Dachfenster rieselte. Sie nahm ganz leise den Ruf eines Tieres wahr. Es war eine Eule.

Unheimlich.

Malina dachte noch daran, wie ihre Mutter ihr einmal erzählt hatte, dass sie selbst die Waldgeräusche auch immer unheimlich fand. Manchmal hatte ihre Mutter zum Einschlafen schöne Geschichten über den Wald erzählt. So hatten sich Malina und Laurin über die Dunkelheit des Waldes nachts weniger gefürchtet. Eines Tages brachte sie für die beiden jeweils eine kleine Schmuckschachtel mit. Vor dem Schlafengehen durften sie sie noch öffnen. In jeder Schachtel lag ein kleiner Schlüsselanhänger mit einem Eulenmotiv. Malina hatte eine grüne Eule und Laurin eine blaue. »Das ist ein Talisman, der euch immer beschützen wird«, hatte Ella damals zu ihnen gesagt.

Malina lächelte in sich hinein und erinnerte sich an die Geschichte, die ihre Mutter ihnen erzählt hatte. Die Eule sei ein Schutzgeist und macht Geräusche, um zu zeigen, dass alles gut war. Als sie noch einmal einen Eulenlaut hörte, schlief sie schließlich ein.

Malina öffnete die Augen. Verschlafen schaute sie sich in ihrem dunklen Zimmer um und sah die Umrisse der Barbies, die noch immer auf dem Boden lagen. Durch die geriffelte Glasscheibe der Kinderzimmertüre konnte sie den leicht mit Licht beschienenen kleinen Flur sehen, der die Kinderzimmer voneinander trennte. Laurins Kinderzimmertüre konnte sie von dort nicht sehen, war sich darum auch sicher, dass das Licht von unten kam. Andernfalls wäre es viel heller gewesen.

Bestimmt ist Mama wieder vor dem Fernseher eingeschlafen. Wie so oft in letzter Zeit.

Malina war bei diesem Gedanken fast wieder eingeschlafen, als sie ein komisches Gefühl durchzog. Es war keine Furcht. Ihr Körper fühlte sich mit einem Mal so bleiern auf der Matratze an. Sie atmete schwer, aber irgendetwas Schweres lastete auf ihrer Brust und verhinderte, dass sich ihre Lunge mit Luft füllte. Ihre Atmung veränderte sich, wurde kurz und flach.

Sie lauschte in die Nacht hinein, in ihr dunkles Zimmer. Reglos übermannte sie die Müdigkeit, darum schloss sie die Augen für einen Moment.

Plötzlich vernahm sie ein leises Wimmern und riss die Augen wieder auf.

Sie wartete ab, in der Hoffnung, sich das Geräusch nur eingebildet zu haben. Auf der Seite liegend fixierte sie die Barbies auf dem Boden, um dem Drang zu widerstehen, sich im Zimmer umzusehen.

Träume ich?

Sie glaubte, sich im Moment des Einschlafens zu befinden, bei dem man nicht mehr zwischen Gedanken und Traum unterscheiden konnte.

Nein! Ich schlafe nicht.

Da war es wieder.

Jemand weinte leise.

Angst durchfuhr ihren Körper. Sofort kniff sie die Augen zu.

Eine Idee schoss ihr in den Kopf und sie riss die Augen wieder auf.

Laurin?

Entschlossen, sich nicht von ihrer Furcht abhalten zu lassen, sondern ihrer Schwester Beistand zu liefern, öffnete sie die Augen. Doch ihre Glieder gehorchten ihr einfach nicht, sie konnte sich nicht rühren. Es fühlte sich an, als würde jemand auf ihr sitzen und sie in die Matratze drücken. Selbst die Bettdecke über ihrem Körper war wie Blei. Jeder Atemzug fiel ihr schwer und schien zu kurz, um genug Sauerstoff einzuatmen.

Wieder ein Wimmern.

Das beängstigende Gefühl hatte keine Chance gegen den Willen und die Besorgnis ihrer Schwester gegenüber.

Laurin braucht mich.

Langsam versuchte Malina ihre Körperteile wieder zu bewegen. Finger, Zehen, Hände, Füße.

Sie stemmte die linke Hand auf die Matratze, drückte sich mühsam auf den rechten Ellenbogen und hievte sich so weit hoch, dass sie zur Tür schauen konnte. Die Müdigkeit saß tief. Ihr Arm fühlte sich schwach und kraftlos an.

Malina erschrak. Ihre Augen weiteten sich.

Eine dunkle Gestalt stand hinter der Glasscheibe im Flur, direkt vor ihrer Tür. Die Gestalt neigte den Kopf bis auf die Brust, als wolle sie sich mit dem Handrücken die Tränen abwischen. Sie verharrte in dieser Position. Das Weinen wurde deutlicher. Unnatürlich reglos schien sie nicht einmal zu atmen.

»Laurin?«, fragte Malina vorsichtig, aber deutlich lauter, als sie dachte.

Keine Antwort.

Keine Bewegung.

Lediglich das gleiche Bild in der Tür.

Sie erstarrte und das Weinen hallte in ihrem Kopf.

An mehr konnte sie sich nicht erinnern.

2016

Heute

Kaila

Kaila stellte die Kanne Kaffee auf den bereits mit Kuchen und Geschirr gedeckten Terrassentisch und ließ ihren Blick durch den Vorgarten wandern. Die Bienen flogen umher und ließen sich in den prachtvollen Blüten der Blumen im Vorgarten nieder, bevor sie zufrieden mit ihrer süßen Ausbeute wieder davonflogen. Nachdem Kaila die Beete vom wenigen Unkraut befreit hatte, erstrahlte der bunte Garten wieder in seiner vollen Pracht. Die Farbenvielfalt der Blumen vor dem Haus war nicht mehr zu übertreffen. Zitronenfalter flogen an dem kleinen Brunnen vorbei und vollzogen mit anderen einen Tanz in der Luft, als erfreuten sie sich der Umgebung und des angebrochenen Vormittags. Der kleine weiße Zaun, der das Grundstück abtrennte, wirkte wie Spielzeug, über den man einfach hinübersteigen konnte, was auch das kleine Gartentor in der Mitte überflüssig wirken ließ. Der aus Steinen gelegte Weg ebnete die paar Meter zwischen Terrasse und Gartentor.

»Hallo Nachbarin«, rief Mona vom Tor aus und winkte ihr zu, während sie hindurchging und auf Kaila zukam, die nun keine Zeit mehr hatte, zu überlegen, ob sie noch etwas vergessen hatte.

Am Tisch angelangt stellte Mona ihren Weidenkorb auf die freie Ecke des Tischs. Ihre blaue Leinenshorts und das orangefarbene T-Shirt bildeten einen starken Kontrast. Fröhlich zeigte sie Kaila die Beeren, die sie heute Morgen gesammelt hatte. Sie reichte ihr eine kleine Schale mit Himbeeren. »Ich weiß, dass du Beeren nicht so gerne magst«, erklärte Mona, »aber ich hatte einfach so viel.«

Kaila nahm sie dankend entgegen. »Nein, das ist wirklich nett von dir.« Sie selbst hatte im großen Garten hinter dem Haus auch unter anderem Johannisbeeren, doch die waren ihr viel zu sauer. »Du weißt, dass du jederzeit hinter dem Haus an die Sträucher gehen darfst. Du brauchst nicht fragen.« Sie wusste mittlerweile, dass Mona Beeren in allen Variationen sehr gerne mochte, was wahrscheinlich den wenigen Kalorien geschuldet war und es ihr deswegen beim Abnehmen half.

Mona setzte sich an den Tisch. »Ja, das weiß ich. Danke.« »Und ich weiß, dass du trotzdem jedes Mal vorher fragen würdest.« Kaila reichte ihr lächelnd ein Stück ihres selbstgemachten Apfelkuchens.

Ihre Nachbarin nahm ihn entgegen. »Der duftet aber gut.« Sie hielt sich den Teller vor die Nase und roch an dem Kuchen.

Kaila setzte sich ihr gegenüber und nahm sich ebenfalls ein Stück.

»Der ist ja köstlich«, bemerkte Mona mit vollem Mund. »Ich brauche unbedingt das Rezept. Wo hast du das her?«

»Von der An...«, Kaila unterbrach hastig. Langsam wurde sie unvorsichtig, was nicht passieren durfte. Die Freude über das Treffen mit Mona hatte scheinbar ihre Sinne vernebelt. Direkt nach den Ereignissen in der Nacht, mit der Gestalt am Waldrand, hatte sie Mona um ein Treffen gebeten, um sie nach den Vorbesitzern und Voreigentümern zu fragen.

Das immer noch andauernde Unbehagen versuchte sie mit rationalem Denken zu vertreiben und sich einzureden, dass es für alles eine plausible Erklärung gab. »Das Rezept ist aus einem alten Backbuch«, lenkte sie um. »Ich werde es dir aufschreiben. Ich kenne es mittlerweile auswendig.«

»Toll. Gerne.«

Mona erzählte viel von ihren Urlauben in den letzten Jahren, sodass Kaila das erste Mal in ihrem Leben Fernweh bekam. Bis heute hatte sie noch nie über einen Urlaub nachgedacht. Das Spektrum ihres Lebens reichte bisher nicht weit genug, um an so etwas überhaupt zu denken. Außerdem war es bisher gar nicht möglich gewesen. Aber jetzt fragte sie sich, ob es machbar wäre.

»Leistet uns deine Schwester heute keine Gesellschaft?«, fragte Mona und riss Kaila damit aus ihren Gedanken.

»Was?« Kaila war noch so in ihren Gedanken vertieft, dass sie erst über Monas Frage nachdenken musste, ehe sie antwortete. »Ähh. Nein!« Sie machte eine kurze Pause. »Sie musste heute noch Einiges erledigen.«

»Achso, schade.« Mona verzog kurz das Gesicht, dann legte sie den Kopf schief. »Alles mit dem Bus?«

Kaila nickte. »Sie hat keinen Führerschein«, erklärte sie stockend. »Außerdem ist sie öfter mal gerne für sich.«

»Hast du kein Auto?«

»Nein.« War es komisch, wenn sie diese Frage nicht bejahte? Sie wusste nicht, ob es in der heutigen Gesellschaft schlecht ankam, wenn man keinen Führerschein hatte. »Ich nutze auch lieber den Bus. Das ist besser für die Umwelt«, schob sie hinterher und war froh, neulich einen Bericht über die Einsparungen von CO2-Austoß im Fernsehen gesehen zu haben.

»Achso.« Mona zog kurz die Brauen hoch, nickte dann aber und zeigte Respekt für ihre Ansicht. »Wie war noch gleich der Name deiner Schwester?«, wollte Mona wissen.

»Niah.«

»Ist sie die Ältere von euch beiden?«

»Nein, ich bin älter. Ein Jahr.«

»Schade, ich hätte sie gerne endlich einmal kennengelernt.« Mona wirkte ein wenig enttäuscht.

»Das wirst du schon noch, wir wohnen ja nicht so weit weg«, ermunterte Kaila sie und bot ihr zur Ablenkung des Themas ein weiteres Stück Kuchen an.

»Ich muss doch auf meine Figur achten«, nahm sie es unter Protest an. »Dafür schwöre ich, heute Abend weniger zu essen.« Sie vollzog imaginäre Linien vor der Brust.

Kaila verstand nicht, was sie da tat, wollte aber nicht nachfragen. Sie nahm sich selbst auch noch ein Stück. Dafür, dass ihr der Kuchen sonst zum Halse herauskam, schmeckte er heute sehr gut.

Bevor sie die Gabel in den Kuchen stach, fiel ihr eine Bewegung am Fenster des Nachbarhauses auf. Die Augen des alten Mannes starrten auf sie herab. Niah war seine ständige Beobachtung auch endlich aufgefallen und hatte deswegen immerzu die Rollos in ihrem Zimmer heruntergelassen.

Kaila schaute weg. Unter dem starken Gefühl des Unwohlseins versuchte sie, ihn zu ignorieren.

Herr Selter

Nie wäre es ihm tatsächlich in den Sinn gekommen, dass er Recht gehabt hatte. Er hatte sich zwar nicht oft in seinem bisherigen Leben geirrt, aber gerade in dieser Situation wäre er auch einfach von einem Zufall ausgegangen. Doch nun, wo er die alte Zeitung mit dem Artikel in den Händen hielt, war es Herr Selter einfach klar gewesen.

Alle Zweifel waren auf einmal wie weggewischt. Er sank in seinem Sessel zurück. Was sollte er nun unternehmen? Er war ein Mann mit Prinzipien. Recht schaffend und loyal nun im Zwiespalt mit Sorge und Gefühlen. Im Grunde genommen hatte er die Antwort schon parat, als er die Frage noch nicht einmal gestellt hatte. In diesem Fall wollte er sich nicht an die Polizei wenden.

Nun, da er sich sicher war, würde er das Telefonat führen müssen, das er schon eine Weile vor sich herschob. Eventuelle Zufälle waren ausgeschlossen. Vielleicht wollte er sich selbst aber noch eine gewisse Schonfrist gewähren. Eine Schonfrist, die nun mit diesem Telefonat ablaufen wird.

Das Telefonat war zu wichtig, um es weiter aufzuschieben. Es nicht zu führen, stand erst recht gegen seine Grundsätze.

Er erhob sich von seinem bequemen Sessel, ging am Wohnzimmerfenster vorbei und wagte einen kurzen Blick zum gegenüberliegenden Haus, wofür er achtsam die alte Gardine auf Seite schob. Er wurde aber sofort von der blonden Frau erhascht, die mit der Nachbarin auf der Terrasse im Vorgarten saß und mit ihr Kuchen verspeiste. Es hätte nichts gebracht, zurückzuweichen, jetzt, wo er sowieso entdeckt worden war. So beobachtete Herr Selter die Frauen noch kurz, die heute offensichtlich gut gelaunt und sorgenlos miteinander schnatterten.

Er atmete noch einmal tief ein und ließ beim Ausatmen die Gardine wieder zurückfallen.

Dann bewegte er sich in Richtung Wohnzimmertür, neben der sein alter Sekretär an der Wand stand. Er mochte das alte Stück aus rustikaler Eiche noch immer. Es war nicht mehr zeitgemäß, aber er konnte sich nicht davon trennen. Vor seinem geistigen Auge konnte er noch immer seine Frau daran sitzen sehen, die sorgfältig ihre Briefe und Einkaufslisten daran schrieb. Dieses alte Möbelstück würde er genauso wenig aufgeben, wie die Erinnerungen an seine Gattin.

Das neumodische Telefon wirkte auf diesem Möbelstück völlig fehl am Platz. Herr Selter setzte sich auf den genauso alten Stuhl und griff nach dem Hörer. Er wählte die Nummer, die er mittlerweile schon auswendig kannte. Die Wartezeit vertrieb er sich damit, die gekauften Schnittblumen neben dem Telefon zu betrachten, die er gestern bedacht für den heutigen Tag ausgewählt und besorgt hatte. Es dauerte einen Moment, bis abgenommen und mit einem leisen und zögerlichen „Hallo" geantwortet wurde. Die Stimme auf der anderen Leitung klang ruhig und klar. Das würde sich gleich ändern.

»Selter hier«, kündigte sich der alte Mann wie immer knapp an.

»Oh hey!« Die Stimme der angerufenen Person erhellte sich. »Das ist aber schön, dass Sie anrufen. Wir waren aber doch heute gar nicht zum Telefonieren verabredet.«

»Das ist korrekt«, bestätigte er. Obwohl sie sich schon eine Ewigkeit kannten und längst nicht mehr nur Bekannte waren, bewahrten beide weiterhin das „Sie“. Es bestand aufgrund des gegenseitigen Respekts keinerlei Veranlassung oder gar Wunsch, dies künftig zu ändern. Er fand die Wortwahl der Jugendlichen von heute alles andere als respektvoll. Sie duzten einfach jeden, egal welchen Alters. Er erinnerte sich noch gut an die Zeit, wo man hierfür noch eine Zurechtweisung oder gar Ohrfeige erhalten hatte. »Hätten Sie dennoch einen Moment?«

»Es ist doch aber alles in Ordnung bei Ihnen, oder?«

Herr Selter kniff die schmerzenden Augen zusammen. Abgesehen davon, dass heute „der Tag“ war, und er das allein schon schlimm genug fand, musste er jetzt auch noch den Tag der Person schlechter machen, die er angerufen hatte. Vielleicht wollte er dieses Telefonat deswegen genau am heutigen Tag führen, da er sich ohnehin schon mies fühlte. »Bei mir selbst ist alles in Ordnung«, log er.

»Ich weiß, welcher Tag heute ist. Geht es Ihnen deswegen nicht so gut? Haben Sie deswegen angerufen?«

»Nein«, seufzte er in den Telefonhörer und lehnte sich mit dem Rücken gegen die Holzlehne, die ihren Widerstand durch ein Knarzen kund tat. »Das ist es nicht.«

»Was ist es dann?«, fragte die Person, deren Stimme dem Anruf langsam etwas Misstrauen entgegenbrachte.

Herr Selter blieb noch einen Moment still und rieb sich die brennenden Augen. Eigentlich nicht, um die unangenehme Sache hinauszuzögern. Das war nicht seine Art. Er war eher ein sehr direkter, manchmal zu ehrlicher Mensch. Normalerweise keiner von der Sorte, die lange um den heißen Brei herumredete.

»Ich glaube nicht, dass Sie mich weiter auf die Folter spannen möchten«, mutmaßte die Person am anderen Ende der Leitung weiterhin freundlich und drängte ihren Anrufer damit, endlich den Grund des Anrufs bekannt zu geben.

Natürlich wollte Herr Selter die Person nicht länger warten lassen, wenn er sie schon angerufen hatte. Aber lieber wäre es ihm gewesen, wenn er es nicht nur sich, sondern jeder einzelnen Person hätte ersparen können. Aber das ging nicht. »Sie müssen sofort herkommen«, forderte er.

»Was?« Die Verblüffung war in der Stimme zu erkennen. Die augenblicklich einhergehende Anspannung zwischen den Telefonierenden war deutlich wahrzunehmen und schien die Leitung damit zu füllen. »Ist alles in Ordnung bei Ihnen, Herr Selter?«, wurde noch einmal mit Nachdruck gefragt.

Herr Selter wusste, er konnte das Unausweichliche jetzt sowieso nicht mehr abwenden. Jetzt nicht mehr.

»Was ist los, Herr Selter?«

»Mir geht es gut«, verkündete er ungehalten. »Mir fehlt nichts.«

»Warum muss ich dann kommen? Sie wissen doch, dass das nicht so einfach geht. Ich habe meine Sitzungen. Und die Fahrzeit.«

Die Zeit ist gekommen. Er musste es sagen.

»Sie ist hier. Sie ist in dem Haus!«

»Wie bitte?«

»Sie haben richtig gehört. Sie ist hier.«

Kaila

»Ich würde dich gerne etwas fragen, Mona.« Kaila tastete sich vorsichtig an ihre nächsten Worte heran.

Als Kaila und Niah beschlossen hatten, Mona über das Haus und die Voreigentümer auszufragen, war sie voller Tatendrang gewesen. Sie wollte so schnell wie möglich Antworten. Je mehr Zeit verstrichen war, umso größer war die Skepsis gewachsen. Natürlich wollte sie weiterhin Erklärungen, aber das Ganze nicht gleich überstürzen. Schließlich wollte sie nicht wie eine total Verrückte klingen, die von Geistern sprach. Genauer gesagt von einem Geistermädchen, welches sie heimsucht, seit sie hier eingezogen war.

Am Ende würde Mona sie noch für verrückt oder schwachsinnig halten und sich von ihrer Freundschaft abwenden, die sie doch gerade versuchte, aufzubauen.

»Ja klar! Du kannst mich alles fragen.« Mona lachte. »Aber ob du eine Antwort bekommst, mache ich von deiner Frage abhängig.«

Kaila war nicht nach Lachen zumute, setzte aber vorsorglich ein gespieltes Lächeln auf, damit Mona nicht merkte, wie ernst ihr diese Sache war. »Weißt du etwas über die Eigentümer, die vor uns in dem Haus gewohnt haben?«, fragte sie unsicher.

Mona wirkte zum Glück nicht überrascht über ihre Frage. Mehr froh, dass sie ihr Wissen auf diese Art mitteilen konnte. »Na ja, nicht so richtig. Der Mann, der vor euch da war, war nicht so lange hier. Er hatte wohl ein«, sie gestikulierte Anführungszeichen, »größeres Projekt mit dem Haus vor«.

»Was für ein großes Projekt?«

»Keine Ahnung. Was genau, weiß hier niemand so richtig. Glaube ich zumindest.« Sie machte eine kurze Pause und kratzte die letzten Krümel ihres Kuchens mit der Gabel vom Teller. »Er hatte viel Geld in das Haus gesteckt. Viel renoviert, soweit ich das weiß. Und er hatte einige Jahre mit seiner Familie hier gelebt. Den Speicher wollte er wohl noch umbauen, weil die Decken zu niedrig waren. Er hatte geplant, dort noch ein weiteres Stockwerk mit Zimmern zu schaffen, weil er das ganze Haus moderner haben wollte.«

Kaila schaute sie gespannt an.

»Er beabsichtigte eigentlich, das Haus von deinem jetzigen Vermieter zu kaufen.« Mona fuhr unbeirrt fort und hinterfragte das Interesse an den speziellen Informationen nicht. »Der Vermieter wollte nicht verkaufen und willigte auch nicht in die Umbaumaßnahme des Speichers ein.« Sie beugte sich leicht zu ihr vor. »Wie du dir denken kannst, waren die alten Leute hier im Viertel von diesen Umbaumaßnahmen gar nicht angetan.«

»Aber warum ist der Mann dann von heute auf morgen überstürzt abgehauen?«, überlegte Kaila. »Nur, weil er es nicht kaufen konnte?«

»Tja meine Liebe, das werden wir wohl nicht erfahren.« Mona zog die Brauen hoch.

Kaila konnte ihren Gesichtsausdruck nicht deuten, wollte die Sache nicht so stehen lassen. »Im Ernst jetzt«, sagte sie sehr freundlich, aber mit Nachdruck, verschränkte die Arme auf dem Tisch und beugte sich zu ihrer Nachbarin hin, als würden sie von einem geheimen Plan reden. »Findest du das nicht komisch?«

Mona wurde etwas ernster. »Ja, ein wenig schon. Ich habe gesehen, wie er das Auto vollgepackt hatte, bevor er davonfuhr. Er sah ein wenig verängstigt aus.«

»Verängstigt?« Kaila schaute über Mona hinweg, als befürchtete sie, jemand könnte ihnen zuhören. »Was meinst du, war der Grund für seine schnelle Abreise?«

»Keine Ahnung.« Mona schüttelte den Kopf. »Keiner weiß, warum er so schnell weggegangen ist«.

Kaila dachte über das nach, was Mona gesagt hatte. Verängstigt war ein Indiz für etwas Ungewöhnliches. Ein Geist vielleicht?

»Der Alte weiß bestimmt irgendetwas«, fügte Mona noch hinzu und holte Kaila aus ihren Gedanken.

»Kennst du ihn eigentlich genauer?«

»Was heißt genauer? Er ist halt ein Nachbar. Oft ein wenig grimmig. Er heißt Karl Selter. Der wohnt schon ewig hier. Er kennt alle. Meckert viel.« Sie machte eine kleine Pause und lehnte sich zurück. »Wenn einer etwas Genaueres weiß, dann er.«

Kaila beließ es dabei, Mona nichts von ihren bisherigen Begegnungen mit Herrn Selter zu erzählen. »Hat sonst noch jemand davor hier in diesem Haus gewohnt?«

Mona wirkte zwar etwas verwirrt über den raschen Themenwechsel, dann zuckte sie die Achseln. »Vorher lebte hier wohl sehr lange eine Familie. Die Leute hier reden aber nicht viel über sie oder sie wissen es nicht besser. Die Familie ist wohl einfach weggezogen.«

Kaila blicke über Mona hinauf zum Fenster. Der alte Herr Selter stand am Fenster und schaute auf sie hinab. Er machte nicht einmal Anstalten, sich zu verstecken, als Kaila ihn direkt ansah. Er starrte weiter hinunter. Wie ein Tier, das darauf wartet, angreifen zu können.

In Trance hielt sie seinem Blick stand, ehe Mona Kaila ins Hier und Jetzt zurückholte. »Warum fragst du so viel über die Voreigentümer?«

»Ja, also«, Kaila stockte. Unvorbereitet auf diese Frage entschied sie sich für die Wahrheit. Zumindest die halbe Wahrheit. »Ich habe auf dem Speicher alte Sachen gefunden. Herr Junger, der Vermieter des Hauses, will sie entsorgen, aber vielleicht wollen die Vorbesitzer sie wieder haben.«

Mona nickte anerkennend und schien sich über die Antwort nicht zu wundern. »Also ich glaube, Leute, die ausziehen, lassen alten Kram aus einem bestimmten Grund an einem Ort wie diesem.« Sie rückte sich auf dem Stuhl zurecht. »Dann wollen sie ihn nicht mitnehmen oder konnten es nicht.« Sie machte eine dramatische Pause und sah Kaila eindringlich an. »Und das hatte mit Sicherheit auch einen guten Grund.«

***

Kaila war seit geschlagenen zehn Minuten damit beschäftigt, Monas ausführlicher und ausschweifender Antwort auf ihre Frage, mit was ihr Mann eigentlich Geld verdiente, genug Aufmerksamkeit zu schenken, um nicht ausgiebig zu gähnen. Zwischendurch nickte oder lächelte sie, um ausreichend Interesse zu signalisieren. Er war „Bachelor of Computer Science". Was auch immer das bedeuten sollte.

Doch eigentlich war es Kaila ziemlich egal. Sie kannte sich mit diesem ganzen Studienkram sowieso nicht aus. Sie kannte nur das Arbeitsbild, das ihr Vater ihr vorgelebt hatte. Ehrlich und schwer arbeiten, um für die Familie zu sorgen. Früher war es Gang und Gebe, frühzeitig ins Berufsleben einzusteigen. Was wussten Langzeitstudenten schon von Fleiß und harter Arbeit? Wahrscheinlich genauso wenig, wie sie selbst von einem Studium oder einem Job. Vielleicht war es der Neid, der aus ihr sprach. Wegen der Arbeit ihres Vaters hatte es ihnen an nichts gefehlt. Wer weiß, wie ihr Leben ausgesehen hätte, wenn alles anders gekommen wäre.

Mit dem Wort „Analysewissenschaft", das Mona fallen ließ, konnte Kaila zumindest ein bisschen was anfangen. Aber auch nur, weil man es ableiten konnte. Von der ganzen Internettechnologie verstand sie nichts. Bei „Software-Engineering" war sie auf jeden Fall nicht bei der Sache. Mona hätte ihr alles erzählen können. Ihr Gehirn nahm nichts mehr auf.

Monas Mann machte also irgendwas mit Informatik. Der Rest interessierte sie genauso wenig, wie die kleine Ameise die an ihrem Teller versuchte, irgendwelche Kuchenreste abzugreifen.

Trotz der Ödnis, die die Ausführung über die Arbeit mit sich brachte, wollte Kaila sie nicht unterbrechen. Sie hatte sich bis heute niemals vorstellen können, mit einer Nachbarin auf der Terrasse im Vorgarten zu sitzen und Kuchen zu essen. Eigentlich das Normalste der Welt. Nur nicht für sie. Kaila hatte keine Freunde, bis auf ihre Schwester Niah; und das hatte ihr immer gereicht. Sicherlich reichte es ihr auch jetzt noch, doch es war schön, sich mit jemand anderen gut zu verstehen und unbeschwert über Dies und Das reden zu können.

Kaila wartete auf die nächstbeste kurze Atempause von Mona, um ihren Teller beim Aufstehen in die Hand zu nehmen und lächelnd zu fragen: »Möchtest du noch Kuchen? Sonst würde ich ihn eben in die Küche bringen, bevor sich noch mehr Ameisen darüber hermachen.«

Der Vorwand mit den Ameisen war gut, denn Mona war nicht böse darüber, dass sie ihren Redefluss unterbrach. »Nein, vielen Dank.« Mona machte eine abwehrende Handbewegung. »Noch ein Stück Kuchen mehr und ich platze.« Sie fasste sich an den Bauch und klopfte ihn leicht.

Kaila stellte die Teller aufeinander und brachte sie in die Küche, bevor sie anschließend die Kuchenplatte holte.

»Aber den Kaffee kannst du gerne noch stehen lassen.«

Kaila brachte auch den Kuchen in die Küche und ging wieder nach draußen. Beim Hinsetzen überlegte sie sich bereits eine Frage, mit der sie weiter das Arbeitsthema umgehen konnte. Sie hielt in der Bewegung inne, als sie Herr Selter aus seinem gegenüberliegenden Haus herausgehen sah.

»Was ist los?«, lachte Mona. »Hat dich eine Ameise gebissen?«

Kaila bemerkte, wie komisch ihre kurze Starre gewirkt haben musste, und setze sich schleunigst hin. »Nein, ich«, sie schüttelte den Kopf und lächelte, wusste aber gar nicht, was sie darauf erwidern sollte.

Mona drehte den Kopf in die Richtung, in die Kaila geschaut hatte. »So, so. Der gute alte Herr Selter«, sagte sie und beobachtete, wie er aus der Haustür trat.

Der alte Mann wirkte, entgegen seiner sonstigen Aufmachung, heute weniger verbittert, was allerdings auch an den schönen weißen und rosafarbenen Bartnelken in seiner Hand liegen konnte, die seine triste, erdfarbene Kleidung frischer wirken ließ. Er trug ein beigefarbenes Kurzarmhemd und dazu einen leichten, hellbraunen Hut. Seine dunkelbraune Sommerjacke, die er sich beim Hinausgehen aus dem Haus über den Arm gelegt hatte, zog er an, indem er die Nelken vorsichtig auf die Holzbank neben der Haustür ablegte. Er rückte seine Jacke und seinen Hut noch einmal zurecht und hob anschließend achtsam die Nelken wieder von der Bank auf. Man hätte meinen können, er würde ein Baby in den Arm nehmen, so behutsam behandelte er die Schnittblumen, die in einem dünnen grünen Papier eingewickelt waren.

»Offenbar hat er es eilig«, stellte Kaila fest und sah Mona fragend an.

Herr Selter ließ sich nicht beirren und ging schnurstracks den Berg hinunter. Er schenkte den beiden Frauen nicht einmal einen Blick. Entweder wollte er zu den Garagen, die sich weiter unten im Hof nach der großen Kurve befanden, oder aber er wollte zur Bushaltestelle ganz unten am Berg. Weder Kaila noch Mona wussten, ob er ein Auto besaß oder überhaupt einen Führerschein hatte. Vielleicht ging er auch zu Fuß irgendwo hin, denn das machte er öfters, wie Kaila aufgefallen war.

»Was glaubst du, wo er hingeht?«, fragte Mona neugierig und schaute dem Nachbarn hinterher.

»Vielleicht geht er Einkaufen«, mutmaßte Kaila desinteressiert und zuckte dabei mit den Schultern. Sie war froh, dass er nicht mehr in seinem Haus war und sie anstarren konnte.

»Man geht doch nicht mit Blumen in der Hand einkaufen«, entgegnete Mona und zog die Brauen hoch. »Ich frag ihn.« Sie erhob sich.

»Nein. Warte!«, zischte Kaila ihr hinterher, doch sie war schon fast am Gartentor.

»Hallo, Herr Selter!«, rief Mona ihm winkend zu. »Das sind aber hübsche Blumen. Gehen Sie auf einen Geburtstag?«

»Guten Tag«, grüßte er zurück, blieb aber nicht stehen. »Verzeihung, ich habe es ein wenig eilig.«

Kaila blickte in eine andere Richtung, um ihn nicht ansehen zu müssen.

Dann hörte sie Monas Schritte. »Ich weiß«, verkündete sie, als sie sich wieder neben sie hinsetzte. »Er geht bestimmt zu einem Date.«

Jetzt zog Kaila die Augenbrauen hoch, ehe sie nicht mehr innehalten konnte, und lauthals anfing zu lachen, was Mona ebenfalls mitlachen ließ. »Die Frau, mit der er sich trifft, läuft doch sofort wieder weg«, bemerkte sie schnippisch. »Hat er also nicht geantwortet?«

»Nein«, brummte sie enttäuscht.

Eine alte Dame verließ geistesabwesend das Haus gegenüber und war gerade dabei, ihr Altpapier in die Tonne zu werfen. Sie bewohnte das Haus, links direkt neben dem von Herrn Selter. Die Abfalltonnen der beiden Häuser standen ungefähr auf gleicher Höhe.

»Ich würde zu gerne wissen, ob er tatsächlich auf ein Date geht« Mona kaute auf ihrer Unterlippe, ehe sie plötzlich aufsprang, was Kaila zusammenzucken ließ. Sie huschte eilig über den kleinen Weg und verschwand durch das Gartentor. »Entschuldigen Sie bitte!«, winkte sie der alten Frau laufend entgegen.

Kaila beobachtete Mona von ihrem Platz aus.

Die nette alte Dame ließ das Altpapier in die Tonne fallen, bevor sie sich zu dem lauten Ruf umdrehte. Etwas unbeholfen winkte sie zurück. Anscheinend hatte die Nachbarin Monas Satz überhaupt nicht richtig wahrgenommen, denn sie ging mühselig zu ihrer Haustüre. Zum Glück war sie ein wenig humpelnd unterwegs, sodass Mona sie schleunigst abfing und noch einmal »Entschuldigen Sie bitte« sagte.

Dieses Mal schien die nette alte Dame Mona tatsächlich auch wörtlich verstanden zu haben, denn sie drehte sich tüttelig nach ihr um und lächelte Mona dabei mit faltigem Blick an. Sie sah mit den vom Grinsen zusammengekniffenen Augen noch faltiger aus, als sie ohnehin schon war, das schenkte ihr dadurch aber gleichzeitig ein freundliches und ehrliches Aussehen. Mona hatte sich ein paar Mal mit der netten Dame unterhalten. Genau wie die anderen Bewohner dieser Siedlung war auch sie lieber für sich allein und blieb allenfalls draußen kurz stehen, um mit einem Nachbarn ein kleines Schwätzchen zu halten. Sehr oft ging es dabei nur um das Wetter oder einige körperliche Wehwehchen, die die alten Leute in all der Zeit angesammelt hatten. Aber von allen Nachbarn, außer eben Kaila, war Frau Herweg Mona am liebsten.

»Was ist los Kindchen?«, fragte die kleine Frau freundlich und hatte Mühe gegen die Sonne zu Mona hinauf zu schauen.

Mona stellte sich so vor ihr hin, dass ein Schatten auf sie fiel, um es ihr einfacher zu machen. »Ich habe vorhin Herr Selter gesehen, wie er mit Blumen wegging.« Mona beschloss, die alte Dame direkt zu fragen und nicht drumherum zu reden. »Hat er vielleicht ein Date?«

Sie sprachen so laut, dass Kaila sie verstehen konnte.

»Date?«, fragte die Frau und runzelte ihre faltige Stirn.

Mona fragte sich, ob die Dame tatsächlich zu alt für dieses neumodische Wort war. »Naja, Sie wissen schon«, zwinkerte sie. »Ein Rendezvous, eine Verabredung mit einer Frau.«

»Ach«, machte die Dame, winkte ab und wandte sich zum Gehen um, als wäre es reine Zeitverschwendung Monas Anliegen weiter anzuhören.

Mona machte einen Schritt zur Seite, um der Frau anzuzeigen, dass sie noch nicht fertig war. »Meinen Sie nicht, dass er eine Verabredung haben könnte, wenn er Blumen in der Hand hat?«

Die Frau lachte kurz auf, was ihre eigentlich leise Stimme sehr laut werden ließ.

»Ja, aber es könnte doch sein«, versuchte es Mona weiter und bemühte sich dabei nicht amüsiert, sondern interessiert und ehrlich zu klingen. »Ich meine, es täte ihm bestimmt gut, wenn er endlich eine Frau gefunden hat.«

»Kindchen.« Die Dame packte Monas Unterarm, was Mona in ihrem Satz unterbrach, und rüttelte ein wenig daran, als würde sie ein kleines Baby bespaßen wollen. Sie lachte noch einmal kurz auf. »Er geht jeden Monat mit Blumen weg.«

»Also doch eine Verabredung«, dachte Mona laut. Sie fragte sich, wieso ihr noch nie aufgefallen war, dass er mit Blumen wegging; und das jeden Monat.

»Er geht jeden Monat damit zum Friedhof.«

»Friedhof?«, fragte Mona nun verwirrter als vorher.

Ein Stich durchzog Kailas Brust. Die Abneigung Herr Selter gegenüber wehrte sich gegen das Mitgefühl.

»Seine Familie ist dort begraben«, erklärte die alte Dame wehmütig. »Nach all den Jahren geht er immer noch an das Grab und legt Blumen dort hin.« Sie winkte noch einmal ab und wandte sich erneut zum Gehen.

234

»Verabredung«, nuschelte die Dame sarkastisch. »Der Mann trauert doch immer noch.«

Sie ließ Mona stehen und trottete davon.

Mona war wie vor den Kopf gestoßen. Dass Herr Selter eine Familie gehabt hatte, wusste sie gar nicht. Sie eilte zu Kaila zurück, die immer noch auf ihrer Terrasse im Vorgarten saß. »Hast du das mitbekommen?«

Kaila nickte. Seine andauernde Trauer würde zumindest seine ständig düstere Miene erklären. Vielleicht trauerte er wirklich noch immer und ist einfach nur einsam.

Mona lehnte sich im Stuhl zurück und hob den Blick zum Himmel. »Das ist schon hart, wenn man bedenkt, dass er jeden Monat zum Friedhof geht.« Die Frauen schwiegen einen Moment, ehe Mona sich ruckartig nach vorne lehnte und sagte: »Ich kann ihn ja mal danach fragen.«

»Wen? Was fragen?«

»Na, Herr Selter«, antwortete Mona. »Wir könnten ihn einfach mal fragen.«

Kaila schüttelte den Kopf.

»Was?« Mona wirkte enttäuscht darüber, dass ihre Idee nicht positiv aufgenommen worden war. »Warum nicht?«

Kaila schüttelte noch einmal den Kopf. Es gab mehrere Gründe, ihn nicht danach zu fragen.

Mona lachte verlegen. »Na ja, vielleicht hast du recht. Ich frage ihn nicht. Das ist wahrscheinlich wirklich ein wenig unangebracht, auch wenn ich ziemlich neugierig bin.«

Kaila war erleichtert und lächelte sie an.

»Aber du könntest ihn wegen der Familiengeschichte des Hauses fragen.«

Kailas Lächeln verschwand. »Nein«, teilte sie ihrer Nachbarin ihre Abneigung zu dieser Idee mit und legte dabei die Stirn in Falten. »Ich werde auch irgendwie anders an meine Informationen kommen.«

***

Während Kaila den Terrassentisch sauber machte, ließ sie sich das Gespräch mit Mona noch einmal gründlich durch den Kopf gehen. Sie hatte den gemeinsamen Vormittag mit ihr sehr genossen. Die Zeit hatte etwas Unbeschwertes und Freundschaftliches gehabt und sie merkte, wie sehr ihr das gefehlt hatte. Seien es nur einfache Gespräche über Belangloses, die einen die Zeit vergessen lassen. Leider hatte ihre Absicht, mehr über die Voreigentümer und -besitzer in Erfahrung zu bringen, nicht sonderlich zu dem gewünschten Ziel geführt. Da sie definitiv nicht erpicht darauf war, den alten Herr Selter darauf anzusprechen, musste sie wohl selbst entsprechende Nachforschungen betreiben. Das Naheliegendste war, auf den Speicher zu gehen und die Kartons von ihnen zu durchwühlen.

Niah kam gerade zur Haustür herein, legte den Schlüssel auf die Ablage der Kommode. »Selter ist wieder da.«

Kaila ließ die Aussage unkommentiert.

Es war gerade einmal Nachmittag, also noch hell genug für das, was sie sich in den Kopf gesetzt hatte.

Sie schmiss die Spülmaschine zu. »Hey Schwesterherz!«, begrüßte sie ihre Schwester mit einer gespielt guten Laune.

Niah drehte sich zu ihr um. »Hey!?« Es schien eher eine Frage zu sein. Als würde sie wissen, dass Kaila etwas Bestimmtes von ihr wollte. »Wie war dein Vormittag mit Mona?« Sie musterte ihre Schwester und zog die Brauen hoch. »Deinem Grinsen nach zu urteilen, hast du wohl etwas von Mona erfahren können.«

»Na ja, so in etwa.« Kaila lehnte sich an den Türrahmen und verschränkte die Arme. »Sie meinte, der Alte von Gegenüber müsste etwas wissen.«

»Toll«, meinte Niah sarkastisch. »Den werden wir bestimmt nicht fragen.« Auch sie verschränkte die Arme vor ihrer Brust.

»Ganz sicher nicht.«

»Und jetzt?«

»Wir müssen noch einmal auf den Speicher«, sagte Kaila entschlossen und stieß sich vom Türrahmen ab.

»Das kannst du vergessen, nachdem, was du mir erzählt hast.«

»Wir müssen selbst nachforschen, Niah. Wenn du mit mir die Kartons herunter holst, dann können wir uns den Inhalt im Wohnzimmer ansehen. Wir bleiben also nicht oben. So finden wir vielleicht heraus, was es mit diesem weinenden Mädchen auf sich hat.« Kaila konnte noch nicht einmal genau sagen, ob es ihr wirklich darum ging, herauszufinden, in welcher Verbindung das Geistermädchen mit all dem stand oder, ob es lediglich ihre eigene Neugier war, die sie damit befriedigen wollte. Es hatte etwas Antreibendes, fremdes Eigentum zu durchwühlen. »Es ist nun einmal die naheliegendste und einfachste Möglichkeit, wenn wir mit diesen Sachen anfangen.« Schlussendlich musste sie sich aber eingestehen, dass ihre eigene Neugier sie zu sehr einnahm, als nun darauf zu achten, in wessen Privatsphäre sie schnüffelte. »Mona sagte, dass die

Eigentümer ihre Sachen aus einem bestimmten Grund hiergelassen haben. Und es gehört praktisch uns.« Sie erinnerte sich an ein Gespräch, das sie neulich geführt hatte. Nach dem Gesetz wird auf das Eigentum verzichtet, wenn man den Besitz der Sache offensichtlich aufgibt. Sie wusste natürlich nicht, ob dieser Verzicht auch die wahrhaftige, eigenständige Absicht der Voreigentümer war. Aber die Sachen wurden hiergelassen, deswegen kann man eindeutig davon ausgehen, dass der Besitz aufgegeben worden war.

»Und das Gesicht in der Scheibe?«

»War beim letzten Mal auch nicht da.«

Niah rümpfte die Nase. »Ich weiß nicht. Soll das jetzt eine Erklärung sein?« Sie schüttelte den Kopf. »Um was geht es hier eigentlich?«, wollte sie wissen und ließ die Arme sinken.

»Was meinst du?« Kaila sah sie verdutzt an. »Es geht darum, dass ich herausfinden möchte, was es mit dem Geistermädchen auf sich hat und ich möchte wissen, was mit der Familie passiert ist.«

»Blödsinn!«, meinte Niah gereizt. »Was hast du vor?«

»Ich bin neugierig«, rechtfertigte sich Kaila, doch ihrer Schwester reichte es nicht als Antwort. »Was ist denn dein Problem, Niah? Du willst nicht mit auf den Speicher? Schön! Dann mache ich das eben alleine.« Ein unsichtbarer Faden zog sie neugierig in die Vergangenheit dieser Leute. Sie war fest entschlossen, etwas über sie herauszufinden. Beherzt marschierte sie an ihrer Schwester vorbei, die sie am Arm packte.

»Kaila«, setzte Niah an. »Ich glaube nicht, dass es eine gute Idee ist, sich diese Dinge aus der Vergangenheit anzusehen.«

»Warum nicht?« Kaila machte ein verständnisloses Gesicht und befreite sich aus ihrem Griff. »Ich weiß, dass du Angst hast. Mir hat dieses Mädchen auch einen großen Schreck eingejagt. Aber es wird nicht aufhören, wenn wir nichts tun.« Sie wusste bereits, dass sie bei ihrer Absicht, auf den Speicher zu gehen, auf Protest stoßen würde. Aber mit dieser Abwehr hatte sie nicht gerechnet. Niahs Angst mag berechtigt sein, doch Kaila war es, die diese Dinge gesehen hatte. Vielleicht war es Zufall, aber seit die Schwestern beschlossen hatten, Mona zu fragen, gab es keine geisterhaften Vorkommnisse mehr. Das zeigte doch, dass sie mit ihrer Annahme, es hätte etwas mit der Vergangenheit zu tun, richtig lagen. Es war merkwürdig, dass niemand etwas Genaueres von den Voreigentümern wusste. »Vielleicht finden wir auch gar nichts, aber dann hätten wir Gewissheit. Warum soll es so schlimm sein, sich das anzusehen?«, hakte sie nach.

»Es ist einfach nicht gut«, sagte Niah mit belegter Stimme. »Und du weißt es selbst am besten.«

»Bitte«, bettelte Kaila. »Ich möchte mir die Sachen doch nur ansehen.«

»Genau das meine ich.« Niah wurde lauter. Ihre Stimme war wieder klar. »Ich habe Angst und dabei habe ich noch nicht einmal etwas gesehen.«

»Vielleicht will ja dieses Mädchen oder dieser Geist oder was auch immer, dass wir etwas Bestimmtes finden.«

»Nein, Kaila.« Niah hob die Hand, um ihrer Schwester anzuzeigen, dass sie still sein sollte. »DU möchtest etwas Bestimmtes finden. Ich möchte das nicht und DU solltest es auch nicht wollen«, bellte sie nun mit Nachdruck.

Kaila lief rot an und biss sich auf die Lippe. Sie öffnete die Haustür und ging in den Vorgarten hinaus. Sie versuchte, sich mit dem Hin- und Herlaufen abzureagieren. Doch ihre Wut vermischte sich mit Trauer und übermannte sie. Der Zwiespalt in ihr füllte ihren Schädel und drückte gegen die Schläfen.

Niah folgte ihr hinaus. Ein Satz kam zum nächsten, ehe sie lautstark miteinander diskutierten. Jeder versuchte, dem anderen seinen Standpunkt klarmachen zu wollen.

Als hätte sich eine EMP-Bombe entladen und alles ausgeschaltet, folgte völlige Stille zwischen den Schwestern. Keiner sagte mehr einen Ton.

Kaila stellte sich an den Terrassentisch, an dem sie heute Vormittag mit Mona Kuchen gegessen hatte, und was auf einmal Wochen her zu sein schien. Abwartend verschränkte sie die Arme.

»Uns geht es doch gut«, setzte Niah schließlich traurig an. Wie ein Hundewelpe schaute sie ihre Schwester an. »Warum willst du es kaputt machen, indem du uns einer Gefahr aussetzt?« Niahs Stimme brach.

Rasend vor Wut schritt Kaila auf sie zu und hielt kurz vor ihr an. »Wie kannst gerade du sagen, dass ich uns einer Gefahr aussetze?«, sagte sie mit zusammengebissenen Zähnen und Tränen in den Augen. Sie wollte noch etwas hinterherschieben, konnte aber nicht weitersprechen. Sie schluckte den Kloß in ihrem Hals herunter.

Niah hielt ihrem Blick stand. Als etwas ihre Aufmerksamkeit forderte, wandte sie ihren Blick zur Straße.

Kaila drehte sich um und entdeckte Mona, die mit einem Hund im Schlepptau besorgt in ihre Richtung kam.

Das hat mir gerade noch gefehlt.

Die Tränen wegblinzelnd lief sie über den kleinen Weg zum Gartentor und fing Mona dort ab.

»Hey.« Mona blieb an dem Gartentor stehen. Sie blickte sich zögernd im Vorgarten um. »Alles in Ordnung?«, fragte sie besorgt, während sie versuchte, den kleinen Havaneser zu bändigen. Der Hund war das verzogene Haustier der Nachbarin unten an der Ecke. Die Frau war schon alt, nicht mehr gut zu Fuß und konnte daher nicht mehr so gut mit dem Hund Gassi gehen. Sie hatte seinerzeit Mona gefragt, ob sie dies drei Mal die Woche für ein kleines Taschengeld übernehmen könnte. »Was machst du hier draußen? Mit wem hast du gesprochen?«

»Ja, alles ok«, antwortete Kaila prompt und etwas aufgebrachter, als sie wollte. Sie bemerkte Monas Unsicherheit und versuchte, ihren Ärger herunterzuschlucken. Schließlich konnte ihre Nachbarin nichts für ihre Laune. »Es ist alles in Ordnung«, erklärte sie noch einmal mit Nachdruck und wunderte sich über Monas Besorgnis. In der Zeit, in der Kaila sie nun kannte, hatte sie Mona noch nie so besorgt und unruhig gesehen. Immer nur fröhlich und redegewandt. »Ich hatte nur gerade einen Streit mit meiner Schwester.« Kaila deutete mit dem Kopf über die Schulter.

Mona blickte über Kailas Schulter hinweg zur Terrasse und sah sich suchend um. Dann schaute sie Kaila eindringlich und fragend an. »Und wo ist sie?«

Kaila wandte sich zur Terrasse um. Niah war nicht da. »Ähm, also. Niah...« Sie drehte sich wieder zu ihrer Nachbarin um. »Niah ist wohl gerade reingegangen.«

Der Hund zog ungeduldig zum Weitergehen an der Leine. »Ich habe sie gar nicht gesehen. Bist du sicher, dass wirklich alles in Ordnung ist?«, fragte Mona nachdrücklicher. »Geht es dir wirklich gut?«

»Ja, sicher.« Kaila nickte. Sie fand es sehr nett, dass Mona sich Sorgen um sie machte, aber sie fand auch, dass man wegen eines Streits die Fürsorge auch übertreiben konnte. »Danke. Uns geht es gut.«

Trotzdem guckte Mona weiterhin fragend.

»Lass endlich gut sein. Es war doch nur ein Streit«, dachte Kaila und ihr Herz klopfte wie wild unter der angespannten Situation.

»Okay.« Mona nickte ihr zu und wandte sich zum Gehen. Sie kämpfte mit der Leine des Hundes. »Sollte etwas sein, dann sagst du mir aber bitte Bescheid.« Sie legte eine Hand auf Kailas Schulter und drückte sie leicht.

Kaila brachte ein gekünsteltes Lächeln zustande. »Natürlich.«

Noch ein wenig sah sie ihrer Nachbarin hinterher, die sich sehr häufig nach ihr umdrehte, ehe sie zur Terrasse zurückging. Niah empfing sie wartend in der offenen Haustür.

»Ich möchte nicht streiten«, sagte Niah dann traurig, als Kaila vor ihr stand. »Ich möchte dich doch nur beschützen.«

»Ich weiß«. Kaila streckte ihre Hand nach ihrer Schwester aus. »Ich möchte uns damit doch nichts Böses.«

Niah nahm ihre Hand entgegen. Sie lächelten sich stumm an.

»Ok«, sagte Niah schließlich und gab nach. »Wir machen es. Aber dann gibst du Ruhe und fängst nicht mehr davon an.« Sie klang nicht sehr überzeugt von ihrer Entscheidung, dennoch freute sich Kaila darüber, dass ihre Schwester eingelenkt hatte. »Und wir sollten endlich rein gehen«, fügte sie leise hinzu. »Wir werden schon beobachtet.«

Kaila sah sich schleunigst um. Sie glaubte, jemanden an dem Fenster im obersten Stock von Monas Haus sehen zu können, war sich aber nicht sicher. Dafür war das Haus zu weit weg, um zu erkennen, wer genau am Fenster stand.

»Meinst du Mona?« Kaila schüttelte den Kopf. »Sie macht sich nur Sorgen.«

»Nein.« Niah deutete nach gegenüber. »Ich meine unseren Nachbarn.«

Kaila drehte sich um und sah den alten Herr Selter gegenüber durch das Fenster spähen. Seinen Gesichtsausdruck wusste sie nicht zu deuten, aber seine kalten Augen schienen sie zu fixieren.

Herr Selter

Es hatte sich angefühlt, als wäre eine Last von seinen Schultern gefallen, nachdem er das Telefonat heute Mittag hinter sich gebracht hatte. Spätestens als er das Grab seiner Familie zu Gesicht bekam, war sie endgültig von ihm abgefallen. Erleichtert betrat Herr Selter das Wohnzimmer und atmete tief aus. Sorgfältig legte er seinen Hut und seine Jacke auf dem Stuhl vor dem Sekretär ab, als er durch das geöffnete Fenster, das zur Straßenseite zeigte, laute und aufgebrachte Stimmen vernahm.

Verwundert schritt er zielstrebig auf das Wohnzimmerfenster zu. In dieser Siedlung war es selten laut und schon gar nicht wurde offenkundig gestritten, sodass alle Nachbarn ringsum es mitbekamen. Er schob die Gardine beiseite, um nach draußen zu sehen. Die in das gegenüberliegende Haus gezogene Frau gestikulierte stark in ihrem Vorgarten, sodass er zunächst dachte, sie würde irgendeinen neumodischen Sport betreiben oder telefonieren.

Doch das war es nicht.

Es dauerte nicht lange, bis die dunkelhaarige Nachbarin mit einem kläffenden Hund dazustieß. Herr Selter meinte, sich daran zu erinnern, dass sie Mona hieß, hatte sich mit ihr aber noch nie groß unterhalten. Er beobachtete die beiden Frauen, die am Gartentor des Vorgartens standen und miteinander sprachen. Von dem Gespräch selber bekam er nur wenig mit. Er konnte nur irgendwas von »Schwester« und »ist ins Haus gegangen«

hören. Den Rest der Unterhaltung zwischen den beiden Frauen konnte er zu seinem Bedauern nicht folgen. Ihre Stimmen waren zwar zu hören, doch die einzelnen Worte waren zu leise, als dass sein Gehirn hieraus irgendwelche zusammenhängenden Sätze bilden konnte. Der bellende Hund zerrte an der Leine und schaffte es, dass Mona mit ihm davon spazierte.

Herr Selter beobachtete die blonde Frau noch eine Weile, die Richtung Haustür ging, aber vor dieser stehen blieb und mit irgend jemandem redete.

Abgelenkt von seinen Gedanken merkte er zu spät, dass sich die blonde Frau mit einem Mal zu ihm umdrehte. Als er es bemerkte, ließ er sofort die Gardine los und wandte sich schleunigst vom Fenster ab.

Dann schoss ihm urplötzlich ein Gedanke durch den Kopf.

War das möglich?

Seine zu Anfangs starke Befürchtung hatte sich offensichtlich soeben bestätigt. Auf jeden Fall konnte er diese Möglichkeit nicht einfach wieder ausschließen. Dies würde die ganze Situation natürlich ändern und alles nur noch verkomplizieren. Er griff zum Telefonhörer auf dem Sekretär und zog mit gleichzeitiger Bewegung sein altes Telefonbuch hervor, dessen Einband ungefähr so alt war, wie der Sekretär selbst. Er blätterte darin, solange bis er die Handynummer gefunden hatte, die er sich nie gemerkt hatte. Er war immer der Meinung, dass diese Handys nichts Gutes für die Welt bedeuteten. Die Leute redeten nicht mehr miteinander, wenn sie beim Essen zusammensaßen. Jeder hatte ein Handy vor der Nase und spielte nur noch mit diesen Dingern herum, anstatt sich auf wichtige Sachen im Leben zu konzentrieren. Die Jugendlichen lernten nicht mehr, wie man mit persönlichen Konflikten umzugehen hatte, und reihenweise gab es Unfälle, weil die Menschen lieber auf diese Geräte starrten, als sich auf die Straße zu konzentrieren. Natürlich war das Internet umfangreicher und wissensreicher, als manch ein Buch, aber es gab eben auch viel Mist zu sehen. Jedenfalls verloren die Jugendlichen das Wesentliche im Leben aus dem Blickfeld.

Jetzt kam ihm ein schnurloses Telefon für unterwegs gerade recht. Er klemmte sich den Hörer zwischen Schulter und Ohr und wählte die Handynummer, was das Freizeichen unterbrach, bis es schließlich läutete.

Es dauerte ein wenig länger, bis auf der anderen Seite der Leitung abgenommen wurde. Nach dem leisen »Hallo« erkannte er die Stimme am Telefon sofort.

Er selbst und der Person auf der anderen Leitung ließ er dieses Mal keine Zeit, Tageszeiten oder Nettigkeiten auszutauschen. »Wann sind Sie hier?«, fragte Herr Selter daher direkt.

»Es dauert noch ein paar Stunden«, antwortete die angerufene Person. »Wieso? Was ist los?«

Er konnte vernehmen, dass sich die Stimmlage veränderte und Nervosität mitschwang, was der Person im Hinblick auf seine geradezu forsche Gesprächseinleitung auch nicht zu verübeln war. Es wäre aber auch ohne seinen erneuten Anruf nicht zu verdenken gewesen, dass die Person aufgewühlt war, denn schließlich wartete sie schon eine Ewigkeit auf diesen Moment. Genaugenommen war eigentlich niemand mehr davon ausgegangen, dass sich dieser Tag, noch dazu dieser Zufall, irgendwann überhaupt bot.

Umso schlimmer war deshalb die Tatsache, dass Herr Selter eine schlechte Nachricht überbringen musste. »Bevor Sie hier eintreffen«, sagte er nun etwas vorsichtiger, »gibt es da noch etwas, dass ich Ihnen sagen muss.«

»Was müssen Sie mir sagen?«

Auf der anderen Leitung wurde es still und Herr Selter wusste, dass er dieses Mal niemandem eine Schonfrist geben konnte. Auch würde er den Grund seines Anrufs nicht länger hinauszögern. »Ich glaube, wir haben ein Problem. Hier stimmt was nicht.«

Kaila

Kaila und Niah standen vor der Speichertreppe im ersten Obergeschoss, als es plötzlich an der Haustür klingelte.

»Herr Selter?« Niah sah ihre Schwester mit großen Augen an.

Kaila hob die Schultern. Sie lief durch den Flur in Niahs Zimmer und schritt langsam auf das Fenster zu, um auf die Straße sehen zu können.

»Vielleicht Herr Junger«, mutmaßte Niah.

Kaila schüttelte den Kopf. »Der ist im Urlaub.« Dann erkannte sie die Aufschrift auf dem Fahrzeug der unangemeldeten Besucherin. Wie konnte das sein? Sie hatte keinerlei Spuren hinterlassen. Warum also war sie hier?

Es schellte noch einmal. Kaila riss den Kopf zurück, als die Frau hinaufsah.

»Hat sie dich gesehen?«

Kaila trat vom Fenster weg. Ihr Herz klopfte. Schweißperlen bildeten sich auf ihrer Stirn. »Ich glaube nicht.« Sie verharrte einen Moment und atmete erst auf, als das Auto endlich wegfuhr.

Die Blicke der Schwestern trafen sich.

Kaila ging zurück in den Flur. »Dann wollen wir mal«, überspielte sie ihre Anspannung, denn das Ganze hätte mit einem Mal enden können. Sie atmete schwer ein, dann wieder aus und setzte den Fuß auf die erste Stufe der Speichertreppe.

»Wollen wir nicht Licht anmachen?«

»Nicht!«, stieß Kaila aus. »Das kann man von draußen sehen.«

»Aber sie ist doch weggefahren.«

»Lass es aus. Das ist zu gefährlich.«

Niah rückte an Kaila heran und ergriff ihre Hand. »Ein Blick in die Vergangenheit ebenso.«

Kaila überhörte die Anspielung ihrer Schwester. Gemeinsam erklommen sie die Treppe. Die Speichertür stieß sie mit dem Fuß so weit auf, wie es möglich war. Obwohl der Dachboden noch recht hell war, wäre es mit Licht etwas besser gewesen. Zögerlich tapsten sie auf die Ecke mit den alten Kartons zu. Schritt für Schritt und umsichtig, als würde hinter jedem Karton etwas auf sie lauern.

Niah blieb ruckartig stehen und riss Kaila am Arm. Mit zittrigen Fingern zeigte sie auf das Gerümpel in der gegenüberliegenden Ecke.

Kaila folgte ihrer Bewegung und drehte sich zu ihrer Schwester um, als sie nichts entdecken konnte. »Musst du mich immer so erschrecken?« Sie stieß die Luft aus, als hätte sie zuvor den Atem angehalten. »Da ist nichts.«

Niah schaute noch einmal genau hin. »Ohje, ich glaube meine Phantasie spielt mir einen Streich.« Sie fasste sich an die Stirn. »Ich halte es hier nicht aus. Können wir nicht das Licht anmachen?«

»Dann mach es eben an.«

Niah drückte auf den Lichtschalter.

»Dann lass uns schnell machen, bevor ich noch einen Herzinfarkt bekomme.« Kaila ging weiter.

Niah musterte die vor sich aufgestapelten Kartons. »Was davon willst du denn mitnehmen?« Sie strich mit dem Zeigefinger darüber. »Die liegen hier wohl schon ein paar Jahre.« Sie streckte Kaila den dreckigen Finger entgegen, ehe sie ihn an ihrer Jeans abwischte.

Kaila hob einen staubigen Deckel eines Kartons vor sich an und spähte hinein. »Gute Frage.« Nach und nach entschied sie sich für und gegen einen Karton. Ein solcher mit Büchern und handgeschriebenen Zetteln würde sie mit hinunter nehmen. Welche mit Stoffen und Spielzeug stellte sie beiseite. Auch den Schuhkarton voller alter Musikkassetten, auf denen Musiktitel standen wie *Mix Tape 2, Best Mix, DJ Bobo* und andere, schenkte sie keine weitere Beachtung. Mit jedem Karton, den sie sich ansah, beschleunigte sich ihr Puls. Ihre Finger waren zittrig, aber sie empfand keine Furcht. Es war ein Gefühl, das sie nicht deuten konnte. Als würde etwas sie von innen einnehmen wollen. Fast wie bei einer Hypnose.

»DJ Bobo!?« Niah hatte die Kassettenkiste gefunden, rümpfte die Nase und holte Kaila damit erschreckend aus ihrem Rausch.

Da Kaila sich nicht länger als nötig hier oben aufhalten wollte, beeilte sie sich mit dem Aussortieren, sodass drei Kartons übrig blieben, die ihr interessant schienen. Wie durch Knopfdruck fiel die Anspannung von ihr ab. Nüchtern betrachtete sie ihre Ausbeute. »Okay, wir können. Ich nehme die Kartons und du machst das Licht aus und...«

»Nein.« Niah unterbrach sie. »Ich nehme die Sachen und du machst das Licht aus. Du kannst den kleinen

Schuhkarton da noch nehmen. Den kannst du mit einer Hand tragen.« Sie deutete darauf.

Kaila wollte überhaupt nicht widersprechen und nickte zustimmend.

Niah stapelte schleunigst zwei Kartons übereinander. Den schwersten Karton unten. Dann hob sie sie vom Boden auf und jonglierte sie zur Tür.

Kaila klemmte sich derweilen den Schuhkarton unter den Arm und huschte um die noch auf dem Boden liegenden durchwühlten Kartons herum, um ihr zu folgen. Sie stieß gegen einen kleinen Karton und stolperte nach vorne, fing sich aber direkt wieder. »Ich glaube«, rief sie ihrer Schwester zu, »dass ich in diesen Karton nicht hineingesehen habe.«

»Ist doch jetzt egal!«, gab Niah zurück. »Du hast erst einmal genug hiermit zu tun.« Sie wackelte mit den Kartons, wobei einer fast hinunterfiel. »Ich will einfach hier weg«, forderte sie und hatte die Ausbeute wieder fest im Griff. Sie wandte sich zum Gehen.

Kaila beeilte sich, um nicht zurückzubleiben. Sie schaltete beim Vorbeigehen das Licht im Speicherzimmer aus und eilte ihrer Schwester hinterher.

***

Es ist schon sehr merkwürdig, dass Erwachsene sich noch genauso vor gewissen Dingen, wie einem Speicher oder einem Keller, fürchten, wie Kinder es tun. Man sollte meinen, erwachsene Menschen seien klug genug, um zu wissen, dass keine Gefahr von solchen Dingen ausgeht. Generell ist Angst nur eine Reaktion auf eine Gefahr, die dem Körper hilft, dieser Gefahr zu entfliehen. Da sich manche Ängste nicht rational erklären lassen, spricht man hierbei oft von Angststörungen. Erst wenn diese Ängste den größten Teil des eigenen Lebens ausmachen, kann man wirklich von einer psychischen Erkrankung ausgehen.

Niah brachte die Kartons so schnell wie möglich nach unten ins Wohnzimmer.

Kaila widerstand dem Drang, sich noch einmal zu der Speichertreppe umzudrehen und lief ihr hinterher. Sie hegte den Verdacht, beobachtet zu werden. Als würde hinter ihnen etwas erscheinen und jeden ihrer Schritte beschatten.

Doch wahrscheinlich machte sie sich nur selbst verrückt.

Im Wohnzimmer stellte Niah die Kartons vor das Sofa. »So.« Sie sah auf und atmete schwer aus. »Da hast du deinen Kram.«

Kaila legte den kleinen Schuhkarton oben auf. »Danke.« Sie schob die Kartons zurecht.

Niah maulte leise. »Ich gehe jetzt duschen.«

»Soll ich dich zum Bad begleiten?«

Niah schüttelte den Kopf. »Nein. Nicht nötig.« Sie rieb sich den Nacken. »Ich möchte einfach ein bisschen alleine sein.«

Kaila versicherte ihr, dass sie sofort kommen würde, wenn sie etwas brauchte. Eine unausgesprochene Trauer zeichnete ihr Gesicht, bevor Niah nach oben verschwand. Kaila war es gewohnt, dass sich Niah in schwierigen Situationen isolierte. Das war bei ihr schon als Kind so. Das meiste ihrer inneren Konflikte behielt sie für sich.

Kaila ging in die Küche, um sich ein Glas Wasser zu holen. Als sie wieder ins Wohnzimmer gehen wollte, blieb sie am großen Fenster stehen, um nach draußen zu schauen. Die am Wegrand, in der Erde steckenden Solarleuchten waren bereits erleuchtet. Ein Blick nach links zeigte ihr, dass in Monas Haus Licht brannte. Gegenüber bei Herr Selter leuchtete lediglich die Lampe über dem Hauseingang. Sie suchte die Fenster des Hauses ab, sah aber niemanden. Sie schaute nach rechts zu dem Parkplatz. Ein sich bewegender Schatten offenbarte sich in der Dunkelheit. Erst nach genauerem Hinsehen konnte sie Herr Selter erkennen, der die Straße zu seinem Haus hinunterschlenderte. Er hatte die Hände auf dem Rücken verschränkt.

Ihre Neugier hielt sie am Fenster. Sie frage sich, ob er spazieren war. Kaila versteckte sich hinter dem Rahmen und lugte hervor, um nicht von ihm erwischt zu werden. Doch der Blick des Mannes blieb starr. Erst als er ihr den Rücken zukehrte, um zu seinem Eingang zu gehen, wagte sie sich hinter dem Fensterrahmen hervor. Ohne sich noch einmal umzudrehen, verschwand er im Haus.

Kaila verließ unbefriedigt ihren Beobachtungsposten und ging in das Wohnzimmer. Sie nahm einen Schluck Wasser und stellte es anschließend auf dem Wohnzimmertisch ab. Die wenigen Kartons vor ihr türmten sich wie ein Haufen undurchdringlich scheinender Prüfungsaufgaben in einer Klausurphase an einer Universität. Kaila wusste nicht, womit sie anfangen, geschweige denn, wonach sie überhaupt suchen sollte. Sie nahm noch einen Schluck Wasser, setzte sich anschließend auf das Sofa und zog den ersten Karton zu sich heran, nachdem sie die kleineren daneben gestellt hatte. Es war der Größte, der überwiegend Bücher enthielt. Sie hob die Bücher und Zettel aus der Kiste und sortierte sie auf verschiedene Stapel neben dem Sofa auf den Boden. Bücher auf den einen Haufen, Zettel auf einen anderen, und diverse Sachen auf einen dritten Stapel, wie Fotos und Zeitungsschnipsel. Sie schob anschließend den leeren Karton zur Seite, auf dessen Grund sich nur noch Engelsfiguren und kleine unwichtige Habseligkeiten befanden, die man sich früher in die Vitrine gestellt hatte, und nahm sich den Stapel mit den Büchern vor. Sie legte den Stapel auf ihre Knie und betrachtete das erste Buch. *Feen und Mythen.*

Dann das Nächste.

Auf den Spuren von Feen, Elfen und Geistern.

Geistererscheinungen.

Und noch ein Weiteres: *Geistererscheinungen und ihre Vorzeichen.*

Augenblicklich bekam Kaila schwitzige Hände und ihr wurde warm, als hätte sie sich unter eine Heizdecke gelegt. Sie wollte nicht glauben, dass sie bereits bei dem ersten Karton auf eine Spur gestoßen war. Es konnte auch Zufall sein, dass sich die vorherigen Eigentümer für Geister interessiert haben. Dies musste nicht gleich bedeuten, dass es etwas mit dem weinenden Mädchen zu tun hatte.

Kaila blätterte in einem der Bücher. Es ging um Geistersichtungen und auch darum, welche in ihrer Echtheit widerlegt und welche hierin bestätigt werden konnten. Manches handelte sich also um Fälschungen, andere Bilder wiederum konnte man nie als solche bestimmen. Bei den entsprechenden Fotos in dem Buch lief ihr ein Schauer über den Rücken. Ein Geist zwischen einer Gruppe Studenten. Ein Schatten hinter einer Person, die lächelnd in die Kamera blickte. Ein Wesen, das in einer Gasse einer kleinen Ortschaft zu stehen scheint. Fasziniert betrachtete sie ein Bild nach dem Nächsten. Eigentlich glaubte sie nicht an solche Dinge, ihre Schwester schon eher. Aber seit Kaila ihre eigenen Erfahrungen in dem Haus gemacht hatte, war sie sich gar nicht mehr so sicher, ob es sich mit wissenschaftlichen Tatsachen begründen ließ.

Kaila schloss das Buch. Die weiteren beiden Bände über Fabelwesen legte sie desinteressiert zur Seite. Sie konnte sich eher vorstellen, dass es Geister gab, als Feen und Kobolde in einem Wald oder am Ende eines Regenbogens.

Sie griff zu dem nächsten Stapel. Sorgfältig ging sie die Zettel durch.

»Und? Was Interessantes gefunden?«

Vor Schreck wäre Kaila beinahe alles aus der Hand gefallen. »Hab ich mich erschrocken.« Sie blickte auf.

»Entschuldigung«, kicherte Niah. »Du bist in letzter Zeit ständig so schreckhaft.« Frisch geduscht und mit nassen Haaren setzte sie sich neben ihre Schwester auf das Sofa.

»Schön, dass du mir Gesellschaft leistest.« Kaila war davon ausgegangen, dass sich ihre Schwester wieder in ihrem Zimmer vergraben würde, wie sie es sonst immer tat.

Niah nahm sich das Buch über Fabelwesen vom Stapel der bereits durchgeschauten Bücher und blätterte darin herum. »Scheint ja noch keine heiße Spur zu sein«, mutmaßte sie. Natürlich glaubte Niah mit dem Buch über Fabelwesen in der Hand nicht, dass ihre Schwester auf einen Anhaltspunkt gestoßen war. Hätte sie allerdings das Buch über Geistererscheinungen in den Händen gehalten, würde sie es bestimmt anders werten.

Kaila beschloss aber zunächst, sie gar nicht erst darauf hinzuweisen, und nuschelte vertieft: »Nein, noch nicht wirklich.«

Niah legte das Buch zurück, ohne sich die anderen anzusehen. »Ich habe mich vorhin vor meinem eigenen Spiegelbild im Badezimmer erschrocken.« Sie schaute ihrer Schwester zu, die währenddessen die Zettel durchging. »Ich gehe auf keinen Fall noch einmal mit dir auf den Speicher.«

»Keine Angst.« Kaila sah nun kurz auf und lächelte nüchtern. »Ich bin ja erst einmal beschäftigt.« Sie deutete auf die noch zwei verbleibenden Kartons.

Niah verdrehte die Augen. »Na, da bin ich aber beruhigt.«

Kaila reichte ihrer Schwester eine Zeichnung. »Schau dir das mal an.«

Niah nahm sie entgegen. »Da hat ein Kind wohl seine Familie gemalt«, stellte sie fest, während sie auf die einzelnen Figuren deutete. »Sieht aus wie Mutter, Vater und zwei Kinder. Lange Haare, also wohl Mädchen.«

»Sehr gut, Sherlock. Könnte von eines der Kinder gemalt worden sein, die damals hier gewohnt haben.«

»Ja, könnte.« Niah legte das Bild weg.

Kaila hob eine weitere Zeichnung an. »Schau mal, Niah.« Sie begutachtete das gemalte Bild etwas ernster.

Niah rückte an ihre Schwester heran. Auf dem Bild war wieder eine Familie zu sehen, gleiche Anzahl von Personen. Das Bild war düsterer gemalt. Im Hintergrund war ein Wald zu erkennen und in welchem Augen hineingemalt wurden.

»Das ist gruselig«, meinte Niah.

Kaila nickte zustimmend, aber kaum merklich. Sie war von der Zeichnung fasziniert und gleichzeitig beunruhigte es sie. Sie hob die nächste Zeichnung eines Kindes vom Stapel Papier. Auf diesem war nur ein Mädchen und eine schwarze Gestalt im Hintergrund zu erkennen.

Was soll das?

Kaila wurde nervös, als sie das gemalte Bild betrachtete. Niah musste es genauso gehen, denn sie suchte den Blick ihrer Schwester.

Was hatte das alles zu bedeuten?

Hat das Kind, das die Bilder gemalt hatte, bizarre Erscheinungen zu Gesicht bekommen? Konnte sie auch das weinende Mädchen gesehen oder gehört haben? Höchstwahrscheinlich hatte sie das gemalt. Oder war es einfach nur Zufall?

»Meinst du, es gibt einen Zusammenhang?«, fragte Kaila schließlich und keiner von ihnen bemerkte die dunkle Gestalt hinter der Scheibe der Wohnzimmertür, die sie die ganze Zeit anstarrte.

1991

Herbst

Malina

Malina kämmte ihrer Lieblings-Barbie gerade die Haare, um ihr anschließend einen schönen Zopf flechten zu können. Sie saß mit Laurin über ihren Barbies und spielte damit. Das machten sie und Laurin meistens nach dem Aufstehen. Als sie die Aufforderung ihrer Mutter zum Frühstücken wahrnahm, erwiderte sie schnell: »Ja Mama, gleich«.

Malina sah zu Laurin, die ihrem Barbiepferd offensichtlich auch gerade die Haare bürsten wollte. »Laurin?«, fragte sie zögerlich. Seit jener Nacht, als sie sich so komisch gefühlt hatte, musste sie immer wieder daran denken. Sie konnte in manchen Nächten nicht mehr richtig gut schlafen, aus Angst, dass es wieder passieren würde. Gerade in der Zeit, wo sie sich weder traute, mit ihrer Mama darüber zu reden, weil sie zu sehr mit sich selbst beschäftigt war, und ihr Vater konnte es nicht mehr, fühlte sie sich einsam und allein gelassen. Als würde sie inmitten eines verlassenen dunklen Feldes stehen und um Hilfe schreien. Niemand würde ihr zur Hilfe kommen. Einzig und alleine ihre Schwester blieb ihr noch.

»Mhh«, kam es leise zurück, aber Laurin bürstete dem Pferd weiterhin die Haare und sah nicht auf.

»Ähm, also...« Malina musste noch nie vorher überlegen, was sie sagen wollte, zumindest hatte sie es bisher nicht getan. Aber jetzt wusste sie nicht recht, wie sie anfangen sollte. »Warum bist du eigentlich letztens aus deinem Zimmer gegangen?«

»Was?« Laurin schaute endlich auf. »Warum?«

Malina ärgerte sich darüber, ihrer Schwester alles aus der Nase ziehen zu müssen. »Du standest doch nachts hier im Flur und hast geweint«, sagte sie etwas forsch zu ihrer Schwester und knallte das Pferd auf den Boden. »Ich hatte Angst deswegen. Warum hast du das gemacht?«, setzte sie nach, als Laurin sie lediglich mit weit aufgerissenen Augen anglotzte.

Dann veränderte sich ihr Blick, sodass Malina ein schlechtes Gewissen bekam, ihre Schwester so angefahren zu haben, aber sie war wieder so wütend.

Laurin zog die Mundwinkel herunter. »Ich hatte Angst aufzustehen«, sagte sie zögernd. »Ich habe gedacht du hättest geweint.«

Liebes Tagebuch!

Mama weint ganz viel in letzter Zeit. Ich bin auch traurig.

Ich wollte ihr eine Geschichte vorlesen, aber ich glaube, sie fand die Geschichte langweilig oder doof. Auf jeden Fall hat sie nichts gesagt. Sie saß nur da.

Wie ein kleiner Trottel.

Vielleicht würde ihr eine Geschichte aber auch gar nicht helfen.

Als Mama mich zu Papa ins Krankenhaus gebracht hatte, sollte ich ihm auch eine Geschichte vorlesen, hatte sie gesagt. Das würde ihn gesund machen.

Also habe ich ihm extra mein Lieblingsbuch mitgebracht und dann habe ich ihm die Geschichte vorgelesen. Mama und Papa haben das bei mir auch immer so gemacht. Das macht einen glücklich und müde und man kann ganz gut schlafen.

Als ich fertig war, habe ich Papa einen Kuss gegeben. Mama hat immer gesagt, dass man dann immer noch besser schlafen kann.

Ich wollte doch, dass Papa gut schläft und gesund wird.

Aber er ist nicht gesund geworden, also hat die Geschichte nicht geholfen. Vielleicht fand er meine Lieblingsgeschichte doof und mochte sie nicht. Er lag im Bett und hat nichts gesagt.

Dann mussten wir nicht mehr ins Krankenhaus. Mama hat gesagt, dass Papa in den Himmel gegangen ist und immer auf uns aufpasst.

Es ist schön, dass er auf uns aufpasst, aber ich vermisse ihn. Er soll lieber hier sein. Dann kann ich auch auf ihn aufpassen.

Papa hatte mich im Krankenhaus etwas gefragt. Ich habe es Mama nicht erzählt. Er hat mich festgehalten. Er wollte noch nicht, dass ich weggehe.

Er hatte gefragt, ob ich sie nicht gesehen habe.

Ich hatte Papa erst nicht verstanden, was er damit meinte.

„Was meinst du, Papa?", hatte ich gefragt.

Er hatte mich losgelassen und geweint.

Ich hatte ihm den Kopf gestreichelt und bin rausgegangen.

Zu Hause ist mir dann eingefallen, was er meinte.

Ob Papa das weinende Mädchen auch gesehen hat? So wie ich...

2016

Heute

Kaila

Zeichnungen von Kindern durchlaufen viele Phasen. Je älter ein Kind wird, umso charakteristischer wird das Gezeichnete. Oft dienen Kinderzeichnungen der Verarbeitung von Gefühlen, Wünschen oder auch Ängsten. Das wusste Kaila nur zu gut selbst. Letzteres schien genau bei den Zeichnungen des Kindes der Fall zu sein, die sie in den Kartons vom Speicher gefunden hatte.

Noch einmal blätterte sie die Zeichnungen durch. »Komisch, dass auf den meisten Bildern der Wald gemalt wurde«, überlegte sie laut.

»Der gemalte Wald alleine macht mir gar keine Sorgen.« Niah bekam eine Gänsehaut. »Eher das, was jemand darin gemalt hat.«

Kaila wusste genau, was ihre Schwester meinte. »Mal sind es Augen im Wald. Mal ein schwarzer Schatten.« Aufgrund der Kinderzeichnungen konnte sie nicht alles genau bestimmen. Aber vor irgendetwas schien das Kind Angst gehabt zu haben. »Schau mal.« Sie zeigte ihrer Schwester ein gemaltes Familienbild. »Hier sind wieder Vater, Mutter und zwei Kinder. Beides Mädchen. Es hat wohl eine von ihnen gezeichnet.« Ihr schoss der Gedanke durch den Kopf »Ich glaube, dass das Mädchen keine Angst vor dem Wald hatte.«

»Wovor denn dann?«

»Vor dem, was sich darin befindet.«

»Und das wäre?«

Kaila schüttelte den Kopf. »Keine Ahnung. Vielleicht hat sie etwas gesehen.« Sie erinnerte sich daran, was sie selbst in der Nacht glaubte, am Waldrand gesehen zu haben.

»Meinst du, es ist klug, dass wir uns die Sachen weiter anschauen?« Niah riss ihre Schwester aus ihren Gedanken. »Ich glaube, wir sollten nicht weiter in der Vergangenheit anderer Menschen wühlen. Bestimmt haben sie das alles aus einem guten Grund hier gelassen.«

Kaila verdrehte die Augen. »Du klingst schon wie Mona. Sie sagte auch, dass die Vorbesitzer oder -eigentümer alles aus einem bestimmten Grund hier gelassen haben.«

»Warum glaubst du wohl hat Herr Junger die Sachen nicht angerührt und da oben stehen gelassen?« Niah deutete auf die Stapel.

»Er hatte nicht genug Zeit«, wiederholte Kaila seine Worte. »Das hatte er doch gesagt.« Sie wusste, dass die Frage ihrer Schwester eigentlich rhetorisch gemeint war. »Was sollte denn sonst bitte der Grund dafür sein, dass jemand die Sachen absichtlich vergessen hat?«

»Was weiß ich denn.« In Niahs Stimme war ein leichtes Zittern zu vernehmen.

Kaila legte den Bilderstapel beiseite und stand auf. »Ich mache mir jetzt ein Butterbrot. Möchtest du auch eins?« Sie wusste, wenn sie die Situation jetzt nicht lockerte, würde eine vermeidbare Diskussion erneut zu einer Eskalation führen.

»Na, alleine bleibe ich jetzt bestimmt nicht hier sitzen.«

Die Schwestern gingen durch das Wohnzimmer, erreichten den Flur und bewegten sich an der Haustür vorbei. Schreiend sprang Kaila plötzlich von der Tür weg. Fast hätte sie Niah dabei umgerissen, die ebenfalls aufschrie. Zwei Augen starrten durch die große Fensterscheibe zu ihnen hinein und entfernten sich schnell wieder von der Scheibe, ehe die Dunkelheit sie verschluckte. Es dauerte eine Weile, bis Kaila sich gefasst hatte und auf die Haustür zuhetzte.

»Nein!«, schrie Niah ihr zu. »Nicht!«

Kaila riss bereits die Haustür auf. »Was wollen Sie von uns?«, brüllte sie in die Dunkelheit hinaus.

Niah war wie erstarrt und rührte sich nicht vom Fleck.

Die Gestalt draußen auf der Terrasse drehte sich langsam um. »Was machen Sie hier?«, raunte Herr Selter. Er hatte die Augen weit aufgerissen und schaute ziemlich verwirrt.

»Die Frage ist vielmehr, was Sie hier machen!«

Er hielt irgendetwas Weißes in der Hand und wedelte damit herum. Er machte einen Schritt nach vorn. »Lesen Sie das hier, bitte.« Gefasster als vorher trat er näher. »Bitte, Sie sollten sich das ansehen.«

Mit offenem Mund starrte Kaila ihn an. Ein plötzlicher, schriller Schrei ließ sie zusammenzucken. Sie drehte sich schnell zu ihrer Schwester um.

Der alte Mann nutzte ihre Unaufmerksamkeit, um nach vorne zu schnellen.

Kaila machte einen Satz nach hinten, als Niah sie am Arm zog.

»Nein, warten Sie«, versuchte es der alte Mann noch, aber Kaila schlug genau in diesem Moment die Haustür zu.

***

»Was bitte war das denn?« Kaila stand mit Niah im Wohnzimmer. Sie atmete hörbar und schwer, schritt zum Fenster, das zum Vorgarten zeigte, und ließ das Rollo herunter. Was wollte dieser Mann nur von ihr? Sie fasste sich in die Haare und brachte ihre Ratlosigkeit mit einem Laut zum Ausdruck. Konnte er sie nicht einfach in Ruhe lassen?

Niah ließ sich erschöpft auf die Couch fallen.

Kaila konnte erkennen, dass sie den Tränen nahe war.

Unruhig lief sie durch das Wohnzimmer. Sie war zu aufgewühlt, um sich zu setzen.

Was hatte der Mann in der Hand, was sie lesen sollte? Ihre Gedanken kreisten umher und wollten die Puzzleteile nicht zusammensetzen. Es ergab alles einfach keinen Sinn.

Endlich setzte sich Kaila und warf einen Blick zu ihrer Schwester, die still vor sich hinschaute. »Konntest du erkennen, was der alte Mann in der Hand hatte?«

»Bitte nicht.« Niahs Stimme war sehr leise. »Lass es.«

»Ich möchte so gerne wissen, was er mir zeigen wollte.« Kaila legte die Stirn in Falten. »Vielleicht wollte er uns warnen.«

Niah richtete sich leicht auf und sah ihre Schwester eindringlich an. »So wie der alte Mann wirkte, möchtest du mit Sicherheit lieber nicht wissen, was er von dir wollte.«

»Ich weiß, dass du es nur gut meinst, aber interessiert es dich denn gar nicht?«

Niah durchbohrte ihre Schwester, als Antwort auf ihre Frage, mit ihrem Blick. »*Nein, lass es!*«, wollte sie ihr damit zum Ausdruck bringen.

Kaila stand auf. »Na gut!« Sie verstand nicht, wieso ihre Schwester nicht neugierig war. Sie wollte den Dingen am liebsten gleich auf den Grund gehen und Antworten auf ihre Fragen bekommen. Wenn man es so betrachtete, waren Menschen, die lieber weniger wissen möchten, wie Niah, letztendlich wahrscheinlich glücklicher mit allem. Sie regen sich zumindest eindeutig weniger auf. »Was machen wir jetzt?«

Niah rutschte ein Stück tiefer in das Polster der Couch. »Ich schaue Fern«, erwiderte sie gleichgültig und schaltete den Fernseher ein.

»Aha.« Kaila deutete auf den Fernseher, auf dem irgendeine Serie mit Drachen aufflimmerte. »Du willst mir also erzählen, dass du das jetzt guckst?«, fragte sie stichelnd.

Niah schaute ihre Schwester von der Seite an und verschränkte die Arme. »Mir egal, aber ich gehe jetzt nicht an der Haustür vorbei.«

»Wahrscheinlich ist er längst weg«, versuchte Kaila sie zu beruhigen.

»Mir egal, und wenn ich heute hier unten im Wohnzimmer schlafe.«

Kaila seufzte. »Na gut.« Sie nahm die Fernbedienung vom Tisch und schaltete die blonde Frau und ihre Drachen weg. Sie zappte durch. Es war das erste Mal, dass sie sich selbst aussuchen konnte, was sie schauen wollte. Sie blieb bei einer Tierdokumentation stehen. »Dann schlafen wir wohl beide heute hier unten.« Kaila lächelte Niah an.

Niah lehnte sich grinsend zurück.

»Aber«, setzte Kaila an, »wenn wir schon hier unten bleiben, dann kann ich mir wenigstens die Langeweile vertreiben und mir den Rest der Sachen anschauen.« Sie deutete auf die zwei Kartons, die noch neben der Couch standen.

»Mach das«, sagte Niah desinteressiert. Sie widmete sich weiterhin den Tieren im Fernsehen und schaute auch nicht auf, »aber ich werde hier nur sitzen und fernsehen.«

Kaila war es recht, dass Niah ihr dabei nicht helfen wollte. Sie setzte sich auf das Sofa, nahm sich den zweitgrößten Karton und öffnete den Deckel. In diesem Karton lag eine kleine Schmuckschachtel. Sie öffnete sie. In der Schachtel befand sich ein Schlüsselanhänger mit einem Eulenmotiv. Eine blaue Eule. Sie hob den Schlüsselanhänger an und betrachtete ihn eine Zeit lang abwesend. Sie dachte an die Eulen aus dem Wald, die manchmal zu hören waren. Aus irgendeinem Grund fühlte sie sich mit einem Mal leer, fasste sich aber wieder und steckte den Anhänger wieder zurück.

Sie fischte noch einen Kastanien-Teddybär aus dem Karton. So ein Gebilde, das man in der Grundschule im Herbst mit der Klasse bastelt. Die Kinder sammeln den halben Tag Kastanien, um es dann anschließend der Mutter zu schenken.

In dem Karton lagen noch ein paar Stifte, Puppen und weitere uninteressante Kindersachen. Unbefriedigt nahm Kaila sich den letzten verbliebenen Schuhkarton. Sie nahm den Deckel ab und sah hinein. Ein Tamagotchi lag ganz oben auf. Es hatte eine Ei-Form und war orange. Sie hob es hoch und zeigte es ihrer Schwester. »Schau mal, was da drin war.« Sie wedelte damit vor sich her.

Niah schaute auf. Ihre Miene erhellte sich. »Oh wie schön.« Sie war ziemlich amüsiert über den Fund. »Das ist bestimmt ein Huhn oder ein Dinosaurier oder so etwas. Funktioniert es noch?«

Kaila probierte es aus, aber es rührte sich nichts. Das Display blieb aus. »Nein. Die Batterien sind bestimmt leer.«

»Schade«, sagte Niah enttäuscht, beobachtete ihre Schwester neugierig dabei, was sie noch aus dem Schuhkarton fischte.

Kaila kramte weiter. Sie holte noch ein paar Spiele für einen *Gameboy* aus der Kiste, doch das Gerät selber fand sie darin nicht. Ein paar Figuren aus einem *Überraschungsei* hob sie auch aus dem kleinen Karton. Es waren Nilpferde. Sie konnte sich daran erinnern, dass die Serie *Happy Hippos* sehr begehrt war bei Kindern. Auch bei ihr und ihrer Schwester. Sie konnte sich an den Namen einer Figur besonders gut erinnern: *Susi Sonnenschein*. Kaila schmunzelte über den lustigen Namen, der ihr in Erinnerung geblieben war, und legte die Figuren in den Deckel des Schuhkartons und stellte ihn auf die Seite. Sie hob einen zerfledderten Zettel aus dem Schuhkarton. »Hier ist ein Aufnahmebogen oder so etwas«, stellte sie fest und zeigte ihn ihrer Schwester.

»Von wem ist der denn?«, wollte Niah wissen und richtete sich auf.

»Keine Ahnung, das steht da nicht.« Kaila drehte das Blatt um, aber sie fand keinen Namen.

»Lies mal vor«, bat Niah.

Aufnahmebogen

Die nachstehenden Beobachtungen ergaben immer wieder auftretende - und in bestimmten Bereichen in einem hohen Maße - psychische Verhaltensstörungen, die entsprechende personelle sofortige Unterstützung dringend erforderlich machen.

Die Auswertung der Beobachtungen zu kognitiven und kommunikativen Fähigkeiten ergaben Folgendes:

Erkennen von Personen aus dem näheren Umfeld und die örtliche Orientierung sind nicht beeinträchtigt. Die zeitliche Orientierung ist ebenfalls weitestgehend normal. Das Verstehen von Sachverhalten und Informationen ist größtenteils vorhanden und nicht erschwert. Aufforderungen werden normal verstanden und es wird sich an Gesprächen beteiligt. Hör-, Sprech-, oder Sprachstörungen liegen nicht vor.

Das Erinnern an wesentliche Ereignisse oder Beobachtungen ist teilweise stark eingeschränkt und muss behandelt werden.

Die Auswertung der Beobachtungen zu Verhaltensweisen und psychischen Problemlagen ergaben Folgendes:

Motorisch geprägte Verhaltensauffälligkeiten ergaben sich nie oder sehr selten. Selbstschädigendes und / oder autoaggressives Verhalten ist nicht vorhanden, sollte aber weiterhin beobachtet werden. Ebenso psychisch aggressives Verhalten gegenüber anderer Personen ist nicht vorhanden, sollte aber ebenfalls beobachtet werden. Psychische Erkrankungen dieser Art weisen häufig eine Veränderung dahingehend auf.

Wahnvorstellungen und Ängste sind ständig in hohem Maße vorhanden. Hier sollte eine Behandlung sofort intensiv erfolgen.

Nächtliche Unruhe tritt immer wieder einmal auf und sollte ebenfalls beobachtet werden.

Antriebslosigkeit bei depressiver Stimmungslage liegt

Der Rest war unleserlich...

1991

Herbst

Ella

Ella sah auf die Uhr. Es war schon nach elf.

So spät?

Sie seufzte. Ihre Kopfschmerzen wollten wie immer nicht weichen. Sie dachte an einen Kaffee. Wenigstens das hatte sie noch im Kopf, wenn sie schon die Zeit vergaß. Und es schien jeden Tag schlimmer zu werden. Die Tage schienen einfach ins Land zu ziehen. Einfach an ihr vorbei, als würde man vor ihren Augen einen Film vorspulen und nur die Lichter und Streifen sehen, die ohne, dass man etwas mitbekam, an einem vorbeizogen.

Malina war heute Morgen ungewöhnlich ruhig. Normalerweise war sie sonst schon als Erste zu hören. Manchmal hörte man aber auch den Fernseher unten im Wohnzimmer, den sie sich morgens ab und zu anmachte.

Ella schleppte sich erst einmal in das Badezimmer. Sie sah tatsächlich so schlecht aus, wie sie sich fühlte. Dicke Augenränder und blasse Hautfarbe. Sie sah einfach kränklich aus. Vor einer Irrenanstalt hätte man sie sofort eingesammelt, weil man befürchten würde, sie sei aus ihrem Zimmer geflüchtet. Von ihrem einst strahlenden Lächeln war nicht mehr der kleinste Funke zu sehen. Sie konnte sich noch nicht einmal daran erinnern, wann sie das letzte Mal einen Grund zur Freude gehabt hatte.

Eine Kopfschmerztablette war jetzt genau das Richtige, was Ella brauchte, oder auch zwei. Sie erledigte ihren morgendlichen Toilettengang und wusch zumindest ihr Gesicht, wonach sie sich aber immer noch nicht besser fühlte.

Schwer schlurfte sie durch den Flur. Unwohl und mit weichen Knien lauschte sie an der Tür zu Malinas Kinderzimmer. Sie hörte ihre Stimme. Ihre Tochter diskutierte über eine Frisur, sodass Ella annahm, sie spielte mit ihren Barbies, wie fast jeden Tag. Sie wandte sich ab. Als würde ihr Körper nur von zwei morschen Streichhölzern gehalten werden, stieg sie die Treppe ins Erdgeschoss hinunter und bereitete in der Küche das Frühstück vor. Sie stellte Cornflakes und Milch auf den Tisch und machte sich den ersehnten Kaffee. Stark, auch wenn dies wohl nicht den gewünschten Aufputscheffekt geben würde. Genau an Tagen wie diesen schien nichts mehr zu helfen, damit sie sich besser fühlte.

Sie nahm einen Schluck Kaffee, doch im Moment schmeckte sie nichts mehr. Mit hängendem Kopf setzte sie sich an den Küchentisch und trank noch einen Schluck. Ihr Blick fing erneut den Brief auf dem Küchentisch ein, den sie immer noch nicht geöffnet hatte. Sie hatte ihn einfach unachtsam auf den bereits angehäuften Stapel anderer Briefe und Karten geworfen. Seither war sie nicht einmal mehr an dem Briefkasten gewesen, um ihn zu leeren. Noch ein paar weitere Tage und er würde überquellen.

Ella erhob sich und stellte die fehlende Schüssel und einen Löffel auf den Küchentisch. »Frühstück«, rief Ella die Treppe hinauf und setzte sich wieder an den Tisch. Der pastellfarbene Briefumschlag hob sich aufdringlich von dem restlichen Stapel weißer Briefumschläge ab und stach ihr erneut in die Augen. Sie seufzte schwer und

nahm ihn mit zittrigen Fingern in die Hand, um ihn
endlich zu lesen.

Liebe Ella!

*Ich hoffe, es geht euch gut· Aber was schreibe ich
da? Natürlich geht es euch nicht gut·*
*Ich mache mir wirklich Sorgen, weil keiner ans
Telefon geht· Was ist los bei euch?*
*Ich möchte mir nicht einmal vorstellen, was ihr
durchmacht· Ich verstehe auch, dass du mich letztens
weggeschickt hast, du wolltest lieber deine Ruhe haben·*
*Langsam mache ich mir aber wirklich Sorgen um
euch·*
*Aber als deine Schwägerin fühle ich mich auch
verpflichtet, nach euch zu sehen und dir meine Hilfe
anzubieten· Also: Wenn du Hilfe brauchst, dann melde
dich bitte! Ich bin jederzeit telefonisch zu erreichen·*

Liebe Grüße
Claudia

2016

Heute

Kaila

»Von wem dieser Aufnahmebogen wohl ist«, überlegte Kaila. »Und für was genau, würde mich auch interessieren. Aber eines ist klar, da hatte jemand ganz schöne Probleme.«

»Steht da wirklich kein Name oder etwas anderes drauf?«, fragte Niah und zog die Brauen zusammen.

Kaila hob den zerfledderten Zettel vor ihre Augen und drehte ihn noch einmal hin und her. »Nein.« Er sah aus, als hätte man ihn oft gelesen und immer wieder zusammen- und auseinandergefaltet. Es war kein Datum und kein Name zu sehen. Die unteren Zeilen waren komplett unleserlich und es war nicht auszumachen, was noch darauf gestanden haben könnte. »In welchen Bereichen wird ein derartiger Aufnahmebogen wohl verwendet?«

Niah zuckte mit den Schultern. »Vermutlich für sämtliche medizinische Bereiche.«

Kaila sah noch einmal auf das Papier. »Da hast du Recht. Man könnte bestimmt niemals herausbekommen, woher genau er stammt.« Kaila legte die schmuddelige Seite weg. »Es ist auch kein Logo zu sehen, nichts dergleichen.« Sie wandte sich wieder dem Schuhkarton zu. Ganz unten lag ein Buch. Es lag auf dem Cover, man konnte nur die Rückseite sehen. Es war bunt, mit Sticker beklebt und rosa. Es sah mitgenommen aus, aber Kaila war sich sicher, dass dieses Buch auf jeden Fall einem Mädchen gehörte. Es schien, als hätte jemand das alte Stück öfter in den Händen gehabt. Das Buch hatte definitiv nicht einfach nur in einem Bücherregal gestanden und war dort verstaubt. Es wurde regelmäßig benutzt oder gelesen.

In dem langweiligen Standard-Schuhkarton wirkte das bunte Buch fehl am Platz. Sie hob es an und drehte es um. „Top Secret" stand vorne mit einem roten Glitzerstift geschrieben. Darunter stand „Malina's Tagebuch". »Ein Tagebuch«, äußerte Kaila plötzlich sehr aufgeregt.

»Von wem?«, wollte Niah sofort wissen und rückte an Kaila heran. »Wer hat es geschrieben?« Entweder war sie neugierig oder besorgniserregend.

Kaila konnte es nicht deuten. Sie schüttelte den Kopf und schaute das Buch ringsherum an. »Keine Ahnung.« Ihr Herz machte einen Satz. »Da steht nur *Malina's Tagebuch* drauf.«

***

»Sollen wir es wirklich lesen?«, bedachte Niah vorsichtig. »So ein Tagebuch ist ja eigentlich geheim. Es ist etwas Privates.«

»Wer immer es hiergelassen hat, wollte es wohl auch nicht mehr haben«, bekräftigte Kaila ihren Vorwand. Sicherlich war ein Tagebuch immer etwas, das nur für denjenigen bestimmt war. Es wird aus vielerlei Gründen geschrieben. Nicht immer stecken ausschließlich private Geheimnisse dahinter.

»Oder die Person konnte es nicht mehr mitnehmen«, gab Niah zu überlegen. »Ich finde es nicht so gut, wenn wir in der Vergangenheit von jemandem herumstöbern.«

»Wir kennen diese Person doch nicht und wahrscheinlich werden wir sie auch niemals kennen lernen.« Kaila versuchte, das schlechte Gewissen ihrer Schwester zu besänftigen.

Niah warf ihr einen strengen Blick zu. »Jemand hat seine Vergangenheit hiergelassen«, versuchte sie es noch einmal. »Das wird bestimmt einen Grund gehabt haben. Jemand wollte sich vielleicht nicht mehr daran erinnern.«

Kaila schlug es auf. »Oder, es wurde wirklich einfach hier vergessen.« Sie grinste ihre Schwester schelmisch an, deren Zweifel sie nicht verstand. Tagebucheinträge einer anderen Person zu lesen ist so viel spannender, als ein normales Buch vor Augen zu haben. Nicht immer ist das Geschriebene auch für jeden verständlich, aber vielleicht macht es auch gerade das so verlockend. Reizvolle, in Tagebücher geschriebene Geheimnisse oder Gedanken eines Menschen sind getränkt von Ehrlichkeit, Sehnsüchte und Ängste. Aufrichtige Worte, die man sonst vielleicht nicht sagen würde. Dinge, die man sonst niemandem erzählen möchte oder es nicht kann. Nicht umsonst haben Tagebücher eine so große Gewichtung für manche Menschen. Vielleicht, weil sie keinen zum Reden haben, oder aber, um die Dinge einfach ausschließlich still zu verarbeiten. Früher haben Tagebücher noch etwas ganz Besonderes gehabt. Sie wurden behütet, wie ein Geheimnis eben. Heute dagegen, in der Zeit des Internets, schreiben viele sogar ihre „Tagebücher" auf Online-Plattformen, damit sie von anderen Leuten gelesen und kommentiert werden können. Die psychologische Maßnahme hinter einem Tagebuch wird ziemlich verfälscht, da man mit großer Wahrscheinlichkeit in einem eigenen, geheimen Tagebuch anders schreiben würde, als auf einer öffentlichen Plattform, wo es jeder lesen kann. Aus diesem Grund fühlte sich dieses kleine rosa Buch in Kailas Händen extrem wertvoll an. Ein Tagebuch in den Händen zu halten, hat etwas so rätselhaftes und mysteriöses an sich. »Derjenige hat wahrscheinlich mit dem Buch und der Vergangenheit abgeschlossen und benötigte es gar nicht mehr.«

»Das denke ich nicht«, nuschelte Niah.

Kaila beachtete ihren Kommentar nicht und begutachtete die erste Seite. Niedliche Sticker von Pferden und Katzen schmückten sie und ihre Neugier wuchs. Sie blätterte zur nächsten Seite. »Die Tagebucheinträge beginnen ab hier«, deutete sie an und las laut vor.

Nach den ersten Tagebucheinträgen des Mädchens konnte auch Niah ihre Neugier nicht mehr verbergen. Doch dann kamen sie an eine Stelle, bei der die Schwestern entsetzte Blicke austauschten. Noch einmal las Kaila vor und wiederholte. »Papa hat mich im Krankenhaus etwas gefragt. Ich habe es Mama nicht erzählt. Papa hat gefragt, ob ich sie nicht gesehen habe. Ob Papa das weinende Mädchen auch gesehen hat?«

***

Die Schwestern konnten nicht glauben, was sie gerade gelesen hatten. Kaila hätte es nicht für möglich gehalten, tatsächlich in diesem kleinen Schuhkarton auf einen Hinweis zu stoßen und jetzt hielt sie diesen Beweis in ihren Händen. »Das bedeutet, dass auf jeden Fall einer der Familie schon einmal jemanden weinen gehört hat«, stellte sie entsetzt fest. »Das erste Mal hat sie das Weinen erwähnt, als sie ihren Vater im Krankenhaus besucht hat.« Sie überflog die Zeilen noch einmal für sich. »Scheinbar hat auch der Vater des Mädchens, dem das Tagebuch gehört, etwas gesehen oder gehört. Sonst hätte er sie nicht gefragt, oder?« Ihr wurde mit einem Mal richtig heiß und sie bekam schwitzige Hände. Es dauerte nicht lange, bis die Hitze in einen kalten Schauer überging.

»Genau das Gleiche dachte ich auch«, gab Niah zu. »Und wie geht das Tagebuch weiter?«

1991

Herbst

Liebes Tagebuch!

Ich bin traurig. Ich habe oft geweint.

Mama weint auch die ganze Zeit über. Laurin ist auch sehr traurig.

Mama sagt, sie hat keinen Hunger, ich schon. Ich habe doll Hunger und mein Magen knurrt manchmal. Heute knurrt er.

Ich habe letzte Nacht das weinende Mädchen gehört. Sie stand an der Tür vor meinem Kinderzimmer.

Laurin sagte, dass sie das nicht gewesen war. Ich habe sie gefragt, ob sie es war.

Sie hat gedacht, ich hätte geweint.

Wir haben Angst.

Ich werde es Mama erzählen.

Ella

Ella träumte, mit der Kaffeetasse in der Hand, vor sich hin. Immer noch fühlte sie sich kraftlos und ausgezehrt. Die Kopfschmerztabletten hatten zumindest angefangen, zu wirken, und der Kaffee erledigte den Rest des morgendlichen Schmerzes. Sie schaute auf die Frühstücksschüssel, die vor ihr auf dem Küchentisch stand und die dahinterstehenden Cornflakes- und Milchpackungen. Ihre Augen wurden feucht, aber sie weinte nicht. Sie konnte nicht mehr weinen. Irgendwann floss einfach keine Träne mehr die Wange hinunter, was nicht bedeutete, dass man nicht weinte. Nur eben nicht mehr mit Tränen. Die Gegenstände vor Ella verschwammen lediglich zu einem bunten Gemisch. Die Schriften waren verlaufen und für sie unleserlich.

Ella war in dem tränenreichen Meer aus Farben vertieft, das sie ins ewige Nichts zog.

»Mama?«

Ella erschrak und beinahe fiel ihr die Kaffeetasse aus der Hand. Sie hatte nicht mitbekommen, dass Malina vor ihr stand. Ihr Blick klarte wieder auf und der feuchte Film auf ihren Augen verzog sich, als sie blinzelte.

»Wir müssen dir was erzählen«, fügte Malina hinzu.

Sprachlos starrte Ella ihre Tochter mit offenem Mund an. Sie wusste nicht, ob sie träumte oder wirklich wach war und in ihrer Küche saß.

»Mama, nachts bin ich wach geworden und dann hab ich jemanden weinen gehört. Ich dachte, das wäre Laurin.« Malina überlegte, biss sich auf die Unterlippe und sah ihre Mutter eindringlich und flehend an. Als Ella ihre Tochter immer noch sprachlos anstarrte, fuhr Malina fort. »Laurin sagte mir gerade, dass sie dachte, ich hätte geweint.« Eine kurze Pause von Malina.

Ella konnte es nicht fassen, sie war wie versteinert.

Das ist nicht real. Ich glaube, ich träume wirklich.

»Mama, an der Tür bei mir stand jemand, es war ein...«

»Oh Gott«, entfuhr es Ella plötzlich und sie schlug die Hände vors Gesicht. Sie konnte es nicht fassen. Sie wollte das alles nicht hören. Sie konnte es nicht hören.

»Mama, es war ein kleines Mädchen.«

Ella durchfuhr ein Schrecken. Ihr Herz drohte auszusetzen. Es fühlte sich an, als hätte es aufgehört, zu schlagen, und wäre einfach zersprungen. »Kleines Mädchen«, wiederholte Ella und fing an zu weinen. Dieses Mal liefen ihr doch Tränen über die Wange. Es kam ihr vor, als würde sie in ein schwarzes Loch gesogen werden, welches jedes bisschen noch verbleibende Licht mit verschlang und nie wieder hergeben würde. »Kleines Mädchen«, wiederholte sie immer wieder. Sie ließ sich in dieses schwarze Loch ziehen. Sie hatte das Gefühl, in das unendliche Nichts zu fallen.

Immer und immer weiter.

Kleines Mädchen.

Weinendes Mädchen.

2016

Heute

Kaila

Kaila las die letzten Zeilen des Tagebuchs laut vor. Sprachlos sahen sie und Niah sich an. Keiner der beiden rührte sich. Mittlerweile war es richtig spät und sehr dunkel draußen geworden. Sie hatten die Zeit vollkommen vergessen. Das Wohnzimmer füllte sich mit einer beklemmenden Stimmung. Die Luft darin umhüllte sie mit einer spürbar einnehmenden Enge.

»Gibt es noch irgendwelche Tagebucheinträge?«, fragte Niah in die Stille hinein.

Blätternd suchte Kaila nach weiteren Einträgen. »Nein.« Sie blätterte vor und zurück. »Es gibt keine Einträge mehr.« Sämtliche darauffolgende Seiten waren leer. Das Tagebuch endete damit, dass das Mädchen des Tagebuchs irgendjemanden weinend vor der Kinderzimmertüre gesehen hatte und ihre Schwester darauf ansprach. Die Schwester schien aber versichert zu haben, es nicht gewesen zu sein. Wer war es dann? Was war damals passiert? Was war anschließend geschehen, nachdem das Mädchen ihrer Mutter von dem weinenden Mädchen erzählt hatte?

Es gab keinen Zweifel mehr daran, dass dieses Mädchen das Gleiche gesehen hatte, wie Kaila. Doch warum endeten die Tagebucheinträge an dieser Stelle?

Was geschah danach?

Kailas Gedanken kreisten umher und waren nicht in Worte zu fassen.

Niah stand auf und ging grübelnd durch das Wohnzimmer.

Kaila versuchte, den Sinn hinter den neu gewonnenen Erkenntnissen zu verstehen und es mit den aktuellen Ereignissen in Verbindung zu bringen. Sie war sich ziemlich sicher, dass es eine Verbindung zu oder mit diesem Haus geben musste. Aber welche? Sie hatte zwar die ganze Zeit über gehofft, in den Kartons Antworten zu finden. Wenn auch nicht wirklich erwartet. Mit einem Tagebucheintrag eines Kindes hatte sie definitiv nicht gerechnet. Das machte die Sache nicht gerade leichter, denn Erwachsene hätten mit großer Wahrscheinlichkeit ihr Tagebuch ein bisschen ausführlicher gestaltet als ein Kind. Das Tagebuch eines Anderen bot viel Platz für Interpretationen, wenn man es las. Oft beinhaltete es nur verwirrte Gedanken, um sie zu verarbeiten. Nichts, was ein Anderer verstehen könnte. Manche benutzen lieber Metaphern, um etwas auszudrücken. Aber das Tagebuch eines Kindes, das in den Zeilen viel meint, aber sich aufgrund des Alters noch nicht gezielt ausdrücken kann, bot hier sehr viel Auslegungsspielraum.

Ein plötzliches Geräusch ließ Kailas Kopf hochschnellen. Niah zuckte zusammen.

»Was war das?«

»Es klang, als hätte jemand an die Tür geklopft.«

Ihre Augen wanderten unruhig umher. Keiner von ihnen machte Anstalten, sich vom Fleck zu rühren.

Angestrengt lauschte Kaila. Ihr Gehör vermochte es nicht auszumachen, aus welcher Richtung das Geräusch gekommen war. Sie hielt den Atem an, um nicht selbst einen Laut zu verursachen.

Klopf. Klopf.

Die Schwestern hatten sich nicht geirrt, wenn sie es auch gehofft hatten.

Klopf. Klopf.

Ängstlich verließ Niah ihren Platz am Fenster und huschte zu ihrer Schwester hinüber.

Es kam von der Wohnzimmertüre.

Irgendetwas war im Haus.

***

»Was war das?«, fragte Niah zittrig und sah Kaila hilfesuchend an.

Kaila erhob sich langsam von der Couch. »Ich glaube, wir haben Besuch bekommen«, antwortete sie und deutete dabei auf die Wohnzimmertür.

Niah zog ihre Schwester am Arm. »Was machst du?«

»Ich schaue nach, was oder wer das ist.« Kaila versuchte, sich aus Niahs Griff zu lösen, aber sie hielt sie weiterhin fest. »Ich möchte herausfinden, woher das genau kommt.«

»Ich glaube das ist keine gute Idee«, wimmerte Niah mit Nachdruck.

Sanft löste sich Kaila von ihrer Schwester und richtete sich auf. Sie schaute zur Wohnzimmertür. Als ein leises Weinen folgte, fragte sie sich selbst, ob es eine gute Idee war, nachzusehen. Sie erinnerte sich an das Buch, das sie vorhin in der Hand hatte: „*Geistererscheinungen und ihre Vorzeichen*". Wie viele von den Leuten, die erzählten, sie hätten eine Erscheinung gesehen, haben dies tatsächlich erlebt? Und bei wie vielen konnte überhaupt kein Beweis dafür gefunden werden, dass diese Geschichten stimmten? Das bedeutete aber noch lange nicht, dass sich die Leute diese Geister nur eingebildet hatten.

Niah rutschte auf der Couch hin und her, während sich Kaila vorsichtig auf die Wohnzimmertür zubewegte. Nervös trieb sie lediglich die Vorstellung an, keine Ruhe zu finden, wenn sie nicht nachsah.

Die Wohnzimmertüre war nur noch wenige Zentimeter von ihr entfernt. Mit zittrigen Fingern griff sie nach der Klinke und umschloss sie. Dann riss sie die Tür auf.

Kaila schreckte zurück. Auch Niah war schreckhaft aufgesprungen.

Vor sich erkannte sie eine dunkle Gestalt im Flur, die gebeugt die Hände vor das Gesicht hielt. Es war die Gestalt eines Mädchens, das immer noch leise weinte. Langsam hob die Gestalt den Kopf und drehte sich zu Kaila um. Ihre Bewegung hatte etwas völlig Unnatürliches an sich, als sei es nicht von dieser Welt.

Kailas Muskeln spannten sich an. Automatisch war ihr Körper in Fluchtbereitschaft. Vorsichtig entfernte sie sich Schritt für Schritt rückwärts von dem Mädchen, während sie es beobachtete. Es war naiv gewesen, zu hoffen, dass sie gar nichts hinter der Tür finden würde.

Die Gestalt hörte auf zu weinen. Sie hob den Kopf. Das Gesicht war nicht zu erkennen. Die Augen der Gestalt waren verzerrte schwarze Flecken und doch glaubte Kaila, von ihrem Blick durchbohrt zu werden.

»Was zum Teufel«, setzte Kaila verwundert an.

»Oh mein Gott!«, stieß Niah angsterfüllt hervor und wich weiter zurück.

Das Mädchen schien auf einmal zu lächeln. Ein unnatürliches Grinsen breitete sich auf dem Gesicht ohne Nase aus. Der Anblick ließ das Blut in ihren Adern gefrieren.

Das Geistermädchen wandte sich ab. Ihre Stimme schallte durch das Wohnzimmer. »Such mich!«

Die Wohnzimmertür knallte urplötzlich zu und sie verschwand.

***

»Siehst du«, begann Kaila und deutete zur Wohnzimmertür. Sie drehte sich zu Niah um, die aufgelöst und kopfschüttelnd neben der Couch stand und keinerlei Anstalten machte, sich bewegen zu wollen. »Du hast es jetzt auch gesehen, also bin ich schon mal nicht verrückt.« Mit entschlossener Miene sah sie ihrer Schwester tief in die Augen. »Wir müssen ihr nach.«

»Du bist wohl übergeschnappt!«, entgegnete Niah sofort und wehrte die Idee ihrer Schwester mit den Händen ab. »Wir werden dem Ding ganz sicher nicht folgen.« Sie verschränkte die Arme. »Ich mache da bestimmt nicht mit. Ich werde gewiss keinem Geist hinterherjagen.« Sie rieb sich die Arme.

Kaila entging nicht, dass ihre Schwester sich bei der ganzen Sache unwohl fühlte. Und obwohl es ihr leidtat, dass Niah sich nun noch mehr fürchtete, war sie dennoch froh, dass sie die Geistererscheinung auch gesehen hatte. Sie wusste demnach endlich mit Gewissheit, dass es keine Einbildung gewesen war. Es war real. Irgendetwas in ihr schrie, die Sache abzubrechen und zu verschwinden. Es war ein unbeschreibliches Gefühl, das tief in ihr festsaß. Doch ihre Neugier gewann und war zu groß. Sie musste diesem Impuls nachgeben. Es war wie ein innerer Zwang, der stärker war, als der Wunsch, abzuhauen. Es war, als müsse sie eine Antwort auf eine Frage erhalten, die sie schon ewig mit sich herumschleppte.

Kaila sah ihrer Schwester in die Augen. »Willst du denn nicht wissen, was dieses Mädchen uns sagen möchte?«

»Nein, das möchte ich nicht«, antwortete Niah mit Nachdruck und schüttelte dabei den Kopf. »Ich verstehe nicht, wieso man einen Geist verfolgen will.«

»Okay, dann bleib du hier«, überlegte Kaila. »Ich gehe alleine und du wartest so lange hier.«

»Bist du verrückt?«, stieß Niah entsetzt aus. »Ich bleibe ganz bestimmt nicht alleine hier.«

Insgeheim war es Kaila natürlich klar, dass Niah nicht alleine im Wohnzimmer bleiben würde. Ihre kleinen Gewissensbisse waren schnell beiseitegeschoben, denn schließlich lag die Suche nach einem Geist vor ihr. Sie glaubte nicht, dass eine wirkliche Gefahr von ihm ausging. Bisher hatte er niemandem geschadet, sondern nur erschreckt. Man kann nie wissen.

»Aber sobald es gefährlich wird, hauen wir ab«, meinte Niah ernst.

Kaila nickte zustimmend, ohne zu wissen, was Niahs Definition von gefährlich war. Langsam bewegte sie sich auf die Wohnzimmertür zu. Niah folgte ihr widerwillig.

Nachdem Kaila die Tür öffnete, begann der Geist leise zu weinen. Ihre Nackenhaare stellten sich auf. Niah versteifte sich, trat an ihre Schwester heran und umfasste ihren Arm.

»Such mich.«

Der Flur war dunkel. Die Solarlichter im Vorgarten schafften es nicht, ihn zu erleuchten. Kaila drückte den Lichtschalter und war erleichtert, als sich der Flur erhellte.

Es war niemand zu sehen.

»Es kommt von oben.«

Die Schwestern schlichen den Flur entlang, von dem aus die Treppe zum ersten Obergeschoss zu erreichen war. Die Treppe lag ebenfalls im Dunkeln. Das Licht des Flurs strahlte lediglich ein paar Stufen an.

Das große Fenster am Ende des Flurs neben der Haustür spiegelte die Schwestern in der Glasscheibe wieder. Plötzlich tauchte hinter den Schwestern eine Gestalt auf und zeichnete sich in der Fensterscheibe hinter ihnen ab. Niah schrie sofort auf, als sie es bemerkte. Kaila fuhr zusammen und wedelte herum.

Die Gestalt war weg.

Schleunigst sahen sich die Schwestern um, hielten einander fest. Dann entdeckten sie das Mädchen mit den verzerrten Augen auf den letzten Stufen, oben auf der Treppe, das nur da stand und mit gesenktem Kopf auf sie hinabsah.

Im nächsten Augenblick war die Gestalt komplett verschwunden.

***

»Ich halte das nicht mehr aus«, stieß Niah aus und schlug die Hände vor ihr Gesicht.

Obwohl sich Kaila auch erschrocken hatte, war sie immer noch fest entschlossen, der Sache nachzugehen. »Ich werde dafür sorgen, dass wir in Ruhe gelassen werden und uns hier wohl fühlen können«, versicherte sie und betätigte den Lichtschalter, um den Treppenaufgang zu erleuchten. Sie stieg die ersten Stufen hinauf.

»Warte!«, rief Niah.

Kaila fuhr über den plötzlichen Ausruf zusammen. »Was ist denn?« Sie drehte sich zu ihrer Schwester um.

»Wir sollten nicht weitergehen«, erklärte Niah.

»Echt jetzt?« Kaila hatte keine Lust auf eine weitere Diskussion mit ihrer Schwester und war fest entschlossen, ihre Forschungen weiter zu betreiben. Sie selbst würde in diesem Haus kein Auge mehr zumachen können, wenn jederzeit ein Geistermädchen ihnen auflauern könnte. Außerdem wusste sie, dass Niah daran auch irgendwann zugrunde gehen würde, und schließlich wollte Kaila ihre jüngere Schwester weiterhin beschützen.

Nachdem Niah auf die barsche Reaktion ihrer Schwester keine Versuche mehr unternahm, sie aufzuhalten, stieg Kaila die Treppe hinauf. Niah folgte ihr widerwillig, wenn auch mittlerweile mit Abstand.

Gerade als sie den oberen Treppenansatz erreichte, huschte eine Gestalt vor ihr her.

»Such mich.«

Dieses Mal hatte Kaila mit so etwas gerechnet, sodass ihr lediglich kurz der Schreck durch den Körper fuhr, sie aber nicht zusammenzucken ließ. Niah, hinter ihr, hatte es nicht einmal bemerkt und erreichte erst jetzt die oberen Stufen der Treppe. Die Treppe zum Speicher verlor sich im Dunkeln und wirkte wie ein schwarzes Loch, das jedes Licht in der Nähe verschlang.

Kaila drückte auf den Lichtschalter.

Das verzerrte Gesicht des Mädchens tauchte für ein Wimpernschlag auf der gegenüberliegenden Treppe auf.

Niah zuckte zusammen. »Oh Gott«, stieß sie aus und vergrub ihr Gesicht hinter Kailas Rücken.

Kaila schritt durch den Flur zur Speichertreppe. Als sie den Lichtschalter betätigte und die mickrige Glühbirne aufleuchtete, wimmerte das Mädchen. Sie gab ihrer Schwester mit einem Blick zu verstehen, dass sie weiter gehen wird.

Niah verdrehte leidvoll die Augen. »Bitte, geh nicht!«, flehte sie stumm.

Während Kaila langsam die Treppe emporstieg, prüfte sie, oben angekommen, jeden Winkel, den sie bis dahin in dem kleinen Flur, der die zwei Speicherzimmer voneinander trennte, sehen konnte. Sie sah zumindest in dem Flur nichts Ungewöhnliches. Das Weinen des Mädchens ertönte erneut, leise, aber dennoch gut hörbar, sodass sie ausmachen konnte, aus welchem Zimmer es kam.

»Es kommt aus dem rechten Zimmer«, bestätigte Niah leise, die hinter Kaila auftauchte.

Die Schwestern traten an die Tür des rechten Speicherzimmers. Niah versteckte sich hinter Kaila, während diese die Türklinke umfasste und die Tür schließlich aufstieß.

Das Weinen des Mädchens wurde augenblicklich lauter und eine kleine gebeugte Gestalt saß in der Ecke vor einem Haufen alter Kartons. Auch wenn Kaila sich auf so etwas eingestellt hatte, zuckte sie dennoch zusammen, sodass Niah sofort ihr Gesicht hinter dem Rücken ihrer Schwester vergrub.

Der Geist verstummte augenblicklich. Er betrachtete einen Moment lautlos den kleinen Karton vor sich, saß nur da und starrte den Karton an.

Dann stand er abrupt auf. Die Bewegung war so unnatürlich, dass Kaila einen Schritt zurückwich. Niah wandte sich nicht von ihrem Rücken ab.

Das Mädchen wandte ihr verzerrtes Gesicht den Schwestern zu. Es öffnete den Mund und formte Worte, die man nicht hören konnte. Kaila konzentrierte sich darauf, etwas zu verstehen.

»Ich wollte das alles nicht«, kam es auf einmal durchdringend von dem verschwindenden Körper des Geistermädchens. Die letzten Worte hallten im Raum. »Wir bleiben zusammen, für immer.«

***

Niah bibberte hinter Kaila. »Es wird kein Ende nehmen.«

»Doch bestimmt, wir müssen nur...«

»Wie kannst du dir da so sicher sein?« Niah ließ von Kaila ab. »Du hast sie doch gehört.«

Das hatte sie natürlich.

Das Geistermädchen sagte: »Wir bleiben zusammen, für immer«.

Eigentlich hätte sie gar nicht wissen können, was es bedeutete. Doch sie glaubte, tief in ihrem Inneren die Wahrheit hinter diesen Worten zu kennen. Doch der Nebel lichtete sich einfach nicht. Sie konnte die Antwort nicht fassen.

Kaila ging zu dem kleinen Karton hinüber, auf den das Mädchen hinabgestarrt hatte.

»Was machst du da?«

Ohne Niahs Frage zu beantworten, kniete sie sich davor und hob den Deckel an. »Schau mal, Niah.« Sie blätterte kurz durch den Inhalt des Kartons. »Hier sind noch irgendwelche Unterlagen.«

»Und was willst du damit? Reicht es dir nicht?« Niah hatte für Kailas Neugier jetzt wirklich kein Verständnis mehr.

»Das Mädchen hat darauf geschaut. Vielleicht wollte sie, dass wir uns diese Dinge anschauen.«

»Oder sie wollte uns sagen: Verschwindet! Packt eure Sachen und geht.« Niah trat unruhig von einem Fuß auf den anderen.

Kaila ließ die Aussage ihrer Schwester unkommentiert und schloss den Deckel des Kartons wieder. Sie wollte sich nicht streiten. Sie erhob sich mit dem Karton.

»Willst du das Ding jetzt wirklich mitnehmen?«, stöhnte Niah ungläubig auf.

»Willst du das lieber hier oben alles durchgehen?« Kaila ging an Niah vorbei. »Der Karton selbst wird uns schon nicht auffressen.«

Kaila eilte die Treppe hinunter. Niah bemühte sich, hinterherzukommen. Die Beleuchtung ließen sie einfach an.

Unten angekommen, stellte Kaila den Karton auf der Couch ab. Niah blieb in der Mitte des Zimmers stehen. Beim Aufrichten sah Kaila aus dem Fenster. Es war schon sehr spät, aber noch nicht nach Mitternacht, schätzte sie. Sie sah ihr abgedunkeltes Spiegelbild in der Fensterscheibe. Sie verharrte einen Moment und musterte ihr eigenes Gesicht, das ihr in diesem Moment sehr fremd vorkam. Als sie sich gerade von ihrem Spiegelbild abwenden und den Deckel des kleinen Kartons anheben wollte, erkannte sie draußen etwas. Jemand war im Garten. Eine Gestalt lief Richtung Wald. »Niah, da ist jemand!«, platzte es aus Kaila heraus.

Im nächsten Moment bereute sie, es ihrer Schwester gesagt zu haben. Aber zu ihrem Erstaunen trat Niah sofort neben Kaila an das Fenster heran und schaute ebenfalls in die Dunkelheit hinaus. Lediglich der Mond und die Lichter des Hauses ließen es zu, in der Dunkelheit ein wenig erkennen zu können. Eine fahle Gestalt lief den Weg im Garten entlang. Es wirkte wie ein glückliches

Kind, das spielte. Weder Kaila noch Niah verstanden, was sie da sahen. Das Kind lief unbeschwert weiter. Es rannte, ohne stehen zu bleiben.

Hinein in den Wald.

Kaila strengte sich an, um erkennen zu können, wo genau das Kind hingelaufen war, konnte es in dem dichten dunklen Wald aber nicht ausmachen. Sie fing an zu zittern und konnte sich nicht zusammenreißen.

Plötzlich klingelte es an der Haustür. Sie erschrak und fuhr herum. Sie versuchte einzuordnen, ob sie sich das Klingeln nur eingebildet hatte oder nicht. Ungläubig schaute sie sich im Wohnzimmer um. Angst legte sich wie ein Schleier über ihren gesamten Körper. Ihre Augen weiteten sich und sie war wie erstarrt. Sie versuchte, sich zusammenzureißen, doch es gelang ihr nicht. Lediglich ihr Herzschlag und ihr Atem waren zu hören, die immer schneller und lauter wurden.

Ihr Magen krampfte sich zusammen. Sie schluckte einige Male schwer, als die Übelkeit in ihre Kehle drang. »Niah?«

Niah war verschwunden.

***

Kaila setzte einen Fuß vor den anderen. Ihre Beine fühlten sich an wie Blei. Ihr war immer noch schlecht, mehr als zuvor. Was war geschehen? Wo war Niah? Sie war doch genau neben ihr. Wie konnte es sein, dass sie nicht mitbekommen hatte, wie sie das Wohnzimmer verlassen hatte?

»Niah?«, rief sie und hoffte dabei, eine Antwort von ihrer Schwester zu erhalten, die vermutlich nur in das Bad gegangen war. Aber es blieb still. Das Türklingeln fiel ihr wieder ein. Vielleicht war sie zur Tür gegangen, um sie zu öffnen. Sie lief zur Haustür. Aber niemand war dort.

Sie rief noch einmal.

Wieder keine Antwort. Lediglich ihr Ruf hallte durch das Haus.

Kaila rannte in das kleine Bad.

Niemand.

In die Küche.

Niemand.

Sie rauschte in den ersten Stock. Nahm zwei Stufen auf einmal.

»Niah?«

Sie hoffte, Niah in dem großen Badezimmer unbeschwert anzutreffen. Fehlanzeige. Hier war sie auch nicht.

Kaila schaute in Niahs Zimmer nach, ebenso in ihrem eigenen. Sie dachte noch nicht einmal über das weinende Mädchen nach, als sie auf den Speicher lief und in beide Räume schaute. Sie hatte nur Angst um Niah.

Doch auch hier war sie nirgends.

»Niah!«, rief Kaila während sie wieder nach unten in das Erdgeschoss eilte. »Wo bist du?«

Sie hatte noch die letzte Hoffnung, dass Niah wieder im Wohnzimmer stehen würde und sagte »Du hast mich gerufen«. Aber so war es nicht. Das Wohnzimmer war leer.

***

Kaila wusste nicht mehr, was sie machen sollte. Was war mit Niah geschehen? Sie wollte einen klaren Gedanken haben, doch Leere bohrte sich wie eine Bohrmaschine durch ihren Kopf und füllte sie mit Angst. Es schien sie von Innen zu zerfressen.

Ihre Gedanken überschlugen sich und sie rannte.

Sie rannte einfach los.

Sie lief aus dem Haus und stolperte fast über eine Zeitung, die auf der Fußmatte lag. Sie registrierte es nicht einmal richtig. Sie war sich nicht einmal sicher, ob ihr Gehirn noch funktionierte, als sie die Straße hinunter zu Monas Haus lief. Es fühlte sich an wie ein Traum. Ein Alptraum, in welchem man vor etwas davon läuft und nicht richtig von der Stelle kam. Erst, als sie vor dem Haus ihrer Nachbarin stand und zu so später Zeit dort an der Haustür Sturm klingelte, holte die Realität sie wieder ein. Sie fragte sich, was sie eigentlich damit bezweckte. Ob sie nicht verrückt geworden war, in der Nacht bei jemandem zu klingeln. Wie sollte Mona ihr dabei helfen? Zwar brannte noch Licht in dem Wohnzimmer, was sie von der Straße aus sehen konnte, aber man klingelte nicht einfach um so eine Uhrzeit bei Leuten; auch nicht bei Freunden oder Nachbarn. Auch nicht wegen so eines Grundes?

Kaila hatte keine Gelegenheit mehr, ihre Handlung zu hinterfragen, als Mona ihr mit entsetztem Blick die Haustür öffnete.

Sie hatte den lilafarbenen Bademantel um sich geschlungen und glotzte Kaila mit offenem Mund an. Sie verschränkte die Arme, als ob sie fröstelte, was ihr Unbehagen deutlicher machte. »Mein Gott! Was ist los?« In ihrer Stimme schwang Besorgnis mit. Es war kein bisschen Wut darin zu erkennen. »Ist etwas passiert?«

»Meine Schwester ist weg!«, pustete Kaila sofort heraus.

»Was?« Monas Augen weiteten sich, was zeigte, dass sie nicht begriff.

Kaila hatte einen leichten Anflug von Wut, weil Mona sie nicht direkt verstand. Was gab es daran nicht zu verstehen? Dabei war ihre Aussage doch ziemlich eindeutig. Sie hatte Angst um ihre kleine Schwester.

Ich muss sie doch beschützen.

Dann schien Mona endlich überlegt zu haben. »Deine Schwester ist weg?«, wiederholte sie.

Kaila nickte und war immer noch völlig außer Atem.

»Ich habe deine Schwester nicht gesehen.« Entgegnete Mona sanft und löste ihre verschränkten Arme. Sie lächelte, wirkte aber noch besorgter als zuvor.

»Ja, genau das versuche ich dir doch zu sagen. Sie ist weg!« Beim letzten Teil musste Kaila sich zusammenreißen, es Mona nicht entgegen zu schreien. Doch sie verstand die Lage offensichtlich immer noch nicht, sie glotzte Kaila unverständlich an und legte angespannt eine Hand an die Kante des Türblatts.

Kaila ärgerte sich darüber, dass Mona sie die ganze Zeit über entweder verständnislos oder besorgt angaffte. Es tat ihr Leid, sie und ihren Mann zu dieser späten Stunde gestört zu haben. Sie gab zu, dass es eine Kurzschlussreaktion war, zu Mona gelaufen zu sein. Sie hätte auch die Polizei rufen können. Nur würde die Polizei bei einer erwachsenen Frau nicht direkt reagieren oder gar einen Suchtrupp losschicken. Die Polizei würde die Sache zwar aufnehmen, aber wieder fahren. Bei einer erwachsenen Frau wird nicht sofort von einem Verbrechen ausgegangen, sondern davon, dass die vermisste Person einfach gehen wollte.

Trotz der dummen Idee stand Kaila jetzt nun einmal vor Monas Haustüre. Daran konnte sie auch nach der Erkenntnis nichts mehr ändern. Sie atmete einmal tief durch, um sich zu beruhigen. Sie wollte ihre Freundin nicht anschreien. Mona sollte ihr schließlich helfen. »Ist dir vielleicht irgendetwas aufgefallen? Meine Schwester ist plötzlich verschwunden, vielleicht hast du ja etwas gesehen.« Sie verstummte und kämpfte mit den Tränen. Sie wollte nicht weinen, sodass sie noch einmal tief ein und wieder aus atmete.

Mona sah sie verständnisvoll an. Kaila war für ihr Verständnis dankbar, wollte aber kein Mitleid.

»Nein, Kaila«, setzte Mona an. »Ich meine...« Sie unterbrach den Satz, ging auf Kaila zu und berührte sie an den Schultern. Ihr gutmütiges Lächeln verschwand schlagartig und ihre Gesichtszüge wurden sehr ernst.

Kaila durchfuhr ein ungutes Gefühl. Gänsehaut durchzog ihren Körper und flutete jeden Winkel von den Schienbeinen bis zum Hals.

Monas Augen durchdrangen die ihre. »Kaila«, sie schluckte und überspielte ihre eigene Nervosität mit einem friedfertigen Lächeln, das aber schnell erstarb. »Ich habe deine Schwester noch nie gesehen.«

»Was?« Kaila wich ein Stück von Mona zurück und schüttelte dabei Monas sanften Hände von ihrer Schulter. Kaila verstand nicht, was Mona ihr da sagte. War Mona jetzt völlig übergeschnappt?! »Jetzt rede doch nicht so ein Blödsinn«, war das Einzige, was ihr in diesem Moment einfiel. »Letztens bist du mit deinem Auto an uns vorbeigefahren und du hast uns zugewunken.«

Mona zog schockiert die Brauen hoch. »Was?«, setzte Mona verständnislos an. »Nein, ich«, stammelte sie.

Kaila ließ Mona keine Zeit, irgendetwas zu sagen. Sie war sauer. So wütend, weil Mona sie scheinbar für dumm verkaufen wollte. »Du hast uns doch heute noch gesehen«, versuchte es Kaila noch einmal, lauter, als beabsichtigt, »im Vorgarten.«

»Nein.« Mona war entsetzt und schüttelte den Kopf. Sie machte einen Schritt auf Kaila zu und hob besänftigend die Arme. »Nur dich. Ich habe nur dich gesehen, sonst niemanden. Du warst alleine dort, Kaila.«

Kaila schüttelte den Kopf. Jetzt war sie es, die entsetzt schaute. Sie machte einen Schritt nach hinten.

»Kaila, bitte«, versuchte Mona es sanft, doch sie hörte ihre Worte kaum noch. »Du warst im Vorgarten und hast auch geredet, aber es war niemand dort. Nur du.«

In Kailas Kopf drehte sich alles.

Was ist hier los?

»Wer ist denn an der Tür?«, kam es von drinnen aus dem Wohnzimmer und Mona drehte sich zum Inneren des Hauses.

»Es ist Kaila, Schatz«, rief sie zurück. »Warte bitte«, sagte sie schließlich, »gib uns einen Moment.« Mona wandte sich wieder Kaila zu, aber sie stand nicht mehr dort.

***

Kaila rannte zu ihrem Haus zurück. Sie war sauer und zugleich entmutigt. Sie konnte einfach nicht verstehen, was Mona gerade gesagt hatte. Sie wusste nicht, warum ihre einzige Freundin der Meinung war, ihre Schwester nicht gesehen zu haben. Es gab doch einige Gelegenheiten, bei denen Mona Niah gesehen haben musste. Es war ihr unbegreiflich, wieso Mona jetzt sagte, sie habe sie noch nie gesehen. Das ergab alles keinen Sinn. Sie konnte ihre Gedanken nicht sortieren. Alles in ihrem Kopf überschlug sich.

Unruhig betrat Kaila das Haus und lief im Wohnzimmer umher.

Mein Handy!

Es war nun doch an der Zeit, die Polizei zu rufen. Sie ging in den Hauseingang zurück. Sie hatte das Handy auf die Kommode gelegt, wo ihre Schlüssel immer lagen. Sie nahm das Handy auf und ihr Blick fiel dabei auf einen Brief, der daneben lag.

Hatte Niah ihn geöffnet?

Kaila konnte sich nicht daran erinnern, ihn geöffnet oder gar gelesen zu haben. Sie fasste sich an den Kopf. Er dröhnte. Sie las den Brief.

Sehr geehrte Frau Schwarz,

ich hoffe, dass Sie sich bisher gut eingelebt haben.

Ich konnte Sie bisher telefonisch und auch persönlich nicht erreichen, sodass ich mich auf dem offiziellen Weg an Sie wende.

Leider musste ich feststellen, dass Sie die erste Miete sowie die zweite Kautionshälfte noch nicht gezahlt haben, und darf Sie bitten, dies nunmehr nachzuholen. Im Hinblick darauf, dass Sie den ersten Monat mietfrei in dem Haus wohnen durften, bitte ich höflich darum, dafür Sorge zu tragen, dass die Mieten pünktlich und ordnungsgemäß gezahlt werden.

Mit freundlichen Grüßen

Thomas Junger

Kaila schmiss den Brief zurück auf die Kommode und rauschte in das Wohnzimmer. Sie wählte mit dem Handy die 110. Ihr Kopf hämmerte unaufhörlich weiter. Gerade als sie auf „anrufen" drücken wollte, fiel ihr Blick auf den kleinen Karton, der immer noch auf dem Sofa lag und den sie wegen Niahs Verschwinden völlig vergessen hatte. Ihre Schwester war verschwunden, nachdem sie den Karton vom Speicher geholt und hier abgelegt hatte. Hatte es etwas damit zu tun? Kaila schaltete das Handy wieder aus und ging auf das Sofa zu. Fest entschlossen hob sie den Deckel von dem Karton an und holte den Inhalt heraus. Es war nicht viel. Ein Briefumschlag mit einem Brief. „An meine geliebte Tochter" stand darauf.

Sie wühlte weiter und fand Zeitungen, Zeitungsausschnitte und Fotos. Sie hob den Schwung mit zittrigen

Händen aus dem Karton. Aus Versehen rutschten sie ihr hinunter und breiteten sich auf der Couch aus.

Ihr war schlecht und ihr Kopf schmerzte.

Der Umschlag mit der Aufschrift „An meine geliebte Tochter", den sie vorhin gesehen hatte, lag oben auf.

Ihr Blick heftete sich an den Umschlag. Sie fühlte sich zu diesem Stück Papier hingezogen, als würde eine unsichtbare Macht dazu verleiten. Es hatte alles mit diesem Geistermädchen zu tun - da war sie sich sicher. Sie musste nur herausfinden, wie genau dies in Verbindung zueinanderstand. Der Geist wird ihr das Alles nicht umsonst gezeigt haben. Wenn sie herausfinden würde, was der Geist wollte, würde sie bestimmt auch Niah finden. Nichtsdestotrotz hatte sie nicht die leiseste Ahnung, wonach sie eigentlich suchen musste. Das weinende Mädchen sagte „such mich" und lief anschließend in den Wald. Kaila wunderte sich auf einmal, warum sie nicht eher darauf gekommen war. Sie sollte dem Mädchen bestimmt in den Wald folgen. Was war dort passiert? Irgendetwas schien es mit dem Wald auf sich zu haben. Und was hat das mit Niah und mir zu tun?

Aber eins nach dem anderen. Der Karton war der nächstbeste Hinweis.

Mit zittrigen Beinen schnappte sich Kaila den Umschlag, holte einen Brief heraus und faltete ihn auf. Sie hielt ihn vor sich und starrte ungläubig auf die Zeilen. Sie fing an zu zittern. Ihr Körper machte nicht, was sie wollte. Sie konnte ihn nicht daran hindern. Er bebte förmlich. Sie versuchte, sich auf die Zeilen zu konzentrieren, doch ihr Kopf dröhnte unentwegt. Irgendetwas hämmerte von innen gegen ihren Schädel. Es dauerte einen Moment, bis sie sich wieder gefangen hatte, und las den Brief.

Ihre Augen füllten sich mit Tränen und sie fing an zu weinen.

1992

Herbst

Ella

Mit viel Mühe hatte sich Ella aufgerappelt, Papier und Stift herausgesucht und sich an den Küchentisch geschleppt. Ihre Augen brannten wie Feuer, ihr Körper schien nicht mehr ihr eigener zu sein, als würde ein unbekanntes Wesen sich von ihm ernähren.

Sie sah sich in der Küche um. Es war still. Viel zu still. Leider sah es in ihrem Inneren genau gegensätzlich aus und sie wünschte sich die Ruhe des Hauses auch für sich. Für immer. Sie atmete schwer. Ihre Brust schmerzte, als sich ihre Lunge mit Sauerstoff füllte. Sie nahm den Stift auf und setzte ihn auf das Papier.

Liebe Malina,

mir fällt es nicht leicht, dir zu schreiben, weil ich nicht weiß, was du von mir als deine Mutter hältst· Ich weiß nicht, ob du mich noch lieb hast· Zunächst einmal möchte ich vorwegsagen, ich werde dich immer lieben· Immer·

Eigentlich sollte eine Mutter immer für ihr Kind da sein· Jeden Tag und zu jeder Stunde, egal, was passiert· Leider konnte ich dies einfach nicht mehr·

Ich weiß, dass es wie eine Ausrede klingt· Vielleicht ist es sogar eine und ich mache mir nur etwas vor, weil ich Angst habe, mir einzugestehen, dass ich als Mutter versagt habe· Ich habe dich nicht beschützt, als du mich gebraucht hast, obwohl dies auch meine

Aufgabe gewesen wäre· Jetzt scheint es zu spät zu sein·

Ich weiß nicht, ob sie dir diesen Brief geben werden oder wann, aber ich wünsche mir, du würdest mir eines Tages verzeihen·

Es tut mir sehr leid, dass alles so gekommen ist und ich nicht mehr für dich da sein konnte·

Bitte verzeihe mir·

In ewiger Liebe

deine Mama, Ella

2016

Heute

Kaila

Kaila wischte sich die Tränen aus dem Gesicht. Sie zitterte immer noch, als sie den Brief zu Boden fallen ließ. Der Schmerz in den Zeilen des Briefes traf sie bis ins Mark. Es war, als könne sie die Schmerzen fühlen, die das Kind empfand, als es alleine gelassen wurde. Ebenso die Schmerzen, die diese Mutter verspürt haben musste, als sie diese Entscheidung traf.

In Kailas Kopf hämmerte es. Es fühlte sich an, als versuchte, irgendetwas aus seinem Gefängnis auszubrechen. Sie kniff die Augen zusammen und sortierte ihre Fragen. Sie versuchte, den wichtigsten Gedanken zu greifen und festzuhalten, der sie antrieb.

Niah.

Ich muss Niah suchen.

Kaila sagte es sich immer wieder und wieder.

Ich muss Niah suchen.

Sie hatte schreckliche Kopfschmerzen, sodass sie die Schmerzen am liebsten hinausgeschrien hätte, aber das Einzige, was ihren Körper in diesem Moment verließ, war die Kraft. Sie sank vor der Couch zu Boden.

Was soll ich nur tun, Niah?

Wo bist du?

Der Stapel Papier rutschte von der Couch und landete neben ihr auf dem Boden. Er hatte sich zu einem Meer aus Fotos, Zeitungsausschnitten und nicht sofort erkennbaren bedruckten Artikeln ausgebreitet.

Kailas, vom Weinen noch feuchte Augen, glitten über die herumliegenden Papiere, die sie zunächst nur verschwommen sah. Sie blinzelte die Tränen weg. Dann griff sie nach einer Zeitung mit einem Bild einer Familie und nach einem Foto, das darunter lag. Sie starrte ungläubig von der Zeitung zu dem Foto. Hin und her. Sie war wie in Trance und starrte die Zeitung an. Sie konnte nicht fassen, was sie sah. Sie erkannte sogar den Mann auf dem Foto in der Zeitung.

Der alte Herr Selter.

Er war auf dem Foto wesentlich jünger, aber man erkannte ihn eindeutig. Sie war sich sicher, dass er es ist. Aber warum war er in diesem Zeitungsausschnitt? Sie überflog die Überschrift der Zeitung, um nach der Antwort zu suchen.

„MÄDCHEN VERMISST! BISHER KEINE HINWEISE!
DIE EINZIGE ZEUGIN IST UNBRAUCHBAR."

Kaila starrte auf die Überschrift.

Ihre Hände wurden feucht und sie begann wieder zu zittern. Sie konnte nicht aufhören zu beben. Es schien, als wollte ihr Körper ihr nicht mehr gehorchen.

Sie las den Zeitungsartikel und ihr Kopf drohte zu zerplatzen. Sie hatte das Gefühl, der Boden würde unter ihr verschwinden und sie würde hinabfallen. Immer und immer weiter fallen.

Sie las den Zeitungsartikel noch einmal.

Und noch einmal.

Endlich brach der Schlag der Erkenntnis durch die Schädeldecke.

Pamm!

Es fühlte sich an, als würde sie auf dem Boden der Tatsachen aufschlagen.

Die Wahrheit ließ sich nicht mehr eindämmen. Ihre Augen füllten sich abermals mit Tränen.

***

Kaila wusste nicht, wie lange sie tatsächlich auf dem Boden vor der Couch im Wohnzimmer gesessen hatte, aber die Sonne ging langsam auf und von der Dunkelheit der Nacht war nicht mehr viel zu erkennen. Die Zeitung und das Foto lagen vor ihr auf dem Boden. Sie musste es fallen gelassen haben. Ob sie ohnmächtig geworden oder einfach eingeschlafen war?

Auf einmal empfand sie völlige Leere in ihrem Kopf. Er platzte nicht mehr aus den letzten Nähten. Keine Fragen füllten ihn aus. Es fühlte sich an, als würden ihre Gedanken in einem Meer schwimmen und sie hätte nichts, um sie herauszufischen. Nichts, um sie festzuhalten. Jedes Mal, wenn sie mit ihren Händen danach fischte, zerronnen sie.

Alles war ruhig. Zu ruhig. Am liebsten hätte sie geschrien, doch ihr fehlte jede Kraft. Sie fühlte sich wie immer. Allein.

Mühsam wühlte sie in dem Papierstapel neben sich herum und fand schließlich, was sie suchte. Sie hob den Brief auf und erhob sich kräftezehrend. Ihr Körper schmerzte, als hätte sie eine schwere Grippe erwischt.

Sie schleppte sich durch den Eingangsbereich in die Küche und durchwühlte die Schublade, bis sie schließlich fand, was sie suchte.

Dann verließ sie das Haus.

1992

Winter

Ella

Es fiel ihr heute noch schwerer, aus dem Bett zu steigen, als all die anderen Tage zuvor. Ihr ganzer Körper fühlte sich krank an und schwer wie Blei. Ella hatte fast eine Ewigkeit gebraucht, um klarzukommen. So stand sie zunächst am Waschbecken im Badezimmer und hatte versucht, aufzuhören zu weinen. Selbst als sie dies endlich geschafft hatte und sich im Badezimmerspiegel ein letztes Mal betrachtete, wusste sie, dass es keinen Unterschied gemacht hätte. Sie sah einfach furchtbar aus. Obwohl sämtliche Ärzte, nicht nur Ellas Hausarzt und Psychiater, die sie extra hierauf vorbereitet hatten, der Meinung waren, dass es besser für alle wäre, empfand es Ella keineswegs so. Sie fühlte sich schlecht. Sie hatte das Gefühl, dass ihr Herz zerspringen würde. Auf so etwas kann man eine Mutter nicht vorbereiten.

Niemals.

Es war vergleichbar mit einem Verrat. Die Leute werden ihr nicht nur nachsagen, sie sei eine schlechte Ehefrau gewesen, sondern auch eine schlechte Mutter oder schlimmer.

Auch wenn ihre Therapeutin versuchte, diese Gedanken beiseitezuschieben, so waren sie dennoch da.

Immer.

So etwas lässt sich nicht wegtherapieren.

Ella wusste, dass sie für den Tod ihres Mannes nicht verantwortlich war, aber sie glaubte, als Ehefrau ebenso versagt zu haben, wie als Mutter. In den vielen schweren Stunden im Krankenhaus, als ihr Mann sie am meisten gebraucht hatte, war Ella zu selten bei ihm gewesen. Zu wenig hatte sie ihn besucht. Erst schob sie es darauf, ihren Kindern dies ersparen zu wollen. Doch das war eine Lüge. Sie wollte es nur sich selbst ersparen. Sie hätte ihre eigenen Probleme in den Hintergrund drängen müssen.

Ich bin schwach.

Es war ihr egal, was die Leute über sie dachten. Das war ihr nicht wichtig. Wichtig war nur, wie sie selbst darüber dachte. Aber sie dachte nicht anders.

Es half nichts. Heute war „der" Tag.

Ella schleppte sich aus dem Badezimmer. Mit jedem Schritt, den sie machte, wurde der Kloß in ihrem Hals immer größer. Als sie an der Treppe zu den Kinderzimmern ankam, drohte sie zu ersticken.

Ella rief hinauf.

»Wir kommen gleich« wurde ihr daraufhin entgegengerufen.

Wir kommen gleich.

Als wäre es ein Tag wie jeder andere.

Ella setzte sich derweilen unten in die Küche auf einen Stuhl und wartete.

Sie wartete immer noch.

Sie hatte keine Kraft mehr, erneut zu rufen. Sie wartete einfach nur.

Ihr Kopf füllte sich in der Zwischenzeit mit unerträglich schmerzender Leere, bis sie nur noch vor sich hinstarrte.

Erst als Ella ihre älteste Tochter sah, wurde ihr Blick wieder klarer und deutlicher. Das Herz schlug ihr bis zum Hals. Ihr ganzer Körper war angespannt.

»Was ist denn Mama?«, fragte Malina verständnislos und erklärte sofort: »Laurin und ich haben gerade so schön gespielt.«

Ellas Augen füllten sich mit Tränen und sie musste den Kloß in ihrem Hals schwer hinunterschlucken, um überhaupt reden zu können. Sie hatte das Gefühl, auseinandergerissen zu werden. »Ja, mein Schatz«, sie stockte, »genau darüber wollte ich mit dir reden.« Sie deutete Malina an, sich an den Tisch zu setzen.

»Weil ich mit Laurin Barbie gespielt habe?« Malina schaute verwirrt und ließ sich auf den Stuhl gegenüber ihrer Mutter nieder.

Ella durchfuhr ein furchtbares Gefühl.

Sie wollte einfach nur weiterspielen. Sonst nichts.

»Liebling, du weißt doch noch, wie schlecht es Papa ging«, setzte Ella an.

»Ja, deswegen ist er jetzt auch im Himmel und passt auf uns auf.« Malina nickte eifrig.

Der Kloß in Ellas Hals schwoll erneut an und schnürte ihr die Kehle zu. Ihre Augen füllten sich abermals mit Tränen und liefen bereits an ihren Wangen hinab. »Ja, genau«, versuchte sie es weiter, »und mir geht es auch nicht besonders gut.«

»Ja, das weiß ich«, zeigte Malina an und senkte den Kopf.

»Gut!«, sagte Ella daher sanft und überlegte sich ihre nächsten Sätze. »Ich weiß das selbst auch. Nur manchmal gibt es eben Leute, die es nicht wissen, dass es ihnen nicht so gut geht.«

Malina sah ihre Mutter fragend an. »Aber das merkt man doch, wenn es einem nicht gut geht.«

»Nein, mein Schatz. Nicht alle Leute, die krank sind, wissen, dass sie krank sind.« Ella versuchte, es ihrer Tochter schonend beizubringen, und blinzelte das Wasser in ihren Augen weg. »Manche Menschen glauben, dass sie immer noch gesund sind, obwohl sie krank sind. Und diesen Menschen muss man mit speziellen Ärzten helfen.«

Malina nickte, um ihrer Mutter anzuzeigen, dass sie es verstanden hatte.

»Heute wird auch so ein Arzt kommen.« Ella versuchte, noch ein wenig sanfter zu reden, während es sie innerlich auffraß.

»Für dich, Mama?«

»Nein, mein Schatz.« Ellas Augen füllten sich bis oben hin mit Tränen. »Für dich. Sie werden dich heute mitnehmen.« Die Tränen liefen ihr erneut über die Wangen. »Für eine längere Zeit.«

»Aber ich kann jetzt nicht weg, Mama«. Malina sah neben sich. »Ich muss doch mit Laurin weiterspielen.«

Ella sah ihre Tochter an und weinte noch heftiger als sonst. Sie bekam kaum noch Luft und sah zu dem leeren Stuhl hinüber, auf den Malina schaute, bis sie endlich den entscheidenden Satz rausbekam, den sie die ganze Zeit nicht auszusprechen vermochte:

»Malina, mein Schatz«, Ella schluchzte heftig, »Laurin ist nicht mehr bei uns. Sie ist schon vor Papa in den Himmel gegangen. Sie ist in den Wald gelaufen und kam nicht mehr zurück.«

2016

343

Heute

Mona

Die halbe Nacht konnte sie nicht schlafen. Sie hatte sich hin und her gewälzt. Mona saß ihrem Mann gegenüber am Küchentisch. Er las die morgendliche Zeitung, die jeden Samstag im Briefkasten lag, und aß währenddessen sein Müsli. Sie selbst hatte keinen Hunger und trank lediglich einen Kaffee. Schwarz und ohne Zucker, genau so einen Kaffee brauchte Mona heute, obwohl sie sonst die Süße vorzog. Wenn Mona wegen etwas nicht einmal schlafen konnte, dann schlug ihr dies am nächsten Morgen auf den Magen und sie bekam keinen Bissen runter. Abends dagegen, konnte sie sich dann mit Eis und Süßigkeiten vollstopfen. Doch der gestrige Vorfall mit Kaila hatte sie sehr beschäftigt.

Nachdem Kaila nicht mehr vor ihrer Haustür gestanden hatte, hatte Mona schnell ihrem Mann gesagt, dass sie gleich wieder komme, und war in ihre Schuhe, direkt am Eingang in dem Flur, geschlüpft und zur Straße gelaufen. Sie hatte Kaila aber nirgendwo mehr gesehen. So hatte sie beschlossen, zunächst nicht länger im Bademantel umherzuirren, und war wieder hineingegangen.

Ehrlich gesagt wusste Mona überhaupt nicht, wie sie die gestrige Situation deuten sollte. Sie verstand nicht, was Kaila so aufgewühlt hatte. Und warum sie dann urplötzlich wieder abgehauen war.

Um nach der gestrigen Situation nichts Falsches zu unternehmen, hatte sie zuerst ihrem Mann davon berichtet, wie verzweifelt Kaila gewirkt hatte.

Bei dem Gedanken daran bekam Mona jetzt schon wieder ein schlechtes Gewissen und ihr wurde flau im Magen.

Warum war Kaila gestern so aufgewühlt? Was war mit ihrer Schwester geschehen? Mona war sich eigentlich ziemlich sicher, diese Niah noch nie gesehen zu haben. Obwohl Kaila schon zwei Monate hier wohnte und sie beide bereits ein paar Mal bei dem anderen zu Besuch waren, hatte sie sie noch nie zu Gesicht bekommen. Wie konnte das sein? Sie konnte sich nicht daran erinnern, Kailas Schwester jemals gesehen zu haben. Sie überlegte auch, ob Niah tatsächlich an dem besagten Tag im Vorgarten gewesen war, als sie mit dem Nachbarshund Gassigehen gewesen war. Vielleicht hatte sie Niah einfach übersehen. Doch außer Kaila war niemand dort gewesen. Niemand war bei ihr gewesen. Aber mit wem hatte sie dann geredet?

Mona fragte sich, wieso sie auf ihren Mann gehört und sich schlafen gelegt hatte.

»Es ist viel zu spät, ihr jetzt zu folgen«, hatte er gemeint. Das war es gewesen. Aber machte es die Situation nicht schlimmer? Keiner würde so spät klingeln, wenn nicht wirklich irgendetwas passiert war. Oder?

Sie hatte zwar letzte Nacht keine Ruhe gefunden, aber letztendlich dachte sie auch, dass ihr Mann wahrscheinlich Recht gehabt hatte, mit dem, was er zu ihr gesagt hatte.

»Du solltest jetzt lieber schlafen und morgen früh nach dem Aufstehen zu Kaila gehen«, hatte er gemeint. »Vielleicht sieht die ganze Situation dann anders aus, sie hat sich beruhigt und wird dir sagen, dass sie sich lediglich mit ihrer Schwester gestritten hat.«

Zumindest hatte dieser Satz Mona gestern Abend so weit beruhigt, dass sie sich tatsächlich ins Bett gelegt hatte. Aber richtig geschlafen hatte sie nicht.

»Hallo.« Mona hatte nicht mitbekommen, dass ihr Mann sie etwas gefragt hatte. »Träumst du etwa?«

»Mhh« machte Mona und sah ihren Mann an. »Ja. Also nein. Ich denke an Kaila.«

»Dann zieh dich jetzt an, geh zu ihr und rede mit ihr. Du wirst sehen, dann wird sich alles aufklären«, sagte er sanft.

Ihr Mann hatte Recht. Mona trank ihren Kaffee aus, stand auf und gab ihrem Mann einen Kuss. Sie verschwand im Schlafzimmer und wollte sich etwas anderes anziehen. Während Mona Jeans und T-Shirt aus dem Schrank fischte, befürchtete sie, dass Kaila sauer auf sie kein könnte. Kaila war, ohne sich zu verabschieden, verschwunden. Es könnte möglich sein, dass sie es ihr gleich zum Vorwurf machen wird, nicht sofort geholfen zu haben.

Das würde Mona früh genug herausfinden, also nahm sie noch Socken aus der Schublade und zog sie sich über. Sie ging zur Küche zurück und verabschiedete sich von ihrem Mann. »Ich weiß nicht, wie lange es dauert.«

»Schon okay, Hase. Lasst euch Zeit. Ich bin froh, wenn du Gewissheit hast.«

***

Mona ging die Straße hinauf zu Kailas Haus. Es war zwar nicht kalt draußen, aber dennoch fröstelte sie. Sie überlegte beim Gehen, wie sie Kaila gegenübertreten sollte. Fragte sich, wie sie anfangen sollte. Sie wusste schließlich nicht, ob Kaila böse auf sie war oder nicht.

Mona überkam wieder das schlechte Gewissen.

Warum bin ich nicht einfach gestern zu ihr gegangen?

Sie hätte nach ihrer Freundin sehen müssen. Sofort. Oder aber sich zumindest vergewissern müssen, dass nichts Schlimmes passiert war.

Mona fühlte sich sehr schlecht. Doch das half jetzt auch nicht mehr. Sie konnte es nicht rückgängig machen. Sie konnte sich jetzt nur vergewissern, dass alles gut war und sich bei ihrer Freundin entschuldigen.

Am Gartentor blieb Mona abrupt stehen. Die Haustür. Sie stand offen. Langsam trat sie durch das Gartentor, ging vorsichtig den Weg entlang auf die offene Tür zu.

»Hallo«, rief sie leise. »Kaila? Bist du da?«

Keine Antwort.

Mona lugte durch die offene Haustür. »Kaila?«, versuchte sie es noch einmal.

Keine Antwort.

Sie zog den Kopf aus der Tür und sah sich um. Mona ließ den Blick über die Häuser in der Siedlung schweifen. Ringsherum war alles unheimlich still so früh am Morgen. Alle schienen noch zu schlafen. Niemand würde sie beobachten.

Mona atmete tief ein und trat durch die Haustür. Sie fühlte sich dabei wie eine Verbrecherin, die etwas stehlen wollte. Wohl war ihr bei der Sache auf jeden Fall nicht. Sie dachte kurz darüber nach, ihren Mann zu holen, wollte sich aber auch nicht lächerlich machen. Schließlich ging sie gerade in das Haus ihrer Freundin, nicht in ein fremdes.

»Kaila?«, versuchte sie es noch einmal vorsichtig. »Ich bin es, Mona. Hallo?«

Keine Antwort.

Sie stand im Eingang, lehnte die Tür hinter sich ein Stück an.

Auf der Kommode gegenüber an der Wand war es unordentlich und es sah zerwühlt aus, ein Zettel lag auf dem Boden davor. Mona ging zunächst nach links in die Küche. Da war niemand. Dann ging sie zurück zu dem Eingang und hob den Zettel auf. Es war ein Brief von Kailas Vermieter. Mona wollte zuerst nicht auf den Brief schauen, schließlich war es nicht ihr Anliegen in privaten Sachen Anderer herumschnüffeln. Auch dann nicht, wenn es sich um Dinge einer Freundin handelte. Sie las auch nur „Miete nicht gezahlt". Sie legte den Brief auf die Kommode zurück.

Anschließend ging sie nach rechts in das Wohnzimmer. Mona ließ ihren Blick durch den großen Raum schweifen. So unordentlich hatte sie es noch nie gesehen. Es standen leere Kartons auf dem Boden verteilt. Auf der Couch lagen Bücher, Zettel und direkt vor der Couch lag noch mehr Papierkram auf dem Boden.

Was hat das zu bedeuten?

Mona ging auf die Unordnung zu. Sie nahm ein Buch von einem Stapel in die Hand. *„Geistererscheinungen und ihre Vorzeichen".* Sie legte es wieder zurück und überlegte, was Kaila mit solchen Büchern wollte und fragte sich, ob ihre Freundin an so etwas überhaupt glaubte.

In Zeitungen gab es immer wöchentliche Horoskope, auch in der, die Monas Mann samstagmorgens immer las. Eigentlich glaubte Mona an diesen Quatsch nicht, dennoch las sie jeden Samstag ihr Horoskop. Wahrscheinlich einfach nur aus Spaß. Um zu gucken, ob es sich bewahrheitet. Sie fand es irgendwie lustig, zu lesen, was in der Woche angeblich passieren oder worauf man achten sollte. Es war interessant zu erfahren, ob es sich wirklich erfüllt. Aber einen Glauben an so etwas hatte Mona nicht. Es war für sie einfach nur belustigend.

Mona schaute umher. Vor ihren Füßen sah sie ein Foto einer Familie. Mutter, Vater, zwei Mädchen. Sie kannte diese Familie aber nicht.

Daneben erkannte sie etwas unter dem Foto. Ein Zeitungsausschnitt lag darunter. Sie sah ein Foto über einem Zeitungsartikel. Die Neugier packte sie. Mona hob den Artikel auf und tatsächlich.

Herr Selter.

Sie erkannte sein Gesicht in dem Zeitungsausschnitt, jünger, aber sie erkannte ihn.

Mona schaute auf das Datum der Zeitung: 1992

Also vor ca. 25 Jahren.

Sie las die Überschrift:

„MÄDCHEN VERMISST! BISHER KEINE HINWEISE!

DIE EINZIGE ZEUGIN IST UNBRAUCHBAR.“

Mona schaute sich noch einmal in dem Wohnzimmer um.

Sie war alleine.

Sie fragte sich, warum Kaila so alte Sachen durchstöberte, und wusste nicht, woher all dies stammte und wie sie das Ganze werten sollte. Sie richtete ihren Blick wieder auf den Zeitungsartikel und las ihn.

1991

Winter

Örtliche Zeitung

**„MÄDCHEN VERMISST! BISHER KEINE HINWEISE!
DIE EINZIGE ZEUGIN IST UNBRAUCHBAR."**

Nach dem tragischen Verschwinden der jüngsten Tochter der Familie Bremer, im Sommer letzten Jahres, hatte die Familie bereits genug gelitten, nachdem auch noch kurze Zeit später der Familienvater plötzlich verstarb.

„So grausam, erst die geliebte Schwester, dann auch noch den geliebten Vater zu verlieren. Einfach schrecklich", trauerte eine Angehörige der Familie.

Malina hatte vor dem tragischen Verschwinden mit ihrer Schwester zusammen in dem Garten hinter dem Elternhaus gespielt, als Laurin (8 Jahre) in den Wald hineinlief und urplötzlich verschwand.

Die Polizei hat keine Spur zu ihrem Verschwinden.

Ihre Schwester war die einzige, die Laurin zuletzt gesehen hatte und Aufklärung zu dem Fall hätte geben können.

Nach Aussagen der Angehörigen wurde die 9 Jahre alte Malina mittlerweile unterernährt und mit stark psychischen Störungen in eine entsprechende Einrichtung gebracht. Die Kindesmutter, Ella Bremer, selbst litt an starken Depressionen und konnte sich nicht mehr um das Kind kümmern.

Auf Nachfragen wurde seitens der Angehörigen der Familie Bremer mitgeteilt, dass eine Aufnahme durch Verwandte nicht möglich gewesen war. Genaueres wollten sie allerdings nicht bekannt geben.

Einer verlässlichen Quelle zufolge teilte ein Nachbar der Familie, Herr H. Selter, mit, Malina habe bereits früh in ihrer Kindheit schon Anzeichen einer psychischen Störung entwickelt. Sie stand bei Ärzten unter Beobachtung. Eine Fremdgefährdung sei bis dato nie erkenntlich gewesen.

Allerdings litt Malina bereits früh an fragmentarischen Blackouts, wobei Erinnerungen zwar vorhanden, aber lückenhaft seien. Den Betroffenen ist oftmals gar nicht bewusst, dass sie Ereignisse vergessen oder diese bereits vergessen haben. Sie wissen es erst dann, wenn sie auf die Ereignislücken hingewiesen werden.

Die Reaktion hiernach ist von Fall zu Fall unterschiedlich.

Für Malina ist es seit dem Vorfall des Verschwindens von Laurin so, als würde ihre Schwester immer noch existieren.

Malina, die einzige Hoffnung und Zeugin in dem Fall ihrer verschwundenen Schwester, ist daher für die Polizeibeamten als Zeugin unbrauchbar. Sie bekommen von Malina verfälschte Ereignisse zu diesem Vorfall geliefert, ausgelöst von dem Erlebnis selbst.

Nach Aussagen der Polizei vor Ort rede Malina weiterhin unentwegt, offensichtlich im Geiste, mit ihrer toten Schwester.

2016

Heute

Mona

Die Morgensonne schien durch das Wohnzimmerfenster und Mona wurde augenblicklich heiß, was aber nicht nur an der Sonne lag. Sie las die letzten Zeilen des Zeitungsartikels und hatte zu verdauen, was dort stand. Das Ereignis über das Verschwinden der kleinen Schwester, wovon in dem Zeitungsartikel die Rede war, hatte der verbleibenden Schwester ihre geistige Wirklichkeit verändert, sodass sie nicht mehr imstande war, ihrer Schwester zu helfen, selbst, wenn das wahrscheinlich ihr größter Wunsch gewesen wäre.

Das ist furchtbar! Ist so etwas wirklich möglich?

Der Zeitungsartikel zeigte ein Bild einer glücklichen Familie. Mutter, Vater und zwei Töchter. Die gleiche Familie, wie auf dem Foto, das Mona zuvor unter dem Zeitungsartikel gefunden hatte. Sie schaute auf das Foto auf dem Boden und verglich es mit dem Bild in der Zeitung. Das Bild und das Foto eines Fotografen scheinen in dem gleichen Jahr aufgenommen worden zu sein. Frisuren und Größe waren unverändert. Das Bild in dem Zeitungsartikel zeigte eine freundliche Familie, darauf wartend, dass der nette Fotograf das Foto schoss, während sie in die Kamera lächelten. Das Foto, das zuvor auf dem Boden lag, war wesentlich weniger posierend. Die Eltern standen hinter den Kindern und lehnten aneinander. Der Vater umarmte seine Frau mit einem Arm und die beiden lächelten auf die Mädchen hinab. Die beiden Schwestern standen vor ihren Eltern und hielten sich an den Händen. Die Schwestern standen eng aneinander und lachten, die Jüngere hielt die Hand dabei vor ihren Mund. Sie sahen sehr glücklich aus. So ein Foto würde sich die Familie als Familienfoto in einen schönen Bilderrahmen einsetzen und in das Wohnzimmer hängen.

Mona überlegte, warum Kaila sich diese ganzen fremden Dinge überhaupt angeschaut hatte. Woher stammten sie wohl? Sind das die Sachen, die Kaila angesprochen hatte? Sie legte die beiden Sachen zurück auf den Boden, wo sie sie zuvor weggenommen hatte. In einem Karton, nachdem Mona griff, fand sie Spielzeug und Krimskrams von Kindern. Außerdem lag in dem Karton auch eine Schmuckschachtel. Mona konnte nur ahnen, was sich einmal darin befunden hatte, die Schachtel war leer.

Ihr Blick viel auf einen weißen Umschlag, der daneben lag. „An meine geliebte Tochter" stand darauf. Mona öffnete ihn vorsichtig und sah hinein. Der Umschlag war leer.

Sie hockte sich auf den Boden, überflog die Sachen auf der Suche nach dem Inhalt des Umschlags und versuchte, die ganze Situation zu verstehen. Hatte es etwas mit dem gestrigen Besuch zu tun? Sie rang mit sich, ob sie Kaila überhaupt auf all das hier ansprechen sollte, wenn sie sie gefunden hatte.

Mona beschloss, in den anderen Räumen im ersten Obergeschoss noch einmal nachzusehen, ob Kaila dort ist. Sie rechnete nicht damit, sonst hätte Kaila auf Monas Rufen hin schließlich reagiert. Mona hatte ohnehin zu viel Zeit damit verbracht, in anderer Leute Dinge herumzuschnüffeln. Wenn sie Kaila nicht fand, würde sie zuerst zu ihrem Haus zurückgehen und ihrem Mann hiervon berichten. Anschließend würden sie überlegen, wie es weiter ginge. Er hatte bestimmt eine Idee.

Mona stand auf, drehte sich um und versteifte sich in dem Moment, als jemand in das Wohnzimmer trat.

***

Mona blieb nicht einmal die Zeit, darüber nachzudenken, ob sie sich verstecken sollte. Sie hatte nicht gehört, dass jemand in das Wohnzimmer gekommen war. Sie war so vertieft in den Zeitungsartikel und die Bilder gewesen, dass sie nicht auf ihre Umgebung geachtet hatte. Die Haustüre hatte sie offengelassen.

Der Mann stand im Türrahmen und schaute Mona grimmig an. Sie hoffte, wenigstens noch genügend Zeit für eine Erklärung dafür zu haben, warum sie einfach in ein Haus hereinspaziert war und Hausfriedensbruch begangen hatte.

»Herr Selter«, stammelte Mona, »ich...«

Der alte Mann hob mit ausdruckslosem Gesicht die Hand, um ihr anzuzeigen, dass sie still sein sollte.

Mona durchzuckte ein Anflug von Unbehagen.

Mit versteinerter Miene trat Herr Selter einen Schritt in das Wohnzimmer herein. Mona ging automatisch einen Schritt nach hinten.

Eine Frau trat hinter ihm in Erscheinung und schaute durch das Wohnzimmer auf die herumliegenden Sachen. Dabei kniff sie die Augen zu Schlitzen, als könnte sie dadurch erraten, was das zu bedeuten hatte. Sie öffnete die Augen wieder und sah zuletzt auf Mona.

»Sie ist weg«, sagte die Frau langsam und hob dabei die Brauen hoch. Sie drehte dann den Kopf in Richtung Wohnzimmerfenster zu ihrer Rechten und schaute in den Vorgarten hinaus.

Die fremde Frau wirkte auf Mona etwas mitgenommen. Mona schätzte ihr Alter auf Mitte oder Ende fünfzig. Die Frau war zwar nicht ungepflegt, aber gab sich offensichtlich auch keine große Mühe, sich zurechtzumachen. Ihr schulterlanges Haar war zerzaust, als hätte sie es sich nach dem Waschen nicht gekämmt. Auch wenn sie sich ein bisschen geschminkt hatte, ihre dunklen Augenringe waren noch sehr deutlich zu erkennen.

Mona verstand gar nichts mehr. Wer war diese Frau? Was machte Herr Selter hier? Wo war Kaila?

Sie fühlte sich wie ein beim Klingelmäuschen spielen oder Kuchenteig naschen ertapptes Kind und sie wusste nicht, welche Ausrede hier gut genug war.

»Dachte mir schon, dass sie weg ist«, sagte der alte Herr Selter schnaubend.

Mona war jetzt noch verwirrter. »Was?«, begann sie, bekam aber keinen Satz zustande und schaute zwischen Herrn Selter und der Frau hin und her.

Herr Selter fixierte Mona. Seine eigentlich grimmige Miene wurde sanfter, wirkte fast besorgt, als er schließlich zu der Frau hinüber sah. Mona hatte diesen Mann immer nur mit finsterem Gesichtsausdruck gesehen. So kannte sie ihn nicht und war schier überrascht darüber.

Die fremde Frau wandte sich von dem Fenster ab und lächelte Mona traurig an. »Entschuldigen Sie«, sagte die Frau freundlich. Ihrem Aussehen nach zu urteilen, hatte Mona mit einer weniger sanfteren Stimme gerechnet. »Das war sehr unhöflich von uns.«

Herr Selter blieb stramm an seinem Platz stehen. Man hätte meinen können, er würde noch salutieren, während die fremde Frau leichtfüßig auf Mona zuging.

Eigentlich wollte Mona in Alarmbereitschaft bleiben, wenn einer der beiden sich auch nur einen Schritt näherte, aber sie konnte nicht anders. Die freundliche Frau nahm ihr gleichzeitig das Misstrauen, was Mona zuvor beiden gegenüber empfunden hatte.

Die Fremde stand nun vor ihr und streckte ihr die Hand entgegen.

Mona nahm sie schließlich zögerlich entgegen und schüttelte sie mit fragendem Gesichtsausdruck.

Die Frau lächelte Mona noch einmal freundlich, aber müde und traurig, an. »Wenn ich mich vorstellen darf, ich bin Ella Bremer.«

***

Die Frau aus der Zeitung!

Mona wurde augenblicklich klar, wer vor ihr stand. Sie schaute auf den Zeitungsartikel, der neben ihr auf dem Wohnzimmerboden lag. Ella Bremer, die Frau, die in der Zeitung von 1992 abgebildet war, stand nun vor ihr. In Fleisch und Blut. Sie war natürlich älter, aber man konnte sie immer noch erkennen. Sie sah nur nicht mehr so strahlend zufrieden aus, wie auf dem Bild. Im Gegenteil: Das Leben schien es nicht gut mit ihr gemeint zu haben.

Mona öffnete den Mund, wusste aber gar nicht, was sie sagen sollte.

»Das muss gerade sehr verwirrend für Sie sein«, äußerte Ella Bremer verständnisvoll.

»Ähm... ich«, stammelte Mona. Sie wusste nicht, was es zu bedeuten hatte, dass diese, für sie fremde Frau, mit Herrn Selter zusammen hier in dem Wohnzimmer ihrer Freundin auftauchte. Und auch begriff sie nicht, wieso Kaila genau über diese Frau, die jetzt in Kailas Wohnzimmer stand, und ihre Familie Nachforschungen angestellt hatte. Hatte es damit zu tun gehabt, weshalb Kaila gestern vor ihrer Haustür gestanden hatte? »Ja, allerdings«, brachte Mona schließlich verwirrend heraus. »Was hat das denn alles zu bedeuten?« Mona schaute abwechselnd zwischen Herrn Selter und der Frau hin und her.

Ella lächelte noch einmal verständnisvoll und nickte ihr zu. »Wir werden Ihnen alles in Ruhe erklären«, sagte die Frau und ging an Herrn Selter vorbei, um die Tür zu schließen.

Herr Selter brummte nur müde, rührte sich aber nicht vom Fleck.

Mona musste sich nach dem kleinen Schock erst einmal auf die Couch setzen.

Ella Bremer schwebte Richtung Couch und ließ sich am anderen Polsterende nieder.

»Kommen Sie, setzen Sie sich.« Sie winkte Herr Selter heran.

Mona dachte schon, er wäre dort, wo er stand, angewurzelt. Er verließ endlich seinen Platz, blieb aber an der Wand neben Frau Bremer stehen und nahm die gleiche Haltung ein, wie zuvor.

Die Verwirrtheit stand Mona direkt in ihr Gesicht geschrieben. Sie fühlte sich im Gegensatz zu den anderen beiden sehr unruhig und wollte endlich Aufklärung über die gesamte Situation. »Wo ist Kaila?«, fragte sie dann nun endlich, als sie diese Stille nicht mehr aushielt.

Herr Selter sah sie zwar kurz an, sagte aber nichts weiter. Ella sah zunächst noch einmal den alten Mann an, dann Mona.

»Wo ist sie?«, sagte Mona mit Nachdruck und zog die Brauen hoch, als immer noch keiner der beiden sprach.

»Ja, also«, fing Ella ruhig an, »die Frau namens Kaila ist nicht die, für die Sie sie halten.«

»Ach und warum nicht?«, wollte Mona etwas zu brüsk wissen.

»Weil sie meine Tochter ist und nicht Kaila heißt, sondern Malina.«

Mona schaute die Frau ungläubig und entsetzt an. Es war ihr gerade unmöglich, den Sinn des Satzes dieser Frau zu verstehen. Sie wusste nicht, was sie darauf sagen sollte. Warum sollte sich Kaila für jemand anderen ausgeben? Warum sollte Kaila sie die ganze Zeit über belogen und ihr etwas vorgemacht haben? Nicht nur, dass Mona über alles, was in den letzten Minuten passiert war, ziemlich aufgebracht war, sie verzweifelte langsam. Sie wusste nicht, was das alles bedeutete, und wollte endlich, dass ihr jemand nun Klarheit verschaffte.

»Aber wie...?« Mona versuchte, eine Frage zu formulieren. »Wieso...?« Sie konnte keine eindeutige Frage zusammenstellen. Es schwirrten ihr so viele Fragen und Gedanken durch den Kopf. Sie wusste nicht einmal, wie sie anfangen sollte, das Gewirr in ihrem Kopf zu sortieren, geschweige denn eine konkrete Frage zu stellen. »Malina?«

»Sie sind Mona, nicht wahr?«, fragte Ella helfend. Ihr fiel auf, dass Mona zu verwirrt war, um all das zu verstehen. »Darf ich Sie so nennen?«

Mona nickte zustimmend, blieb ansonsten aber stumm. Man sah ihr die Verzweiflung über die Gegebenheiten an. Sie wunderte sich noch nicht einmal, woher die fremde Frau ihren Namen kannte. Denn bei weiterer Überlegung wäre ihr klar gewesen, dass Herr Selter ihn ihr genannt haben musste.

»Mona, ich kann mir vorstellen, dass das sehr verwirrend für Sie sein muss. Für mich war es damals auch alles nicht zu verstehen und ich hatte lange damit zu kämpfen. Scheinbar sind Sie und meine Tochter befreundet.« Ella wartete kurz ab, ob sie Monas Aufmerksamkeit hatte.

Mona nickte noch einmal kurz und war dankbar, dass die Frau ihr half, nicht die Nerven zu verlieren.

»Malina, also Kaila«, Ella deutete auf Mona, »wie Sie sie nennen, ist meine Tochter. Ich und...« Die Frau stockte bei diesem Satz kurz und räusperte sich leise. »Ich und meine Familie haben früher hier gewohnt. Wir waren damals sehr glücklich hier.« Eine kurze Pause.

Mona konnte es der Frau ansehen, dass ihr der Gedanke an die Vergangenheit schwerfiel. Ihr fiel sofort der Zeitungsartikel ein, den sie gelesen hatte.

Die Frau fuhr fort: »Malina ist krank und leidet, wie Sie bereits, so nehme ich an, in dem Zeitungsartikel gelesen haben, an fragmentarischen Blackouts. Als Herr Selter sie beim Einzug erkannt hatte, rief er mich sofort an und gab mir Bescheid.« Ella deutete mit einer leichten Handbewegung auf den Nachbarn und nickte ihm dankbar zu, bevor sie sich wieder an Mona wandte. »Meine Tochter musste damals in eine entsprechende Einrichtung gegeben und behandelt werden.« Ella hielt kurz inne und faltete die Hände auf ihre Knie zusammen. »Das fiel mir damals nicht leicht. Ich litt an schweren Depressionen. Ich konnte mich zum Schluss um meine eigene Tochter nicht mehr kümmern.« Sie senkte den Blick. »Das ist mir alles nicht leicht gefallen und ich kämpfe immer noch mit meinen Dämonen.« Die Frau machte eine lange Pause und schluckte ein paar Mal schwer.

Herr Selter stand da und wartete gebannt. Er sah zu Ella hinüber und verzog wehmütig den Mund. Er wirkte müde, aber wachsam. Auch Mona sagte zunächst noch nichts. Sie war schockiert. Gleichzeitig war es ihr unverständlich, wie die Mutter so gefasst sein konnte, wo sie selbst so viel durchlitten hatte. Sie wollte ihr Gelegenheit geben, sich zu fangen. Nach einer kurzen schmerzlichen Stille sah Ella Mona wieder an. Mona glaubte, die Frau musste ihre Tränen unterdrücken. Zumindest waren ihre Augen nun leicht glasig.

»Herr Selter hatte damals schon bei Malina eine Vorahnung, was ihre Krankheit betrifft.« Ella schaute zu Herrn Selter, der ihr ein knappes, aber mitfühlendes Nicken zurückgab. Sie erzählte weiter: »Damals hatte Malina schon zwischendurch ein paar leichte Blackouts. Sie hatte einem kleineren Jungen wehgetan, weil dieser ihr sagte, dass ihre Schwester nicht für immer bei ihr sein wird. Letztendlich wusste Malina selbst aber nichts mehr von diesem Ereignis und hat sich eine entsprechende Geschichte ausgedacht und das richtige Geschehnis mit einer neuen Version ersetzt. Sie konnte da nichts für. Sie war da schon krank«, schwelgte sie leidig in ihrer Erinnerung und seufzte.

Herr Selter presste die Lippen aufeinander.

Mona konnte ihr ansehen, dass sie sich die Schuld gab, auch wenn die Frau mit Sicherheit alles dafür getan hatte, um ihrer Tochter zu helfen.

»Uns kam es am Anfang immer etwas seltsam vor, dass Malina manchmal eine andere Sicht der Dinge hatte, aber an so etwas denkt man ja zunächst nicht.« Ella lächelte verlegen, um ihre Scham zu überspielen. Sie sah müde und ausgelaugt aus. »Wir haben Malina seit dem Vorfall mit dem Jungen ein Tagebuch führen lassen. Das war mit dem Arzt so besprochen.«

Herr Selter nickte noch einmal aufmunternd und kurz in Ellas Richtung.

Sie bedankte sich still mit einem Lächeln. »Es ist auch dann eigentlich nichts mehr Gravierendes vorgefallen, was verdächtig auf ihre Krankheit hindeuten ließ.« Ella lächelte Mona noch einmal verlegen an.

Mona erwiderte ihr freundliches, müdes Lächeln, schluckte aber schwer und wusste, dass jetzt bestimmt das eigentliche Übel der Geschichte kommen würde.

»An einem schönen Sommertag«, Ella machte eine Pause und holte tief Luft, »Im Sommer 1991 verschwand meine jüngste Tochter, als sie mit Malina verstecken gespielt hatte.« Ellas Stimme brach bei dem Satz leicht. »Für immer.« Sie kämpfte mit Tränen, fing sich dann aber wieder.

Mona musste schwer schlucken und glaubte nicht, dass es noch schlimmer kommen könnte. »Das tut mir sehr leid«, traute sie sich nun endlich, etwas zu sagen, doch es war mehr ein Flüstern. Sie erinnerte sich an den Zeitungsartikel. Dieses Ereignis war in dem Artikel, den sie gelesen hatte, beschrieben. Die Familie, die dieses Grauen durchgemacht hatte, hatte ihr sehr leidgetan. Nun saß die Frau, die eines der schlimmsten Dinge im Leben durchmachen musste, vor ihr. Mona konnte sich kaum vorstellen, wie es sein musste, das eigene Kind zu verlieren. Sie traute sich nicht, zu fragen, ob sie entführt worden war oder ob es Anhaltspunkte gab, und vertraute daher auf das, was sie aus der Zeitung gelesen hatte. Mona wollte die nette Frau nicht weiter mit der Vergangenheit belasten. Sie hatte damit scheinbar immer noch zu kämpfen.

Ella bedankte sich bei Mona für ihr Mitgefühl. »Dieses Ereignis löste bei Malina den schlimmsten Schlag während ihrer Krankheit aus«, sagte sie und versuchte, so gefasst wie möglich zu klingen. »Für Malina war ihre Schwester das Wichtigste auf der Welt. Der Tod meines Mannes anschließend, hat sie leider tiefer in ihre psychische Krankheit gezogen.«

Nicht einmal im Traum hätte Mona sich ausmalen können, wie es war, wenn einem alles genommen wird, was man liebt. Diese Frau hatte einfach alles verloren.

Dann schoss ihr plötzlich ein Gedanke durch den Kopf. »Verzeihen Sie, aber«, Mona traute sich kaum, es zu hinterfragen, und sah Herr Selter an, »Kaila sagte, sie habe eine Schwester. Niah.«

»Sie haben doch die Zeitung gelesen«, ergriff nun auch Herr Selter endlich das Wort.

Ella sah ihn an und wartete ab.

»Malina glaubt immer noch, oder schon wieder, dass ihre Schwester noch am Leben ist«, erklärte Herr Selter weiter. »Das ist ihre neu erdachte Wirklichkeit. Sie redet mit ihr, immer. Für Malina ist es so, als wäre ihre Schwester nie weg gewesen.«

»Aber Kaila hat mit ihrer Schwester geredet«, beharrte Mona, als wolle das einfach nicht in ihren Kopf.

»Haben Sie ihre Schwester schon einmal gesehen?«, fragte Herr Selter daraufhin sofort mit Nachdruck, aber nicht streng. Er legte den Kopf schief und sah Mona ernst an.

»Ich...« Mona überlegte. Sie hatte Niah tatsächlich noch nicht ein einziges Mal gesehen. »Nein«, erwiderte sie schließlich leise.

»Als ich Malina erkannte«, erklärte Herr Selter und hatte jetzt nicht mehr die Haltung eines Zinnsoldaten, »rief ich Ella sofort an.« Der alte Mann wirkte ein wenig bedrückt, was in Anbetracht seiner bisherigen Wirkung auf andere Leute, ein wenig seltsam war. Er machte eine kurze Pause, bevor er weitersprach. »Ich habe Malina seit ihrem Einzug hier bis zur Anreise von Ella beobachtet, um ihr alles berichten zu können und sie zu informieren. Ich habe versucht, Malina darauf anzusprechen. Sie ist mir aus dem Weg gegangen. Ich habe Ella nur kurz vom Bahnhof abgeholt...« Er unterbrach sich und blinzelte die Schuldgefühle von sich, als Ella ihn mit scharfem Blick ansah.

Mona versuchte, die Gegebenheiten nachzuvollziehen. »Wieso sollte man sie beobachten müssen?«

»Ich hatte anfangs gehofft«, setzte der alte Mann an, »dass Malina geheilt wäre und die Wahrheit erkennen würde.«

Mona war verwirrt.

Geheilt? Von welcher Wahrheit ist die Rede?

Von Kailas Krankheit hatte sie nie etwas bemerkt. Es schien, als gäbe es ihre Schwester tatsächlich. So wie Kaila redete, hatte Mona bisher nicht daran gezweifelt, dass es Niah wirklich gab. »Aber wie kann sie die Gedanken an ihre Schwester so lange aufrechterhalten?«, fragte sie weiter.

»Sie schreibt im Geiste ihre Geschichte um«, klinkte sich Ella wieder in das Gespräch ein. »Sie rückt die Geschichte und Situationen so zurecht, dass es für sie passt.«

Mona wurde schlagartig klar, warum Kaila bei manchen Fragen so komisch ausgewichen war. Jedes Mal, wenn Mona sie nach Niah gefragt hatte, hatte sie die Frage wohl mit einer Ausrede beantwortet. So auch, als sie gefragt hatte, warum Niah keinen Führerschein hatte. Auch als Kaila sagte, sie hätte sich mit Niah im Vorgarten gestritten. Niah war niemals da. Es gab sie nicht. Mona hatte dort auch niemanden gesehen. Mona schlug bei dem Gedanken die Hände vor den Mund, als ihr bewusst wurde, dass Kaila ihr nur etwas vorgemacht hatte. Das war für Mona nicht das Schlimmste, denn sie war ja krank, aber sie hatte es nicht einmal gemerkt. »Aber wo war Kaila...«, Mona schüttelte den Kopf und korrigierte, »Malina die ganze Zeit?«, wollte Mona wissen. »Es liegen immerhin mehr als zwanzig Jahre dazwischen.«

Herr Selter ging auf Mona zu. Erst jetzt fiel ihr auf, dass er die ganze Zeit etwas in der Hand gehalten hatte. Er reichte ihr stumm eine Zeitung und zeigte ihr freundlich an, sie entgegen zu nehmen. Mona nahm sie in die Hand. Sie schaute erst zu Herrn Selter hinauf, dann sah sie Ella an, die ihr zustimmend zunickte. »Meine Hoffnung am Anfang, sie könnte geheilt sein und die Wahrheit nun endlich erkennen«, sagte er seufzend, »war leider ein Irrtum.«

Mona klappte die Zeitung auseinander und las.

Örtliche Zeitung

„Verbleibende Tochter nach Tragödie vom Sommer 1991 nach über zwanzig Jahren wieder aufgetaucht."

Die damals nach der schlimmen Tragödie vom Sommer 1991 einzig verbleibende Tochter der Familie Bremer, Malina, scheint nach über zwanzig Jahren nun wieder aufgetaucht zu sein.

Die damals 9-Jährige und ihre Eltern verloren das jüngste Familienmitglied, Laurin, als diese im angrenzenden Wald beim Spielen mit ihrer Schwester verschwand und seither nicht gefunden worden war. Der Familienvater ist kurze Zeit darauf gestorben.

Die Mutter von Malina, Ella Bremer, konnte sich aufgrund starker Depressionen damals nicht mehr richtig um das Kind kümmern und musste sie in Obhut geben. Ella Bremer selbst hatte sich wegen der starken Depressionen schließlich in eine Klinik einweisen lassen.

So wurde Malina seinerzeit in einer psychiatrischen Einrichtung untergebracht.

Es ist nicht bekannt, ob Malina seit dem Vorfall durchgängig in dieser Einrichtung gelebt hatte. Auch ob sie entlassen wurde oder entlaufen ist, ist noch nicht bekannt. Die psychiatrische Einrichtung schweigt und gibt hierzu keine Auskunft.

Die Bürger werden angehalten, ihre Augen und Ohren offen zu halten und sofort die Polizei zu verständigen, wenn sie über den Aufenthaltsort von Malina etwas in Erfahrung bringen.

Weiter wird darauf hingewiesen, dass nicht bekannt ist, ob sie fremd- oder eigengefährdet ist. Allerdings ist bekannt, dass sie unter einer psychischen Störung leidet, die allerdings womöglich nicht immer sofort zu erkennen ist.

Ella

Die Stille, die das Wohnzimmer umhüllte, lag für Ella schwer im Raum. Wie ein dichter Nebel, der alles verschlang, was ihn umgab. Sie wusste, sobald Mona den Zeitungsartikel zu Ende gelesen hatte, würde sie endlich der ganzen Situation Glauben schenken. Gleichzeitig würden sich aber für Mona neue Fragen auftun.

Ella konnte nachvollziehen, denn diese Frau schien Malina zu mögen.

Herr Selter stand nun wieder genauso stramm an seinem Platz wie zuvor. Wie ein Soldat, der bei seinem Gelöbnis die ganze Zeit über still stehen muss.

Monas Blick veränderte sich. Ella konnte ihn nicht richtig deuten. Ob es Entsetzen oder Traurigkeit war, konnte sie nicht erkennen. Wahrscheinlich war es sogar eine Mischung aus beidem.

Ella stand auf und durchschritt leichtfüßig das Wohnzimmer. Mona ließ sich nicht ablenken. Sie las aufmerksam weiter. Bei den mittlerweile verstrichenen Minuten hatte sie den Zeitungsartikel mindestens zwei Mal gelesen. Endlich blickte sie auf. Sie saß mit offenem Mund weiterhin auf der Couch und legte den Zeitungsartikel auf ihren Schoß. »Ich hatte keine Ahnung«, sagte sie langsam nach einer langen Pause.

Ella trat an das Fenster, welches zum Wald zeigte, und schaute hinaus.

»Ich dachte, sie ist meine Freundin«, wandte Mona ein und senkte den Kopf. Ihre Augen waren glasig. »Wir haben uns zwar, mehr oder weniger, gerade erst kennengelernt, aber ich dachte, dass wir gute Freundinnen wären, nicht nur Nachbarn. Und sie hat mir kein Wort darüber gesagt.«

Ella erkannte, dass Mona ihre Tochter tatsächlich in der kurzen Zeit ins Herz geschlossen haben musste. Es konnte zwar auch sein, dass es die Enttäuschung über die gewonnene Erkenntnis war, die ihr zu schaffen machte. Allerdings hatte Ella von Herr Selter bereits einige wenige Dinge über Mona erfahren. Sie sei eine sehr selbstlose Frau, oft fröhlich und lebensfroh. Ella vertraute seinem Urteil. Er hatte damals auch die ersten Anzeichen von Malinas Krankheit erkannt, da er das gleiche Krankheitsbild bei dem Sohn von Freunden mitbekommen hatte. Es war bei diesem Jungen nur nie so ausgeprägt. Seit dem Vorfall mit Lenny und dem Tod ihres Mannes hatte Ella sich oft mit ihren Problemen an Herrn Selter gewandt. Selbst als sie in die Klinik gekommen war, hatte sie noch regelmäßig Kontakt zu ihm. Er hatte sie besucht oder sie hatten sich Briefe geschrieben, wenn Ellas Gesundheitszustand keinen Besuch zuließ. Die Tatsache, dass beide ihre Familie verloren hatten, hatte eine Freundschaft zwischen ihnen entstehen lassen, eine gefühlsmäßige Verbundenheit, die sie einander gut stützte. Eine Mischung aus respektierendem Abstand und Fürsorge für den anderen.

Auch wenn es Ella für Mona leidtat, dass sie so traurig war, machte es sie dennoch ein wenig glücklich und stolz. Es zeigte ihr, dass ihre Tochter trotz ihrer Krankheit immer noch liebenswert war. Und vielleicht nicht ganz so verloren, wie sie bisher glaubte.

»Sie trifft keine Schuld«, besänftigte Ella Mona. Mit einem weichen Lächeln wollte sie ihr unwissentlich ihre Dankbarkeit ausdrücken, für ihre Tochter eine gute Freundin gewesen zu sein. »Sie konnten nicht wissen, wie krank Malina ist.«

Mona sah sie traurig an. »Aber warum ist sie gegangen?«, fragte sie schließlich.

»Höchstwahrscheinlich wurde sie sich der Wahrheit bewusst und es überforderte sie«, erklärte Herr Selter. »Sie konnte die Illusion ihrer ausgedachten Geschichte nicht weiter aufrechterhalten, auch nicht mehr ihr Wunschbild so umgestalten, dass es zusammenpasste. Wir hatten gehofft, dass es helfen würde, wenn Malina endlich ihre Mutter nach all der Zeit wieder sieht und mit ihr spricht. Leider kamen wir zu spät.«

Mona nickte, um anzuzeigen, dass sie die Erklärung und die Situation nun verstanden hatte. Abwechselnd sah sie von Herrn Selter zu Ella.

»Und wohin ist Kaila«, Mona stockte und schluckte schwer, »ich meine Malina, hingegangen? Wo ist sie jetzt?«

Ella drehte sich um und schaute wieder aus dem Fenster. Der Wald lag ruhig in der Morgensonne. »Das wissen wir nicht«, antwortete sie leise und abwesend. Die Stille des Waldes hatte für Ella nichts Fürchterliches oder Einflößendes mehr. Das Unerwartete und Traurige, was sie stets mit dem dunklen Wald verbunden hatte, befand sich nun auch in ihr und war ihr nun vollkommen vertraut. Sie schaute in die Ferne und Dichte des Waldes. »Ich hatte gehofft«, sagte sie sehr leise, mehr zu sich selbst, »dass ich meine Tochter hier wiedersehen könnte.« Sie verstummte. Ihre Augen füllten sich mit Tränen.

Mona wollte nachhaken, warum sie nicht einfach zu ihr gefahren war, aber Herr Selter erklärte es bereits, als hätte er ihre Gedanken gelesen: »Sie konnte Malina nicht einfach besuchen. Die Einrichtung hatte festgelegt, dass sie keinen Besuch bekommen durfte. Es wurde auch bei der eigenen Mutter keine Ausnahme gemacht.«

Mona war schockiert, nickte aber stumm. Sie hätte nicht geglaubt, dass es so etwas gibt. Dass man die eigene Mutter von der Tochter fernhielt.

Ella rieb sich die Augen. »Ich dachte«, stotterte sie traurig und versuchte, nicht zu weinen. »Ich dachte, ich könnte mich bei ihr für damals entschuldigen. Ich hatte sogar mal einen Brief geschrieben, aber er kam leider ungeöffnet zurück.« Sie weinte stumm, eine Träne lief ihr über die Wange.

Selbst der sonst so ernst wirkende Herr Selter zeigte Mitleid mit Ella.

Mona tat die Frau leid. Eine Mutter gab sich selbst nach über zwanzig Jahren noch die Schuld daran, ihre Tochter weggegeben zu haben. Mona konnte nicht mal ansatzweise nachvollziehen, wie sich das anfühlen musste. Aber sie wusste eines ganz genau, seit sie die Geschichte gehört hatte. Schließlich sagte sie entschlossen: »Ella, Sie trifft keine Schuld an der Sache.« Plötzlich war ihr etwas eingefallen. »Der Brief an ihre Tochter« Mona unterbrach ihren Satz, suchte den Boden vor der Couch ab und fand schließlich den leeren

Umschlag mit der Aufschrift „An meine geliebte Tochter". Sie hielt ihn in die Höhe. »Könnte das Ihr Brief gewesen sein?«

Mona befürchtete schon, Ella würde umkippen, weil sie sehen konnte, wie der Mutter beim Anblick des Umschlags auf einmal das Herz stehen blieb.

»Der Umschlag ist leer.« Mona zerrte aufgeregt an ihm, zeigte Ella, dass er leer war, und fügte besänftigend, aber bestimmend hinzu: »Malina hat ihn gelesen, da bin ich mir sicher.«

Ella trat auf Mona zu. Ihre Augen hellten sich auf. Sie umarmte sie. Nach einer Weile löste sie sich wieder von ihr. Ihre Augen zeigten Hoffnung, dass sich einer ihrer Wünsche erfüllt haben könnte. Ella nickte dankbar unter stummen Tränen und wandte sich wieder dem Wald zu. Sie hörte eine Eule in der Ferne und lächelte traurig. Eulen sind meist in der Abenddämmerung zu hören und seltener in den frühen Morgenstunden. Darum freute es Ella, gerade jetzt einen Eulenruf zu hören. Sie dachte an die Geschichte, die sie Malina damals erzählt hatte. Dass die Eule in Wirklichkeit eine verwandelte Fee sei, die sie für immer beschützen würde. Diese Geschichte war ihr bis heute im Gedächtnis geblieben. Malina hatte sich seitdem immer gefreut, wenn sie eine Eule gehört hatte. Sie hatte seitdem keine Angst mehr davor und gesagt »Die Fee ist da, sie beschützt uns«. Eines Tages hatte Ella ihren beiden Töchtern einen Eulenanhänger geschenkt. Wehmütig dachte sie an diesen Tag zurück. Schmerzvoll hatte sie das breite Grinsen ihrer Töchter vor Augen. »Wissen Sie was, Mona?«, sagte Ella plötzlich und durchbrach damit die Stille in dem Raum, schaute aber weiterhin aus dem Fenster. Die Sonne ging auf und tauchte das Wohnzimmer in einem schönen Licht.

Mona sah zwar zu ihr, sagte aber nichts.

Ella wirkte abwesend und sagte schließlich: »Letztendlich ist Malina in ihrer eigenen Welt. Sie ist nicht alleine und mit ihrer Schwester zusammen, glücklich, egal wo sie ist.« Sie konnte sich nun nicht mehr zusammenreißen und weinte los.

Die Sonnenstrahlen drangen wärmend durch die Scheibe.

Ella blickte auf. »Sie sind zusammen. Für immer.« Sie verstummte mit einem Mal, als sie etwas am Waldrand sah, und stürmte aus dem Wohnzimmer.

Malina

Es war nicht kalt und doch hatte Malina das Gefühl, zu frieren, als sie sich durch den Garten an den Regentonnen vorbeischleppte und am Waldrand stehenblieb. Tiefe Trauer klammerte sich an ihr Herz und vergiftete es. Ihr Magen krampfte sich zusammen und sorgte für Übelkeit. Tränen der Verzweiflung rannen ihr über die Wangen. »Wieso hast du mich alleine gelassen?«, schrie sie in den Wald hinein. »Wieso?«, wisperte sie und heulte auf. »Wir wollten doch zusammenbleiben.« Fest umklammerte sie den Gegenstand in ihrer Hand. »Für immer.«

Malina setzte einen Fuß vor den anderen. In dem Moment, als sie den Wald betrat, ging die Sonne auf. Der warme Sommerwind blies durch ihre Haare und die hellen Sonnenstrahlen erwärmten ihre steifen Glieder. Der Sonnenaufgang war wunderschön und sie nahm sich die Zeit, ihn sich anzusehen und zu genießen. Sie schloss die Augen und sog die frische Luft tief ein. Es roch nach Wald und taufrischer Wiese. Frisch und frei.

Sie würde nie wieder zurückgehen, komme, was wolle.

Sie blieb so lange stehen, bis sich die Sonne nicht mehr hinter dem Horizont versteckte und über den Boden ragte.

Die Blätter der Bäume tanzten im Wind und spielten eine rauschende Melodie der Natur.

Malina öffnete die Augen und lächelte. »Laurin?«

Ihre Schwester nickte ihr zu.

»Wo bist du gewesen? Ich habe dich überall gesucht.«

Schulterzucken. »Ich war nie weg.«

Malina wurde warm ums Herz. Alles fühlte sich auf einmal so unbeschwert an. Niemals zuvor hatte sie sich so frei gefühlt, wie in diesem Augenblick. Nur wer einmal wirklich eingesperrt war, verstand es, was es wirklich bedeutete, frei zu sein. Unwissenheit schützt vielleicht nicht vor einer Strafe, aber vor der Wahrheit. »Wir bleiben zusammen«, sagte sie glücklich und schaute ihre Schwester grinsend an.

Laurin lächelte ihr zu und vollendete: »Für immer.«

Malina hob die Hand in die Höhe. Die Klinge des Messers blitzte in der Sonne auf. »Ja! Für immer.«

»Malina!«, schrie eine abgehetzte Stimme hinter ihr.

Sie kannte die Stimme und hielt inne. Sie klang wie eine weit entfernte Sehnsucht. Ein Wunsch, der nicht erfüllt wurde. Ein wohliger Schauer durchfuhr jede Faser ihres Körpers.

»Malina!«

Malina fuhr herum. Ihre Hand, in der das Messer lag, zitterte und sie umschloss den Griff fester. Sie drückte den Brief ihrer Mutter an ihre Brust. »Mama!?«

Danksagung

Wer es bis hierhin geschafft hat, dem danke ich für die Zeit und das Interesse. Ohne Leser wären Bücher nur halb so viel Wert.

Hinter dieser Geschichte steckt vieles, was ich mir nicht ausgedacht habe. Die Idee basierte tatsächlich auf einer wahren Begebenheit.

Aus diesem Grunde danke ich zu aller erst meiner Familie (Hans-Werner Koll, Gabriele Koll und Katja Chau) zunächst für die zahlreichen Bilder in meinem Kopf, die diesem Thriller überhaupt das Gesicht gegeben haben. Ganz besonders danke ich meiner Mutter, die sich mühevoll durch meine ersten Zeilen gekämpft hat. Ebenso qualvoll versuchte sie, mir bei meinem ersten Manuskript beizubringen, was für ein großer Mist es war. Mütter... Was sagte sie dann? „Bleib dran. Das verbessert sich beim Schreiben." Leichter gesagt als getan, denn ich war zunächst am Boden zerstört. Ich habe also noch weitere Thriller geschrieben, und eine Kurzgeschichte. Und siehe da, es wurde besser.

Nun zur wahren Begebenheit:

Tatsächlich wachte ich eines Nachts auf. Ich muss irgendetwas zwischen sechs und acht Jahre alt gewesen sein, meine Schwester entsprechend ein Jahr jünger.

Sie und ich hatten unsere Zimmer auf dem Speicher, fast gegenüber.

Durch die geriffelte Glastüre konnte ich Licht von der Küche oder dem Wohnzimmer hochscheinen sehen. Als ich jemanden weinen hörte, dachte ich, es wäre meine Schwester. Ich bekam sofort ein komisches Gefühl. Ich weiß bis heute nicht warum. Wahrscheinlich konnte ich damals unterbewusst zuordnen, dass dieser Laut nicht meiner Schwester zuzuordnen war.

Ich hob meinen Kopf so weit, dass ich zur Tür sehen konnte. Ein Schatten stellte sich davor. Er war klein, es konnten also nicht meine Eltern gewesen sein. Es sah aus wie ein Mädchen. Der Schatten ließ auf lange Haare und Kleid tippen. Meine Schwester trug nachts kein Kleid.

Das weinende Mädchen hob die Hand zu den Augen, als wollte sie eine Träne wegwischen und verharrte.

Das Gefühl, das ich anfangs verspürte, verstärkte sich. Ich hatte das Gefühl, mich nicht bewegen zu können. Leise rief ich den Namen meiner Schwester. Ich denke, dass ich eine Bestätigung haben wollte, dass ich mir das Ganze einbildete.

Es antwortete niemand und ich musste wieder eingeschlafen sein, denn ich konnte mich nicht an mehr erinnern.

Und das war nicht alles...

Am nächsten Morgen spielte ich in meinem Zimmer mit meiner Schwester, wie ich es oft nach dem Aufstehen tat, wenn wir nicht ausnutzten, dass unsere Eltern noch schliefen und wir Fern gucken konnten.

Der Gedanke an die Nacht ließ mich nicht los. Also fragte ich: „Warum bist du gestern aufgestanden und aus deinem Zimmer gegangen?"

„Was? Warum?"

Ich ärgerte mich schier darüber, ihr – wie so oft – alles aus der Nase ziehen zu müssen. Ich fragte konkreter, lauter: „Du hast doch vor meiner Tür gestanden und geweint." Ich hatte in Wirklichkeit nicht gesagt, dass ich Angst hatte. „Warum hast du das gemacht?"

Der Blick meiner Schwester veränderte sich. Sie bekam große Augen. Kurz war ich mir nicht sicher, ob ich zu böse war, aber ich war so wütend. Ängstlich. Sie zog die Mundwinkel hinunter, als fiele es ihr schwer, zu antworten.

„Ich hatte Angst aufzustehen", erklärte meine Schwester mir zögernd. „Ich habe gedacht, du hättest geweint."

Liebe Leser, ihr hättet in diesem Augenblick mein Gesicht sehen müssen. Ihr hättet fühlen müssen, was ich gefühlt habe. Ich kann dieses Empfinden nicht einmal wiedergeben.

Voller Entsetzen nahm ich meine Schwester mit nach unten in die Küche, wo unsere Mutter gerade mit irgendetwas hantierte.

„Mama, oben auf dem Speicher hab´ ich was gehört." Keine Ahnung, ob ich erwähnt hatte, dass es in der Nacht war.

Meine Mutter drehte sich zu uns um.

„Da hat ein Mädchen geweint", erzählte ich weiter. Ich glaube, da hatte sich der Blick meiner Mutter schon verändert, wenn ich zurückdenke. Ich sagte, dass ich zuerst dachte, dass es meine Schwester gewesen sei, die aber ja meinte, ich wäre es gewesen.

Was sagte meine Mutter im nächsten Augenblick: „Das weinende Mädchen, das habe ich auch schon einmal da oben weinen gehört."

Ihr könnt mir glauben, dass weder meine Schwester noch ich auf dem Speicher in unseren Zimmern schlafen wollten. Aber wie das früher so war, mussten wir es trotzdem.

Habe ich es noch einmal gehört?

Nein, nie wieder. Und ich weiß bis heute nicht, was es war. Meine Schwester, meine Mutter und ich haben es nie wieder angesprochen.

Nach diesem Buch habe ich mit meiner Mutter darüber gesprochen, die sich heute noch Vorwürfe macht, wie sie reagiert hatte. Ich habe nichts erwidert. Es war nicht gut. Sie hätte sagen müssen, dass wir geträumt haben oder so etwas. Stattdessen habe ich ein kleines Trauma erlitten, das mir jetzt zu dieser Geschichte verholfen hat.

Für die Geschichte habe ich nach über fünfundzwanzig Jahren später noch einmal mit meiner Schwester darüber gesprochen. Ich wollte wissen, woran sie sich erinnern konnte. Ob sie sich überhaupt noch etwas von dem weinenden Mädchen an der Glastüre vor meinem Zimmer auf dem Speicher wusste.

Und wer glaubt, dass die wahre Begebenheit hier zu Ende ist...

Nein.

Ich saß mit meiner Schwester im Garten und sprach über das Manuskript. Ich fragte sie, ob und an was sie sich noch erinnerte. Sie erzählte mir das erste Mal in unserem Leben ihre Sichtweise der Dinge.

Ich meinte zu ihr: „Danach habe ich aber nie mehr etwas gehört. Das war das einzige Mal."

Ihr darauffolgender Blick sagte mehr als Worte und mir lief trotz der Hitze des Sommers ein eiskalter Schauer den Rücken hinunter. Sie schüttelte langsam den Kopf und verzog den Mund. Ich merkte, dass es ihr schwerfiel, darüber zu sprechen.

Sie hatte es danach noch ein paar Mal gehört.

Es war nicht das einzige und letzte Mal...

Weitere Bücher

Familie unbekannt

Christines ständiger Drang nach Abenteuer treibt sie und ihre Tochter Anna in die Vulkaneifel. Auf ihrem Weg entdecken sie ein gerahmtes Familienfoto am Straßenrand. Getrieben von ihrer Neugier, zu wissen, was es mit dem Foto auf sich hat, recherchieren sie und finden schließlich die Besitzerin des Bildes.

Hätten sie vorher geahnt, welches Geheimnis sie mit ihrem Wissensdurst aufdecken, hätten sie die Sache auf sich beruhen lassen. Jetzt gibt es jedoch kein Zurück mehr. Sie stecken mittendrin und die Zeit drängt, denn sie müssen etwas Schreckliches verhindern.

(Erhältlich als Taschenbuch und eBook)

Janus
Ambivalent

Mira Bernwald hat ein zerstörtes Selbstwertgefühl, weswegen sie sich in Sport- und Ernährungszwänge flüchtet.

Als sie eines Tages mit anderen Trainierenden im Fitnessstudio eingesperrt wird, beginnt ein Kampf ums Überleben, denn hinter all dem versteckt sich eine dunkle Wahrheit.

(Demnächst auch erhältlich)